Desventuras (quase) românticas de um Festival

BABI DEWET
ÉRICA IMENES
LYU GUEDES
PALOMA ORTEGA

Desventuras (quase) românticas de um Festival

4 HISTÓRIAS SOBRE REBELDIA, PODER FEMININO E K-POP

Copyright © Babi Dewet, Érica Imenes, Lyu Guedes e Paloma Ortega, 2021

Todos os direitos reservados pela Editora Gutenberg. Nenhuma parte desta publicação poderá ser reproduzida, seja por meios mecânicos, eletrônicos, seja via cópia xerográfica, sem a autorização prévia da Editora.

EDITORA RESPONSÁVEL
Flavia Lago

REVISÃO FINAL
Claudia Vilas Gomes

EDITORA ASSISTENTE
Natália Chagas Máximo

ILUSTRAÇÕES E CAPA
Stephanie Kim

PREPARAÇÃO DE TEXTO
Sofia Soter

DIAGRAMAÇÃO
Christiane Morais de Oliveira

LEITURA SENSÍVEL
Patricia Baik

**Dados Internacionais de Catalogação na Publicação (CIP)
(Câmara Brasileira do Livro, SP, Brasil)**

Desventuras (quase) românticas de um festival : 4 histórias sobre rebeldia, poder feminino e K-Pop / Babi Dewet ... [et al.]. -- 1. ed. -- São Paulo : Gutenberg, 2021.

Outras autoras : Érica Imenes, Lyu Guedes, Paloma Ortega.

ISBN 978-65-86553-92-5

1. Contos brasileiros 2. Ficção brasileira I. Guedes, Lyu. II. Imenes, Érica. III. Ortega, Paloma.

21-75423   CDD-B869.3

Índices para catálogo sistemático:
1. Contos : Literatura brasileira B869.3
2. Ficção : Literatura brasileira B869.3

Aline Graziele Benitez - Bibliotecária - CRB-1/3129

A **GUTENBERG** É UMA EDITORA DO **GRUPO AUTÊNTICA**

São Paulo
Av. Paulista, 2.073 . Conjunto Nacional
Horsa I . Sala 309 . Cerqueira César
01311-940 . São Paulo . SP
Tel.: (55 11) 3034 4468

Belo Horizonte
Rua Carlos Turner, 420
Silveira . 31140-520
Belo Horizonte . MG
Tel.: (55 31) 3465 4500

www.editoragutenberg.com.br
SAC: atendimentoleitor@grupoautentica.com.br

Paloma Ortega
TODA A SORTE DO MUNDO
9

Érica Imenes
5 ESTRELAS
57

Lyu Guedes
ROLETA-RUSSA
111

Babi Dewet
PARA SEMPRE
177

TODA A SORTE DO MUNDO
Paloma Ortega

DIZEM QUE QUEBRAR UM ESPELHO É UM MAU PRESSÁGIO.
Enquanto encaro meu rosto fragmentado no reflexo, apoiada na pia do banheiro, tento barganhar com quaisquer que sejam as divindades desocupadas responsáveis por traçar o azar na vida das pessoas. Levando em conta que o espelho não se quebrou de fato, e só rachou um pouco quando eu acidentalmente o acertei com a escova de cabelo durante meu show particular – ninguém pode me culpar por usá-la como microfone depois do banho –, talvez elas tenham pena de mim.

Eu realmente espero que tenham. Não quero ter que acordar no dia seguinte e descobrir que o show do The Screaks foi cancelado porque Tom Hurley, o vocalista da minha banda preferida de *emocore*, magicamente foi internado com pneumonia de uma hora para a outra.

Não que eu acredite nesse lance de mau presságio. Não sou supersticiosa nem nada, sabe? Mas, às vezes, é preciso tomar algumas precauções. Da última vez que passei debaixo de uma escada e me aventurei a cortar a franja no mesmo dia, seguindo um tutorial no YouTube e fazendo justiça com as próprias mãos, o corte amador em V me transformou em algo entre um *cosplay* da Ravena, de *Os Jovens Titãs*, e uma versão não vampiresca da Mavis, de *Hotel Transilvânia*.

Saio direto para a sala, o braço rígido ainda segurando a escova de cabelo, os fios pretos curtos pingando nos ombros e uma expressão perturbada no rosto, como se tivesse acabado de sair da cena de um crime.

Liz, minha melhor amiga, que divide o apartamento comigo, não parece minimamente abalada pelo barulho do espelho quebrado. Ela já ouviu coisas piores vindo de dentro do banheiro, considerando que eu costumo tomar banho ouvindo e cantarolando o rock pesado que ela tanto odeia.

Banguela, nosso gato preto, está dormindo pacificamente em cima das pernas dela. Ele não é banguela de verdade, mas recebeu esse nome porque se parece com o dragão do filme *Como treinar o seu dragão*. Eu queria um nome mais sombrio e místico, como Drácula, Anúbis ou Salem, mas é claro que Liz não aceitou bem a ideia.

Eu me aproximo dela, aponto a escova de cabelo na direção da porta e digo:

– Eu quebrei o espelho do banheiro.

Ela continua esparramada no sofá com o notebook no colo. Sua coluna está curvada em um ângulo duvidoso, desafiando as leis da física e o perigo iminente de uma escoliose lombar.

– Não tem problema, Becca – diz, mas não me olha por mais do que um ou dois segundos antes de voltar a digitar furiosamente no teclado. – A gente compra outro depois.

– Não, você não entendeu. Eu *quebrei* o *espelho*. É sinal de azar.

De repente, ela interrompe o movimento dos dedos nervosos e inclina a cabeça.

– Também dizem que cruzar com um animal na estrada é sinal de azar, mas encontrei com a Camila na rua ontem e nada de ruim aconteceu.

Eu me sento no braço do sofá, bem na beirada, e começo a pentear o cabelo.

– Não fala assim da sua namorada – a repreendo de brincadeira e me preparo mentalmente para as cinco palavras que vêm por aí.

– Ela *não é* minha namorada.

– Fala sério. Já faz cinco meses que vocês estão ficando enquanto fingem que se odeiam. Tá na hora de cair na real e acordar dessa síndrome de *Orgulho e Preconceito* – aconselho. Quando a escova engancha em um nó do meu cabelo e a puxo de volta, sem querer a deixo cair no chão. O barulho assusta Banguela, que dá um triplo mortal carpado e sai correndo em direção à cozinha.

– Você cruzou a cidade no aniversário dela só pra comprar aquele mangá que ela tanto queria – digo. – Fica difícil te defender assim, amiga.

Liz dá de ombros.

– Ela fica silenciosa e quase humanamente decente quando tá lendo, ué. Que culpa eu tenho?

Eu tento de novo:

– Você passou o *Natal* na casa da família dela.

– Em minha defesa, a avó dela faz um ótimo pernil assado – retruca Liz.

E, bom, eu não tenho argumentos contra isso.

– Tudo bem, vou aceitar essa desculpa porque todo mundo ama pernil.

Ela sorri, satisfeita, porque acabou de encerrar a discussão, e volta a olhar para a tela do notebook. Como fui deixada de lado, torço o meu cabelo molhado em cima da cabeça dela como forma de protesto. Ela nem se importa, como sempre, mas se remexe desconfortavelmente em suas calças de pijama coloridas. A estampa é listrada e tem as sete cores do arco-íris.

Liz e eu somos extremos opostos. Quem vê o quarto dela, com as paredes pintadas de rosa-choque e pôsteres supercoloridos, jamais imaginaria que ela pudesse ser a melhor amiga de uma pessoa como eu, que dorme em um ambiente com paredes escuras, um único pôster preto e branco do The Screaks e luminárias gêmeas de caveira, uma de cada lado da cama. Quando ando com ela e Camila na rua, é difícil não me sentir a Docinho no meio das outras duas Meninas Superpoderosas, só que com a personalidade da Lindinha.

A única coisa que temos em comum – fora o apartamento e os boletos para pagar – é uma bolsinha preta que compramos juntas na 25 de Março. As pessoas costumam comprar colares bregas combinando ou pulseiras iguais para celebrar a amizade. Nós compramos uma bolsa de camelô com cheirinho de naftalina.

Assisto de cima à Liz navegar por um site de K-pop. A mistura de rosa forte e azul faz a minha vista doer, e eu reconheço imediatamente o blog de nome esquisito do qual ela *vive* falando.

– Becca, saca só – diz e aponta para a tela. – Ele postou uma matéria nova.

– Quem? – pergunto, só por costume.

– Kevin Hwang. O cara gatinho que escreve para o Ko Ko Blog.

É claro que sei o que é o tal do Ko Ko Blog. Liz fala dessa *fanpage* pelo menos vinte horas por dia. Enquanto almoça, enquanto se troca para o trabalho, enquanto escova os dentes – o que normalmente soa como *Beu Deus, essa batéria tá esbetacular!* – e até mesmo enquanto dorme. O site é, nas palavras de Liz (e também do subtítulo), "o maior e melhor portal de notícias e informações sobre a cultura Hallyu". Às vezes, ela lê o texto das postagens em voz alta para mim, e eu finjo que entendo metade das coisas, porque ela também finge que entende quando eu falo sobre My Chemical Romance e Good Charlotte.

– Esse é o nome de blog mais cafona já criado na face da Terra – digo, também por costume.

Liz deita a cabeça no espaço livre do braço do sofá e olha pra mim. Ela está franzindo a testa.

– Sim, tenho certeza de que já ouvi você dizer isso das últimas 37 mil vezes, obrigada, mas vou repetir mais uma vez em respeito à nossa amizade.

Ela apoia uma mão sobre o peito, tocando sobre o coração, e me encara através dos óculos. Dramática, como sempre.

– Você só acha ruim porque não entende o *conceito* – insiste. – É uma referência a uma música do EXO, meu grupo de K-pop favorito, caso você não tenha percebido pelos pôsteres enormes no meu quarto, e não é cafona. É bem inteligente, na verdade.

– Sobre o que é a matéria?

– Sobre o festival de K-pop que eu vou amanhã. Aparentemente o primeiro dia de shows foi um sucesso.

Ah, o Kpopalooza. Liz estava esperando ansiosamente por ele, quase tanto quanto eu estou esperando o show do The Screaks.

Para mim, foram nove meses de frio na barriga, de madrugadas ensaiando as letras e minutos ociosos no banho bolando um plano infalível para chamar a atenção dos meus ídolos preferidos. Eu tenho tudo planejado: vou levar um cartaz enorme com uma *fan art* de autoria própria, vestir uma cópia do figurino que eles usaram no videoclipe de seu primeiro álbum e balançar o sabre de luz chamativo que roubei do meu irmão mais novo na semana passada. (Valeu aí, Star Wars!) Bom, pelo menos enquanto a pilha durar.

Tínhamos combinado de ir aos dois shows juntas, para aprender um pouquinho sobre o gosto uma da outra, mas os ingressos do festival se esgotaram em apenas alguns minutos. Ela conseguiu um ingresso para o segundo e último dia do evento, felizmente, depois de criar 26 contas de e-mail e colocar todos os seus colegas de trabalho – e eu, é claro – para ajudá-la na missão. A data calhou de cair no mesmo dia e em horário quase idêntico ao show do The Screaks, então apenas decidimos ir sozinhas desta vez.

– Deixa eu adivinhar – falo, encarando-a com olhos semicerrados e levando alguns segundos de contemplação para efeito dramático. – Alguém tirou a camisa e fez os fãs surtarem? Algum *idol* falou alguma coisa em português e todo mundo achou uma gracinha? Um dos meninos fez uma apresentação de dança solo que ninguém estava esperando? Liz sorri, satisfeita.

– Claro que sim! Não é um show de K-pop de verdade se ninguém fizer pelo menos uma dessas coisas.

Ela se levanta, animada, se ajeita no sofá e dá batidinhas no espaço vago ao seu lado. E, assim como eu já suspeitava, começa a narrar a matéria em voz alta:

– *Depois de uma longa espera dos fãs, o Kpopalooza...*

Eu não demoro a me aconchegar do lado dela, é claro, porque ouvir alguém falar com entusiasmo de algo de que gosta é uma das coisas mais bonitas do mundo.

A escova de cabelo fica esquecida no chão e, de repente, eu me esqueço do espelho trincado no banheiro e de todas as divindades desocupadas do mau presságio. Porque, afinal, eu me planejei por nove meses para aquele dia. Aquele único dia. Fiz listas e pesquisas, criei planilhas, costurei minha própria roupa e decorei a letra de todas as músicas.

O que poderia dar errado?

Depois de uma noite de insônia consumida pela ansiedade, de uma manhã resumida a cabelos em pé e de três xícaras de café puro, o grande dia finalmente chega.

Ainda de manhã, enquanto assisto à TV, vejo que uma matéria sobre o Kpopalooza está passando no noticiário. Os shows começaram às 10 horas da manhã e o último termina às 9 horas da noite. Liz deve ter acabado de sair para o trabalho, porque sua caneca de achocolatado abandonada pela metade ainda está quente na mesa de centro. Ela vai perder metade dos shows do dia, porque, aparentemente, eles estão trabalhando em um projeto enorme na agência publicitária onde ela faz estágio, e Liz faz parte da porcentagem azarada da população que trabalha aos domingos. Hoje o dia parece... diferente. Até Banguela parece ter percebido que algo está fora de lugar. Com a correria mais intensa do que o normal, ele acabou se escondendo debaixo da cama de Liz quando me viu tropeçar para fora do quarto, toda descabelada, com a franja em V parecendo um ninho de mafagafos e carregando um cartaz de quase dois metros quadrados. Sinceramente, não posso culpá-lo. Nem todo mundo pode dar de cara com minha obra-prima do Tom Hurley fantasiado de vampiro e fingir que não se sentiu impressionado. As horas se arrastam como zumbis. Mas como os preguiçosos zumbis em putrefação dos filmes dos anos 1990. Hoje em dia eles correm, porque ter mortos-vivos andando lentamente para comer suas vísceras já não parece aterrorizante o bastante. Quem dera o dia tivesse passado assim, rápido e voraz, mas a verdade é que já fui ao banheiro cinco vezes na última hora.

Felizmente, depois do quinto ou sexto xixi da bexiga ansiosa, o horário de pegar o ônibus até o metrô enfim chega.

Antes de sair, pego minha bolsa preta sobre a mesa e a atravesso no corpo. Sei que é a minha porque Liz pendurou um chaveiro de lhama felpudo e cor-de-rosa na dela. No fundo, sei que foi só para me manter longe de pegar dinheiro emprestado de sua carteira, mas a tentativa foi, segundo comprovei mais tarde, como pendurar uma corrente de dentes de alho para afastar vampiros – totalmente ineficaz.

De pé no vagão lotado do metrô, todo mundo me olha como se eu fosse uma aberração. Talvez sejam os tênis All Star com o quadriculado feito à caneta, o batom escuro ou o delineado preto ao redor dos olhos. Talvez seja o cartaz enrolado como um pergaminho gigante debaixo do meu braço direito. Ou aquela única mecha pink no cabelo escuro, que Liz me obrigou a tingir depois que perdi uma aposta.

Uma senhora faz o sinal da cruz com o terço da sua correntinha quando vê a capinha do meu celular. Ela é roxa, com teias de aranha e pequenos crânios que lembram muito o protagonista de *O estranho mundo de Jack*. A coisa mais bonitinha do mundo. Com um suspiro, eu abro o zíper da bolsa preta e coloco o celular lá dentro. Meus minicrânios não merecem isso.

Mas, então, sinto dentes pontiagudos cutucarem minha mão. Quando olho para baixo, percebo que é a escova de cabelo da Liz.

Que estranho. Por que estaria aqui?

Encontro também seu estojo de maquiagem, o colírio, a caixinha vazia dos óculos e... o ingresso do show. Estou confusa. Tão confusa que, em um primeiro momento, penso na probabilidade insana de objetos conseguirem se teletransportar entre bolsas idênticas de camelô. Pego o *voucher* na mão, aproximo do rosto e olho, olho, olho, olho. É o ingresso de um show. Não há dúvidas quanto a isso. Exceto por um detalhe: não é o *meu* ingresso.

Pânico se apodera de mim, e eu preciso me segurar na barra do metrô para não perder o equilíbrio. Procuro cegamente pela barra, mas não encontro, então estico a mão até a alça na parte de cima. Eu seguro em alguma coisa, provavelmente a alça. É mais quente e macia do que deveria ser, mas eu não tenho tempo para me preocupar com isso.

Meu celular começa a tocar. Eu o alcanço com a mão livre.

– Becca? Eu acabei de chegar em casa e... – soa a voz dela do outro lado da linha, trêmula e incerta. – Por acaso... assim, só por acaso mesmo, você já deu uma olhadinha na sua bolsa?

– Liz, por favor, diz que isso é uma piada.

Um suspiro alto ressoa no meu ouvido.

– Quem dera fosse, amiga – confessa, e quase posso vê-la andando em círculos ao redor da nossa mesinha da sala. Liz sempre dá voltas e voltas quando está ao telefone. Principalmente quando há problemas envolvidos. – Por que você tá com a minha bolsa?

– É a *minha* bolsa. A sua bolsa tem aquele treco felpudo pendurado.

– Ah – solta.

A linha fica muda por alguns segundos.

– Ah?

– Eu tirei a Kátia da bolsa. Fiquei com medo de perder no festival.

A lhama tem um nome.

Kátia, a lhama. Que ótimo.

– Nós temos que trocar – digo. – Onde você tá?

– Rebecca, me escuta. Não dá tempo de trocar. O próximo ônibus da estação pra cá só passa daqui a duas horas. E, mesmo que você pegue um táxi, o engarrafamento deve estar uma loucura a esta hora – explica pausadamente, como se eu fosse uma criança do primário e ela, minha professora de português. – Lembra quando você disse que estava disposta a ir a um show de K-pop comigo pra tentar entender os meus gostos? E eu disse que iria a um show do The Screaks pra entender o seu? Esse é o momento perfeito pra gente colocar isso em prática.

– Você tá maluca. Completamente maluca.

– Não podemos desperdiçar o dinheiro dos ingressos – tenta de novo.

Eu respiro fundo e tento não pensar no quanto sou azarada. Meus olhos estão começando a lacrimejar. As luzes dentro do metrô estão ficando embaçadas, então pisco várias vezes para recuperar o foco. Não posso chorar. Não vai ser nada legal se minha maquiagem começar a escorrer. A senhorinha com o terço talvez saia correndo ou me recomende um bom exorcista.

– É claro que eu lembro o que a gente combinou. Eu falei sério quando disse estar disposta a ir a um show de K-pop, mas a intenção era ir *com você*. Não vai ser especial se não formos juntas – murmuro e, a esta altura, estou quase choramingando, porque sei que não tem mais volta.

– Eu esperei esse show por nove meses. Nove meses, Liz. É uma gestação.

– Eu sei...

– E eu não conheço nenhum daqueles artistas. The Screaks e o K-pop são como eu e Liz, de mundos totalmente diferentes. A única coisa que eles têm em comum são as calças coladas.

– Eu sei – repete Liz. – Como você acha que *eu* estou me sentindo? Esperei tanto quanto você, e esse festival era, tipo, tudo que eu sempre sonhei. Mas se for você no meu lugar... Se for você, Becca, então eu não ficaria tão chateada.

– Eu não sei as letras... – murmuro, já meio convencida. Para ser sincera, não sei se tenho outra saída.

– O Ko Ko Blog fez um *post* há três meses com todas as informações do festival. Tem até as possíveis músicas que vão tocar no evento. Eles colocaram letra, tradução e tudo lá. Entra na *fanpage* pra dar uma olhada. Talvez dê tempo de aprender uma ou outra coisinha.

– Ai, meu Deus. Se eu ouvir o nome Ko Ko Blog de novo acho que vou vomitar – brinco, e Liz ri do outro lado da linha.

– Claro... É claro que o blog de nome ruim fez algo do tipo.

– Eles são ótimos, tá?

– Eles são *péssimos*. Todos eles, principalmente o tal cara gatinho que traduz as entrevistas.

É uma mentira, claro, e eu nem sei por que estou dizendo isso, mas ocupar minha mente com alguma coisa é o melhor caminho para não pensar nos problemas.

– "Seis dramas coreanos para você maratonar enquanto almoça"? – insisto. – Sério mesmo? Essas séries não têm, sei lá, dezesseis episódios de uma hora? Quem almoça por dezesseis horas?

Consigo ouvir Liz escondendo o riso ao telefone. Em vez de elogiar meu ótimo senso de humor, porém, ela apenas sopra uma risada curta e depois diz:

– Tá, boa sorte com isso. Eu vou pegar o ônibus agora. Tenho uma banda de homens góticos com cabelo lambido e bandanas para assistir.

– Era para *eu* estar vendo os homens góticos com cabelo lambido e bandanas!

– Eu também te amo, Becca!

Ela desliga.

Eu aperto a alça do metrô com um pouquinho mais de força, descontando ali minha frustração, e alguém força uma tosse. Quando olho para o lado, vejo que, na verdade, estou segurando a alça da mochila de um cara. O rapaz tem uma linda pele acobreada-clara, com um cabelo escuro meio bagunçado e uma franja que cai de um jeito bonitinho na testa.

E parece, por algum motivo curioso, muito familiar.

– Desculpa – digo e afasto a mão como se ela estivesse queimando.

Ele balança a cabeça, devagar, como se dissesse: "Sem problemas".

– Foi mal – responde, enfim. – Eu não disse nada porque você parecia bem concentrada aí.

Por instinto, e também por vergonha (principalmente por vergonha), eu me afasto sutilmente. Bom, tão sutilmente quanto possível em um vagão lotado, pelo menos. Mais um passo e eu poderia acabar com a cara bem no meio dos peitões da senhorinha religiosa ou invadindo o espaço pessoal de um grupinho de adolescentes. Ou, ainda, com a maleta de algum funcionário administrativo cutucando as minhas pernas.

O metrô desacelera gradativamente até parar na próxima estação. É aqui onde eu deveria descer, antes de descobrir que meus sonhos foram destruídos, mas agora preciso esperar mais duas estações para pegar a linha amarela. Ainda me sinto devastada, exatamente como aquele *meme* diz. "Chocha, capenga, manca, anêmica, frágil e inconsistente." No entanto, depois que as portas se abrem, metade das pessoas sai, e o vagão esvazia. Respiro aliviada quando sobra mais espaço para mexer as pernas. O que também significa que tenho mais espaço livre para segurar o cartaz.

Com terror internalizado, percebo que o papel está amassado na ponta.

Não que ele seja de alguma utilidade agora. A menos que artistas do K-pop também gostem de ver o Tom Hurley com uma longa capa preta, colete vermelho, presas afiadas e a boca ensanguentada. Provavelmente, não.

As portas se fecham outra vez, e olho de soslaio para ver se o rapaz ainda está ali. Vejo a silhueta da mochila com o canto dos olhos e percebo que, *sim*, infelizmente, ele está. Nossos olhares se cruzam, apenas por um segundo, e eu resmungo internamente. Por que preciso ser tão distraída?

Para piorar, agora ele está sorrindo com o cantinho dos lábios.

– Sabe – diz ele, de repente –, eu levei seis horas para escrever aquela postagem.

– O quê?

Pisco para ele. Uma fumaça imaginária se desprende dos meus ouvidos enquanto as engrenagens na minha mente giram, giram e giram.

E, então, como um sopro camarada, eu percebo de onde o conheço. A boca de lábios cheinhos, os olhos brilhantes e o maxilar bonito. Aquelas sobrancelhas arqueadas e expressivas... Desço o olhar um pouco, desviando de seu rosto até a gola da camiseta. Uma tatuagem tribal sobe pela clavícula e termina na lateral do seu pescoço. Eu já vi uma foto sua antes. Na internet. Mais especificamente, ao final de algumas matérias de uma tal *fanpage* muito famosa.

Ko Ko Blog.

– Ah... – solto, baixinho, e encaro meu reflexo nas janelas escuras.

Eu pareço aterrorizada. E constrangida. E patética. Patética, Rebecca. Você é patética.

Como não consigo articular mais do que isso, apenas seguro o cartaz mais perto do corpo, endireito as costas e caminho para a saída mais próxima. Os segundos parecem séculos enquanto espero que o metrô pare e as portas se abram. Quando acho que vou finalmente me livrar do constrangimento, o rapaz alto aparece como um fantasma no reflexo do vidro, de pé atrás de mim.

Desço na estação seguinte. E ele, ainda com um sorrisinho travesso no rosto, passa por mim a caminho da escada rolante.

Este dia não pode ficar pior.

Tem algo de curioso nas superstições.

O simples ato de passar sob uma escada se transformou em sinônimo de azar por causa de alguns malucos do Egito Antigo. Quando encostada a uma parede, a escada forma um triângulo, figura que era considerada sagrada pelos egípcios. A Igreja Católica também se meteu no meio desse rolê. O triângulo, para os católicos, simboliza a Santíssima Trindade, então atravessá-lo seria uma ameaça direta ao equilíbrio entre Pai, Filho e Espírito Santo – e também à trindade dos deuses egípcios.

Se quebrar um espelho realmente dá sete anos de azar, como acreditavam os romanos, não vou me livrar dessa má sorte tão cedo.

Sentada no metrô da linha amarela, decido pegar o celular para matar o tempo até a próxima parada, e o resultado é uma pesquisa bastante duvidosa e bem previsível sobre "sete maneiras de atrair boa sorte e dizer adeus ao azar". Repasso a lista mentalmente, porque ainda tenho algum tempo.

1. *Tenha um trevo de quatro folhas.*
Difícil, mas não impossível. A pergunta é: o que faço depois que ele murchar e morrer? Continuo recebendo a boa sorte? É algo a se pensar.

2. *Sal grosso.*
Acessível. Dá para surrupiar um pouquinho do churrasco em família no domingo.
Bônus: comer um pãozinho com linguiça, farofa e o vinagrete da tia Frida.

3. *Queimar incenso.*
Misterioso, místico e cheiroso. É uma boa opção, e posso aproveitar para atrair dinheiro também.

4. *Deixar as janelas abertas para o sol.*
O nível de dificuldade me preocupa. Moro em um prédio alto de uma região metropolitana. Não tem sol.

5. *Ferradura atrás da porta.*
Acessível, se você morar na fazenda. Ou tiver um cavalo.

Esse me deixa estranhamente pensativa e nostálgica. É como ter 11 anos de novo e assistir ao programa *Art Attack* na TV. Quase ouço a voz do apresentador. "Você vai precisar de materiais que você encontra em casa, como: papel, tesoura sem ponta, tinta guache, cartolina, cola branca e, pra finalizar... uma ferradura de cavalo!"

6. *Deixar sua casa arrumada.*
Vamos desconsiderar essa. De todas as dicas, com certeza é a mais difícil.
7. *Usar cristais.*
Nada que uma viagenzinha para a Terra Média não resolva, né?

Quando uma voz feminina irrompe, anunciando a próxima estação, eu me preparo para sair.
– *Next station...* – digo baixinho, tentando acompanhar a voz.
Acho superchique metrô com anúncio bilíngue.
Do lado de fora, as pessoas se espremem ao lado das portas, seguindo escada acima como uma manada de bois ansiosos. Lá em cima, mais à frente, vejo um grupo de cinco garotas um pouco mais novas que eu. Não é preciso ser um gênio para adivinhar que elas também estão indo para o festival. As meninas vestem camisetas iguais, com o logo de algum grupo de K-pop que eu obviamente não reconheço e carregam bastões que mais parecem o cetro branco e dourado de alguém da realeza.
Respiro fundo, reúno coragem e enfio meu cartaz na primeira lixeira que aparece pela frente.
E, então, sigo atrás delas.

Se carregar um cartaz gigante no metrô já parece ruim, espere até ver quatro garotas carregando uma barraca de acampamento aberta no meio da rua. Liz me contou sobre isso, e os canais de notícias também não param de tocar no assunto. Pessoas dormiram na fila durante semanas para entrar no local dos shows primeiro. O segurança careca atrás delas, de terno e óculos escuros, não parece nada feliz em ter sido pago para expulsar adolescentes acampadas no estacionamento.

O homem parece ter saído do filme *MIB: Homens de preto*, o que me assusta um pouco, mas ao mesmo tempo me deixa esperançosa. Quais as chances de ele apagar a minha memória com um *neuralyzer* e eu esquecer que acabei de perder o show da minha vida, e provavelmente a oportunidade de ver Tom Hurley cantando e suando ao vivo?

Não consigo ver seus olhos por trás dos óculos escuros, mas ele cruza os braços quando passo, grande e imponente como uma geladeira *frost free* inox de duas portas.

OK, nenhuma chance.

Talvez só funcione para pessoas que presenciaram a existência de alienígenas, o que com certeza não é o meu caso. Liz e Camila fantasiadas de Klingons para a festa de *Halloween* definitivamente não contam.

– Bem-vinda e aproveite o evento – diz ele, simplesmente.

O espaço reservado para o festival é maior do que eu imaginei. Para entrar, troco o *voucher* por uma pulseira fluorescente. Mesmo agora, no fim da tarde, pego um pouco de fila na entrada. Quando sou liberada por um segundo segurança – ou, se preferir, um agente ultrassecreto da *MIB* –, vejo uma infinidade de barracas de comida de *fast food* sul-coreanas, tendas com itens oficiais à venda e painéis de LED ofuscando minha vista.

São dois palcos ao todo. Um maior, provavelmente para os shows principais, e outro um pouco menor, onde um grupo reduzido, mas ainda expressivo, participa de um bate-papo com influenciadores digitais.

Devo ter chegado durante uma pausa entre os shows, porque os *staffs* do evento, vestindo camisetas amarelas que dizem "POSSO AJUDAR?", estão correndo de um lado para o outro para deixar tudo organizado para a próxima atração. Como a destruição de um sonho e de um planejamento de nove meses me deixou com fome, aproveito para procurar um lugar onde eu possa comer alguma coisa. Escolho uma tenda pequena e bonitinha que imita um ambiente de cafeteria. Peço um *bubble tea* e um waffle de banana com chocolate.

Uma das meninas me encara do outro lado da tenda, avaliando minhas roupas de cima a baixo, desde o conjunto de paletó e gravata – idêntico ao que os membros do The Screaks usaram no videoclipe de estreia – até as meias listradas escapando dos tênis de cano alto. Eu me preparo para o olhar de julgamento, para a testa franzida e o comentário cruel, mas ela apenas abre um sorrisinho e aponta para a mecha rosa no meu cabelo.

– Já sei. Fã do BLACKPINK, né?

Não sei o que é isso, mas faço que sim com a cabeça. Antes de acenar e se afastar, ela sorri ainda mais, transbordando simpatia.

Tudo bem, eu admito. Já gosto um pouco desse lugar. Mas só um pouco.

Quer dizer, não dá pra reclamar enquanto você mastiga um waffle de banana com chocolate. Metafórica e literalmente falando. A menos que queira falar de boca cheia.

Os fãs que formam fila em frente à tenda se dispersam bem rápido. Eles pedem seus lanches e logo depois se afastam, deixando as mesinhas livres, e a única interpretação possível é de que o próximo show deve estar quase começando. Eu saboreio meu pedido, porque não estou com pressa e também porque não sei quando vou poder sentar de novo.

Do meu lado, perto da tenda, um banner enorme de um homem dançando se estende na vertical. Liz tem fotos dele no celular, disso tenho certeza. A blusa que ele usa termina pouco abaixo da altura do diafragma. Eu não sabia que precisava ver um cara de *cropped* até de fato ver um cara de *cropped*. Tento imaginar como seria se Tom Hurley usasse aquela roupa. Enquanto termino de jogar o guardanapo no lixo e caminho na direção do palco maior com meu *bubble tea*, já estou imaginando todos os detalhes da *fan art* que vou desenhar quando voltar para casa. Alguns passos depois, já tenho a paleta de cores predefinida, os *brushes* que vou usar e até as opções de *croppeds* diferentes que vou fazê-lo vestir.

Mas tudo isso desaparece quando dou outro passo – na verdade, apenas meio passo – e meu corpo colide com alguém. A embalagem de plástico da minha bebida fica amassada entre meu peito e as costas do garoto. O líquido marrom claro transborda, encharcando a frente da minha camiseta. Eu congelo, em parte porque o *bubble tea* está gelado, em parte porque estou realmente paralisada. Olho para baixo, o olhar percorrendo a mancha no tecido como se fosse a maior das aberrações.

Que azar!

Quando voltar para o apartamento, vou sumir com todos os espelhos da casa.

Isso, é claro, se eu sobreviver a este dia.

– Que merda, mil desculpas – diz o rapaz, parecendo realmente desesperado.

Ele cobre a boca com a mão, envergonhado, mas então a deixa cair ao lado do corpo de novo. Seu olhar se suaviza quando me reconhece.

– Ah, oi. É você de novo. A menina lá do metrô.

Quando não digo nada em resposta, ainda atônita pela colisão, ele acrescenta:

– Você se lembra de mim?

Assim, eu até entendo que quebrar o espelho foi um baita descuido, admito minha parcela de culpa na coisa toda, mas aí já é golpe baixo. É pegar pesado mesmo. As divindades do mau presságio estão inspiradas hoje.

– Como eu poderia esquecer? – respondo, forçando uma risada nervosa.

Kevin Hwang está me olhando. Não como se me odiasse por eu ter insultado seu blog, nem como se secretamente caçoasse da minha falta de sorte e achasse que eu sou esquisita. Só... me olhando. Os últimos raios solares pintam seus cílios de dourado, e ele abre um pequeno sorriso com covinhas, os dedos afundando nos bolsos das calças jeans. Agora que não estou mais tão ocupada agonizando internamente, preciso admitir que é uma visão e tanto.

– A propósito... Eu sou o Kevin.

– Kevin – repito, como se já não tivesse escutado Liz falar no cara 373 mil vezes só na última semana. – Como aquele cara dos Jonas Brothers.

É um mistério que eu ainda me lembre da existência de um Kevin nos Jonas Brothers, mas acho que isso é de senso comum para qualquer adolescente que assistia ao Disney Channel em 2008.

Ele abre um sorriso desconfortável de quem ouviu esse tipo de brincadeira durante todo o Ensino Fundamental, então eu digo rapidamente:

– Rebecca, mas pode me chamar de Becca.

Nenhum de nós estica a mão para cumprimentar. Talvez porque eu esteja com um copo de plástico amassado na mão direita. Talvez porque ele não esteja realmente contente em me conhecer.

– Desculpa. De novo. Sério – se apressa em dizer, aflito, contraindo de leve a testa.

Kevin tira uma das mãos do bolso e aponta para algum lugar atrás dele com o polegar.

– Minha mochila ficou lá nos bastidores. Se estiver tudo bem pra você, posso te emprestar uma camiseta seca.

Não preciso pensar muito sobre isso. O tecido da minha blusa está molhado e grudento, agarrando na pele, e não posso apenas cobri-la com o paletó. Sei que não vou aguentar o resto do dia assim, principalmente quando o céu escurecer por completo e a noite trouxer com ela o frio característico de São Paulo. E Kevin não é um *total* desconhecido. Só *meio* desconhecido. Então, decido dizer, de forma muito eloquente e coerente:

– Tudo bem.

Ele dá um passo à frente, esperando que eu o siga. Quando começo a caminhar ao seu lado, percebo que o ombro dele bate na altura do meu queixo, e que ele usa sapatênis, uma blusa xadrez e uma camiseta com a estampa de um cara asiático careca por baixo. De perfil, embora seja engraçado admitir, dá pra ver que o nariz dele é bem... *fofo*. É levemente achatado, pequeno e arredondado. É tão fofo quanto um nariz pode ser.

Atravessamos a arena até o outro lado do palco grande, as pedrinhas no chão de terra rodopiando debaixo dos meus tênis. Outro agente secreto da *MIB* nos deixa passar e entrar para a área restrita quando Kevin mostra seu crachá. Faço uma rápida anotação mental para incluir isso na lista de coisas que acho chiques.

Coisas que acho chiques, parte 1:

1. Gente que desbloqueia o celular com a biometria do polegar;
2. Pessoas não francesas fluentes em francês;
3. Privadas tecnológicas japonesas com fechamento automático, bidê embutido e controle de temperatura;
4. Sotaque britânico;
5. Quem bebe vinho na taça enquanto toma banho de banheira;
6. Quem bebe vinho do *gargalo* enquanto toma banho de banheira;
7. Gente que escova os dentes com a mão na cintura ou lava a louça fazendo um quatro com as pernas;

8. Gente que acessa lugares proibidos com um crachá.

Passamos por um corredor, desviando de uma infinidade de fios, aparelhos, caixas de som e gente apressada. É impressionante que eles tenham conseguido deixar o evento tão limpo e organizado, porque é um caos sem tamanho lá atrás. É como manter o quarto aparentemente arrumado, mas varrer a bagunça para debaixo da cama. Quem nunca?

Avisto uma sala quando viramos à esquerda. É um camarim. Pelo menos é o que diz a placa, mas não é bem o que eu esperava de um camarim. Estou acostumada com a grande penteadeira de lâmpadas redondas que sempre aparece nos filmes e que, inclusive, acho muito chique e deveria estar na minha lista. Mas ali, cadeiras de plástico brancas estão apoiadas nas paredes e uma única mesa comprida abriga centenas de bolsas e mochilas.

Kevin solta um murmúrio de satisfação quando encontra a sua e logo começa a remexer dentro dela.

– Você tá trabalhando aqui? – pergunto, embora, a esta altura, a resposta seja um tanto óbvia.

– Mais ou menos. Hoje menos, pra ser sincero – responde, ainda vasculhando suas coisas, e sorri, olhando para mim sobre o ombro, enquanto seus antebraços somem dentro da mochila. – Eu sou intérprete. Faço a tradução simultânea quando tem entrevistas com algum artista e às vezes quebro um galho na produção dos eventos também.

– E nas horas vagas, Ko Ko Blog.

– Nas horas vagas – continua ele –, estudo Jornalismo, faço traduções pro blog e escrevo algumas matérias sem pé nem cabeça, como você já notou.

Kevin sorri ainda mais. Ele parece o tipo de garoto que vejo nos filmes, que está sempre feliz e sorridente mesmo que esteja cansado.

– Mas eu tenho bastante ajuda, sabe – completa. – A *fanpage* tem vários voluntários.

O camarim tem um espelho grande em uma das paredes. Eu me aproximo dele para ajeitar a franja. Nesse meio tempo, o blogueiro encontra a camiseta extra e se aproxima, segurando o tecido rosa pastel.

Olhando no espelho, me sinto afundar em vergonha outra vez ao reparar na roupa manchada colada ao meu corpo. O paletó não sofreu grandes danos, mas a blusa ficou ensopada na frente, evidenciando o contorno quase perfeito do sutiã. Kevin parece ter reparado também, porque pisca rápido e engole em seco, desviando o olhar para longe do reflexo. Depois tropeça em alguma coisa e coloca a camiseta rosa no encosto de uma das cadeiras.

Posso estar imaginando coisas, mas tenho a impressão de que suas bochechas estão coradas.

Kevin caminha para a porta.

– Eu vou... deixar você à vontade – diz, sem olhar na minha direção. – Pode trancar a porta por dentro, se quiser. Vou ficar vigiando por fora, então relaxa.

Eu balanço a cabeça, concordando, e a porta bate atrás dele.

Só preciso de uma rápida olhada para saber que a camiseta vai ficar enorme em mim. Kevin é alguns bons centímetros mais alto, o suficiente para que eu precise inclinar a cabeça para enxergar os olhos dele. Ele também tem ombros largos.

Tiro o paletó feito sob medida e encaro o estrago no espelho. O *bubble tea* respingou na gravata, mas, por algum milagre divino, ela está seca o suficiente para que eu possa continuar usando. A camiseta é um caso perdido. Eu a tiro muito rapidamente antes de secar a pele molhada por baixo o melhor que consigo. Quando pego a camiseta rosa pastel de Kevin e enfim passo a cabeça pela gola, percebo que ela tem o cheiro dele, bem fraquinho. E também um perfume gostoso de amaciante.

Eu tinha razão: fica grande, descendo um pouco pelas coxas.

É um pouco bizarro de admitir, mas é estranhamente satisfatório. Como estar na pré-adolescência de novo e vestir o casaco cheiroso que o *crush* emprestou.

Escondo o tecido cor-de-rosa por baixo do paletó e fecho todos os botões até em cima, escondendo o que restou com a gravata. Verifico se meu lápis de olho ainda está intacto, se o batom não borrou e se os fios do cabelo não estão enganchando nos piercings da orelha e então saio. Kevin está me esperando do outro lado, como prometeu, apoiado na parede do corredor.

Quando caminhamos de volta para a saída, os bastidores estão mais vazios, mas a correria continua do lado de fora. O som alto da primeira apresentação de um grupo masculino irrompe em meus ouvidos.

Vejo luzes, uma infinidade de pessoas pulando e lanternas – *lightsticks*, como Liz chama – cintilando em diversas cores na penumbra das primeiras horas da noite.

Respiro fundo e solto o ar pela boca, de repente desanimada. Porque, quando olhei para o palco, não eram aqueles nove garotos que eu estava esperando ver.

Kevin percebe.

– Deixa eu adivinhar – diz, ainda parado ao meu lado perto da saída. – Você preferia estar no show dos caras góticos com cabelo lambido e bandanas?

A pergunta certeira me pega desprevenida.

– Você ouviu isso também? Uau, que baita bisbilhoteiro você é, sr. Hwang – brinco, estalando a língua. – Isso não é, tipo, invasão de privacidade?

Ele semicerra os olhos e balança a cabeça.

– O conceito de invasão de privacidade não se aplica em metrôs lotados. Todo mundo sabe disso.

Meus lábios se alongam em um sorriso, mas só porque sei que ele tem razão.

Uma vez, quando fiquei espremida perto de uma mulher no ônibus lotado, acompanhei uma discussão acalorada que levou a um término virtual de namoro. Eu não tive escolha. A tela do celular dela estava basicamente enfiada na minha fuça. Foi difícil não bisbilhotar, principalmente depois que os *memes* entraram na jogada. O namorado daquela mulher, quem quer que fosse, não teve qualquer chance na discussão. A namorada tinha nada menos do que uma pasta com mais de mil e quinhentos *memes* e figurinhas. Um verdadeiro arsenal de batalha.

– O que mais você ouviu? – pergunto.

A voz da minha consciência acrescenta, baixinho, dentro da minha cabeça: "Além da chacota que fiz com o nome do seu blog, de zoar o título da sua matéria e, mais especificamente, te chamar de péssimo e gatinho na mesma frase".

Mas Kevin não traz nenhuma dessas coisas à tona, graças a Deus.

– Algumas coisas. Não muito – diz. – Mas acho que seria mais legal ouvir de você.

– Como assim?

Ele encolhe os ombros, como se não fosse nada.

– Minha próxima entrevista é só em duas horas, então tenho tempo sobrando, se você quiser me contar sobre como veio parar aqui.

– Esse é você tentando me chamar para... Sair? Te fazer companhia? Algo do tipo?

Ele sorri. É um sorriso lindo, devo admitir. Grande, brilhante e juvenil.

As covinhas aparecem de novo.

– Algo do tipo – concorda.

Liz sempre diz para eu não cair na lábia e no carisma de carinhas bonitos, embora seja ela, e não eu, quem tem pôsteres com mais de vinte carinhas bonitos no quarto. A minha Rebecca interior está balançando a cabeça para mim, dizendo que aquela é uma má ideia, e eu concordo. Quebrar o espelho do banheiro já foi ruim o suficiente. Perder o show do The Screaks foi ainda pior. Eu não preciso da piedade e companhia de um cara como Kevin, mesmo que ele seja cheiroso e tenha um sorriso bonito.

Ainda assim, pisco e sorrio de volta para ele, como se estivesse enfeitiçada.

– Tem certeza? Isso não envolve alguma vingança secreta por eu ter xingado o nome do seu blog?

– Putz, você me pegou! Não era para você ter descoberto assim – fala, fingindo desânimo.

Primeiro defeito detectado: ele é péssimo ator.

– Sim, Rebecca, esse é meu plano – diz. – Vou ouvir você falar da sua vida a noite toda e depois criar um *post* vergonhoso para o blog dizendo o quanto adorei passar o dia com você.

Tudo bem. Vamos ser sinceros aqui. Ele tem jeito com as palavras. E é bonito, mas às vezes age como se não soubesse que é, o que o faz parecer ainda melhor. Ele se encaixa perfeitamente na descrição de Liz. E talvez, só talvez, eu devesse estar negando qualquer investida e fugindo para longe agora.

– Parece um bom plano – concordo. – Mas e se você odiar passar o dia comigo? O que acontece?

– Acho que você vai ter que pagar pra ver – diz Kevin, erguendo as sobrancelhas, e começa a caminhar na minha frente.

Ele espia sobre o ombro para ver se estou indo atrás dele.

Dou risada, balanço a cabeça em uma crítica silenciosa e o sigo pelo campo aberto, mergulhando na multidão. Ele estende o braço, todo cavalheiro. De repente, estou segurando em seu pulso para não me perder. Nossas pulseiras gêmeas, brilhando em um verde neon na escuridão, combinam incrivelmente bem. A música é alta. Tento pronunciar uma frase, mas o som engole as palavras.

"Talvez", penso comigo mesma, "talvez eu não seja assim tão azarada".

Percebo uma coisa estranhamente mágica.

Eu *conheço* aquelas músicas. Não sei cantar a letra nem sei nomeá-las, mas, de alguma forma fascinante, elas me despertam memórias e sensações.

Eu me lembro de Liz dançando na cozinha enquanto preparava torta de limão, colocando sua *playlist* no volume máximo ao tomar banho ou praticando dancinhas malucas para tentar me alegrar em um dia ruim. De ser arrancada do sofá para pular com ela sobre o tapete quando seu clipe favorito aparecia em um canal de TV. Lembro-me de ouvi-la ler as matérias do Ko Ko Blog para mim, como se estivesse discursando para o Nobel da Paz, e de achar graça do quanto ela parecia tão feliz com coisas tão simples.

O engraçado sobre a música é que ela fica diferente quando passa a significar algo para você. Quando passa a morar nas suas lembranças.

Kevin está pulando, sorrindo e cantando – gritando, na verdade – com as músicas. Tudo ao mesmo tempo. Ele pega meus braços e me incentiva a erguê-los lá no alto também.

E, de repente, quase sem perceber ou lutar contra isso, estou dançando. Não temos *lightsticks*, mas nossas pulseiras cintilam no escuro, as cores chamativas flutuando acima das nossas cabeças.

É tão bonito.

No intervalo seguinte, aprendo algumas coisas sobre Kevin Hwang.

1. Ele tem uma irmã mais nova, de 5 anos. E tem aproximadamente duzentas fotos com ela na galeria do celular.
2. Sua série de TV favorita era *Game of Thrones*, pelo menos até a sétima temporada. A última não terminou do jeito que ele esperava (ou do jeito que *qualquer pessoa* esperava).
3. Ele prefere assistir a outras pessoas jogando na internet a efetivamente jogar.
4. Ele também não é inteligente. É o que ele diz, mas acho que está mentindo.
5. E odeia que as pessoas associem superinteligência a pessoas asiáticas ou com ascendência.
6. Esta é um pouco chocante: ele não gosta de sobremesas com chocolate. Mas gosta de chocolate em barra. Meio amargo.
7. Se ele pudesse escolher apenas uma coisa para levar para uma ilha deserta, ele escolheria levar sua mãe.
8. Ele passa mais tempo respondendo a testes de personalidade na internet do que postando nas redes sociais.
9. Seus seres sobrenaturais fictícios preferidos são vampiros. (Sim, eu perguntei.)
10. Sua tatuagem, aquela que ele esconde debaixo da camiseta, é um dragão monocromático em estilo tribal. Sua inspiração para a escolha, acredite se quiser, vem desde seus 15 anos, quando seu desenho animado preferido na TV era *Jake Long, o dragão ocidental*. A título de curiosidade, a parte que aparece na clavícula e termina no pescoço é a cauda do dragão.

– O dragão também representa a imortalidade, o poder divino e a união dos contrários – diz, enquanto caminhamos para longe da multidão, bebendo das nossas latas de refrigerante. – É meio irônico, se você parar pra pensar. O desenho animado era sobre um dragão ocidental, e esse aqui... – completa, apontando para o próprio peito. – Esse aqui é uma mescla.

Levanto a cabeça para olhar para ele.

– Algum motivo específico pra isso?

– Acho que foi o jeito de eu tentar me encontrar – diz, e dá de ombros. – Eu nasci na Coreia do Sul, mas vim pra cá bem pequeno. Pra minha família, sinto que não sou coreano o suficiente, mas ao mesmo tempo, pros meus amigos, sou coreano demais pra ser brasileiro. Por causa disso, às vezes parece que eu não sou nem uma coisa nem outra. Isso faz algum sentido?

Faz sentido. Não é nem de longe uma comparação horizontal e nossos sentimentos de não pertencimento são extremamente diferentes, mas me lembro da época do Ensino Médio, quando Liz e eu tentamos mudar nosso estilo de roupas e nosso corte de cabelo, numa tentativa estúpida de tentarmos nos encaixar. Ela sempre foi colorida demais, com suas unhas chamativas e os brincos neon; eu era mórbida demais, com meu moletom preto e uma franja que servia para me esconder do mundo ao redor.

Nada daquilo valeu a pena. Nós desistimos uma semana depois.

É muito ruim sentir que você não se encaixa em lugar nenhum, e percebo como isso tem um peso ainda maior para Kevin.

Eu paro de andar quando já estamos muito longe. A distância, posso ver que algumas pessoas esperam pelo próximo show, agarradas às grades prateadas da barricada, em frente ao palco. Daqui, elas parecem quase tão miúdas quanto formigas.

O vento está agitando os cabelos dele, e Kevin vez ou outra passa a mão na testa, tentando manter a franja longe do rosto.

– Por que você tem que ser só uma coisa? – pergunto.

A brisa gelada sopra as palavras da minha boca.

– Como assim?

– Por que você precisa ser só coreano ou brasileiro? As duas coisas fazem parte de você. É quem você é – respondo, sem nem hesitar, porque acredito mesmo nisso. – E, pra ser bem sincera... no fundo, ninguém é uma coisa só. Somos um infinito de possibilidades.

Não sei dizer ao certo de onde isso veio, mas sei que provavelmente deve soar como uma passagem brega de livro de autoajuda ou uma frase de efeito de uma palestra de *coaching*, porque Kevin abre um sorrisinho. Ele dá outro gole no refrigerante, a lata quase esquecida em sua mão.

– E você? Que outra Rebecca tem aí dentro?

– Muitas – digo, arqueando uma sobrancelha. – Hoje, em especial – continuo, pegando meu celular na bolsa e abrindo o aplicativo do bloco de notas –, a Rebecca que não quer admitir, mas que está se divertindo mais do que devia, e que já anotou o nome de três músicas pra colocar na *playlist*.

Mostro a ele uma minúscula lista ainda em construção, com apenas três tópicos.

Ele sorri, e então diz:

– Uau, é um avanço e tanto. Mas tá faltando anotar uma coisa aí.

– É mesmo? O quê?

– Meu número de telefone.

Sorrateiro, sr. Hwang. Muito sorrateiro.

A diabinha em meu ombro direito, uma Rebecca vestida com um traje vermelho brilhante e chifres de plástico, espeta um tridente no meu pescoço. "Não responde, maluca", ela sussurra pra mim. "O negócio é se fazer de difícil." A anjinha, do outro lado, para de tocar sua harpa e se levanta, indignada, colocando a auréola luminosa sobre a cabeça como se fosse um chapéu. "Que mané se fazer de difícil, o quê. Esse negócio tá ultrapassado." Sua toga branca tremula quando ela se aproxima do meu ouvido. "Apenas seja sincera. Ele parece legal, e você tem interesse nele, uai. Cai dentro."

A anjinha é mineira, por algum motivo desconhecido. E eu me sinto o Kronk de *A nova onda do imperador*, assim, debatendo comigo mesma.

Contei a Kevin algumas coisas sobre mim antes. Que estou no quarto semestre de Artes Visuais, sou obcecada por fazer listas, sonhava em ser astronauta quando tinha 7 anos, já usei um colar de soco inglês na época que era moda e até que tenho intestino preso, porque eu não tenho senso algum de decência e preservação pessoal. Não tenho mais dignidade sobrando. Se mesmo assim ele ainda quer meu telefone, talvez a Rebecca tocadora de harpa tenha razão.

Ainda assim, fico na defensiva de novo.

– Quer mesmo o telefone da menina que xingou seu blog?

– Você está obcecada com a coisa do blog – comenta ele, rindo, nada afetado por eu ter rebatido sua pergunta com outra pergunta. – Só anota meu número aí. Se você não estiver a fim de conversar comigo depois de hoje, tudo bem. Mas você tem que anotar de qualquer jeito, porque vou precisar da camiseta de volta.

Solto um risinho baixo e entrego o celular na mão dele, já aberto no cadastro de novos contatos.

– Faça as honras, Kevin Hwang.

Adiciono mais uma coisa à lista de coisas que acho chiques:

9. O nome dele.

Enquanto ele digita o número no teclado, não consigo desviar os olhos dele. Da tatuagem, do cabelo caindo na testa enquanto ele olha para baixo e do pequeno sorriso que se estende em seus lábios cheios, quando ele alegremente salva seu próprio nome como "Cara gatinho que traduz as entrevistas".

Sem aviso prévio, meu coração dispara e samba no peito, estremecendo como um trio elétrico desfilando no sambódromo.

Liz tem razão.

Carinhas bonitos são perigosos.

Cinco horas de amizade depois, eu já consigo perceber quando Kevin está surtando por dentro.

É sua segunda entrevista a que assisto hoje. Na primeira, ele parecia naturalmente nervoso, principalmente quando as meninas daquele quarteto falavam muito rápido, alternando as falas entre si. Ele se atrapalhava um pouco para lembrar exatamente o que diziam, se esforçando para traduzir com o máximo de fidelidade naquele curto espaço de tempo. Agora, porém, ele parece em pânico, como se fosse o mais religioso dos homens encontrando Jesus.

E Jesus, para Kevin, é aquele homem careca com um piercing acima do lábio, o cara estampado em sua camiseta e que faz parte da banda entrevistada. Se o casaco cobrindo propositalmente a estampa é indício de alguma coisa, posso apostar todas as minhas fichas que Kevin é um fã do tipo tímido e que nunca esteve tão nervoso em toda a sua vida.

Eles são diferentes de todos os artistas que vi por aqui hoje, embora eu tenha chegado atrasada para assistir à apresentação. Além deles, apenas uma outra banda tocou no festival. É interessante ver como os artistas convidados para o evento têm estilos tão distintos e únicos. E, ainda assim, todos eles têm seus fãs fiéis.

Kevin é o tipo de fã que vou chamar de Fã-Fachada. Primeiro, na frente dos famosos, ele finge indiferença e mantém a compostura. Depois, surta e desmaia.

Talvez tenha algo a ver com a ética do trabalho.

Após meia hora mantendo a compostura na frente de seus ídolos, ele desce do palco menor e é quase imediatamente cercado por um grupo de garotas, provavelmente fãs que admiram suas postagens no Ko Ko Blog. Não dura muito. Ele banca o simpático e logo se afasta, como se tivesse visto uma assombração, evitando que a conversa se prolongue. Quando me alcança, ele quase se desmancha e perde a força nas pernas assim que toca meu ombro.

As meninas observam de longe. Elas parecem chateadas quando me veem e então se dispersam.

Estreito meus olhos para ele.

– Já sei o que você tá fazendo.

Ele pisca devagar, sem entender do que estou falando.

– O quê?

– Me usando como repelente de fãs. Como uma espécie de amuleto para manter as outras garotas afastadas – digo, orgulhosa pela observação certeira e minuciosa. – Eu sou seu colar de dentes de alho.

– Você é maluca – responde gentilmente e começa a rir, meio por diversão, meio por alívio.

Acho engraçado e bonitinho. Ninguém nunca me chamou de "maluca" com tanto carinho antes.

Por fim, dou de ombros.

– Não precisa fingir que não gosta.

– Eu gosto – diz, e o clima imediatamente fica meio estranho.

Ficamos nos encarando por um tempo não muito platônico. Assim, de perto, percebo que Kevin é ainda mais bonito. E que o zíper do seu casaco de moletom desceu um pouco durante a entrevista, deixando visível a careca do homem na estampa da sua camiseta. Mas não vou dizer isso a ele, porque não quero que ele se sinta envergonhado.

— A entrevista foi legal — comento apressadamente, para preencher o silêncio.

Ele sai do transe, piscando e confirmando com a cabeça.

— Como foi conhecer seus grandes ídolos? — pergunto.

— *Desesperador* — grunhe —, mas seria ainda pior se eles tivessem vindo com aqueles acessórios peludos bizarros na cabeça, como na última turnê. É a primeira vez que vêm ao Brasil, e também a primeira vez que eu falo com eles pessoalmente, então estava meio nervoso. *Bastante* nervoso. São meus artistas preferidos do evento. Na verdade, eles provavelmente são meus artistas preferidos da Coreia toda.

— Mesmo? Queria ter visto o show deles. Os caras parecem diferentões.

— Você quer mesmo ver? — pergunta ele, as sobrancelhas meio levantadas e o esboço de um sorriso animado nos lábios.

Em resposta, ergo uma sobrancelha também.

— O que está planejando?

— Você vai ver — rebate, divertido, e seu sorriso se amplia ainda mais.

Não tenho ideia do que seja, mas gosto de como soa.

Durante o intervalo entre os dois últimos shows da noite, Kevin e eu nos sentamos no chão de terra. Ele tira o casaco e o estica no piso arenoso, para que eu possa me sentar. Quando ele se agacha, pronto para se juntar a mim, tiro o meu paletó e faço o mesmo, alisando-o e dando tapinhas para convidá-lo a finalmente se sentar comigo. Se ele pode ser cavalheiro, por que não posso ser uma dama?

O gesto arranca dele um sorriso brilhante, e Kevin faz uma longa e exagerada reverência.

– A que devo a honra da sua amabilidade e gentileza, Vossa Alteza Rebecca?

Respondo à altura, inclinando o corpo e segurando as laterais da barra da camiseta rosa folgada, puxando-a como se fosse um vestido. Termino o cumprimento com um aceno de cabeça, entrando na brincadeira.

– Duque Hwang, é sempre um prazer retribuir tal cortesia. O excelentíssimo senhor é muito bem-vindo em minhas terras – digo em um tom incrivelmente falso de elegância, erguendo um punhado de terra na palma das mãos para exemplificar o que estou dizendo.

Nós dois caímos na gargalhada juntos, daquelas difíceis de fazer parar. Seu rosto fica vermelho e ele inconscientemente se inclina para mais perto, sua cabeça encostando na minha. É tão leve que mal sinto seu peso de verdade. Sinto apenas uma eletricidade deslizando no espaço minúsculo entre nossos fios de cabelo, como um toque fantasma. Kevin se recupera das risadas aos poucos e se afasta, sem fazer ideia da bagunça que acidentalmente acabou de criar no meu peito.

Ele dobra as pernas e tira do bolso do casaco seu celular, envolto pelo fio do seu fone de ouvido, como se fosse um carretel de linha de pipa.

– Você disse que queria assistir ao show – diz, desenrolando o fio preto e acessando a galeria de vídeos. – OK, agora é hora de aprender a receita secreta de uma vida bem-sucedida e feliz.

Chego mais perto, tentando espiar as imagens em miniatura na tela.

– Não sabia que esse curso intensivo de *coaching* estava incluso no pacote do evento – comento baixinho, mas ele ouve mesmo assim, sorri e me entrega um dos fones. – Estou ansiosa pra saber o que faz você gostar tanto deles.

Nós dividimos o fone de ouvido. Ele apoia o celular sobre os joelhos e dá *play* no primeiro vídeo. É uma gravação que ele fez do show, de algum ângulo bem próximo ao palco. Não é fácil conquistar um espaço no lugar mais disputado do festival. Ele deve ter lutado com unhas e dentes, ou talvez apenas tenha tirado proveito do seu privilégio como funcionário do evento.

Quando os primeiros acordes irrompem nos fones, fico um pouco surpresa. De um jeito bom. É mais calma do que achei que fosse. O vocalista, o sujeito careca, tem uma voz meio rouca e gostosa de ouvir. Levo apenas alguns segundos para fechar os olhos. E depois, me surpreendo uma segunda vez, porque o refrão animado me faz despertar e balançar os pés, pisoteando a terra com meus tênis rabiscados de caneta.

Pego meu celular e abro a lista que fiz no bloco de notas. Olho para ele, encantada, e, antes que possa perguntar de fato, Kevin me diz que o nome da música é "Comes and Goes".

Ficamos ali por um tempo. As apresentações não estão completas nas gravações, e só desejo poder ouvir as melodias até o final quando chegar em casa. Algumas canções foram escritas em inglês. As letras parecem lindas, se é que meu cursinho intensivo de língua inglesa adiantou de alguma coisa. Estou sinceramente fascinada pelo instrumental e a voz principal. Quando os vídeos terminam, tenho cinco novas músicas na minha lista:

- Gondry
- Die Alone
- Wi ing Wi ing
- Gang Gang Schiele
- Jesus lived in a motel room

E mais uma última indicação especial de Kevin:

- Don't shoot me MAMA – CODE KUNST (feat. Car, the Garden)

O último show já começou no palco maior. Consigo ouvir alguém falando ao microfone, anunciando o nome do grupo e desejando aos garotos boas-vindas em português. Está ficando tarde, e sei que preciso ir embora. Para quem não queria sequer estar aqui, para começo de conversa, desejar poder ficar um pouco mais é quase um crime. Mas gosto da energia do lugar, das músicas animadas, da felicidade estampada no rosto das pessoas e, principalmente, gosto de estar perto de Kevin. Gosto da sensação morna dos nossos ombros se encostando, aquecidos mesmo sob a brisa gelada.

Meu celular se ilumina na escuridão, e a notificação de uma mensagem de Liz aparece na parte de cima da tela. Ela me enviou uma foto. Na imagem, ela está abraçada ao sabre de luz que peguei emprestado (escondido) do meu irmão. Eu o tinha colocado na bolsa mais cedo. Logo depois, outra foto aparece. Nessa, minha amiga está no meio, cercada por um menino e uma menina. Sua roupa colorida e chamativa destoa perto deles, vestidos inteiramente de preto. Eu envio:

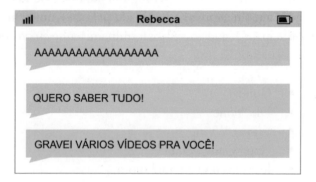

Liz não responde nada por um tempo. Até que outra mensagem chega. Um vídeo. Meus dedos tremem quando clico para abri-lo e espero carregar. Minha música favorita começa a tocar, e vejo Tom Hurley no centro do palco, segurando o microfone perto da boca. Luzes vermelhas estão dançando ao redor dele, e o coro de vozes canta bem alto, acompanhando o refrão. É simplesmente eletrizante. Ele está rodeado de fumaça, e a filmagem está um pouco trêmula, mas é tão maravilhoso. É perfeito.

Quando finalmente me dou conta, já estou chorando.

Um choro que é mais de emoção do que de tristeza, no fim das contas. Liz estava certa. Não me sinto tão triste por saber que pelo menos ela esteve lá, no meu lugar, e que vai compartilhar comigo todas as informações mais tarde. E Liz vai gostar de saber que me senti muito confortável ali, ouvindo as músicas que faziam parte dos meus dias. Dos *nossos* dias. Músicas que eu costumava ignorar, que pensava nunca ter prestado atenção, mas que estavam adormecidas dentro de mim. Foi quase como estar em casa.

"Da próxima vez", penso, "espero que estejamos juntas".

Seguro o celular contra o peito e choro ainda mais. Kevin ergue a mão, sem saber muito o que fazer. Demora alguns segundos para que ele tenha coragem de apoiá-la de modo protetor nas minhas costas, numa tentativa fofa e desengonçada de me consolar. Ele respeita meu momento e deixa que eu chore.

Nenhum de nós diz mais nada por uma eternidade.

Estou me equilibrando no meio-fio da avenida quando Kevin segura minha mão pela primeira vez. Sei que é só para evitar que eu caia, mas ainda assim fico contente quando o calor da sua palma desliza na minha. Mesmo sobre o degrau, ainda fico mais baixa que ele, mas a vantagem é que não preciso inclinar a cabeça para observá-lo de perfil por um segundo e depois desviar o olhar, o que, em outras palavras, é o meu jeito humilde e discreto de flertar.

– Vou te acompanhar até o metrô – assegura ele, como se não fosse óbvio a esta altura; já passamos por três quarteirões, caminhando lado a lado. – Mas depois tenho que voltar. Vou ajudar o pessoal a organizar os bastidores hoje.

– Você sempre é tão cavalheiro? – pergunto, apertando mais a mão dele na minha quando quase perco o equilíbrio.

Ele dá de ombros.

– Faz parte do charme.

A avenida está lotada a esta hora. Desviamos de casais, famílias e algumas crianças que, assim como eu, também tiveram a grande ideia de caminhar sobre o meio-fio. Uma criancinha com um sorvete de morango faz cara feia para mim, e a encaro de volta, as sobrancelhas franzidas, porque não estou disposta a abdicar do meu posto tão cedo. Mas, então, a mãe da garota a puxa de um lado, e Kevin me puxa do outro, e nós duas somos obrigadas a descer para deixar o caminho livre.

A criança me mostra a língua, e mesmo esse gesto não é capaz de me tirar do sério agora, porque Kevin continua segurando a minha mão. E esse é todo o indicativo de que preciso. Meu coração se aperta, e minha respiração perde o ritmo, porque sei que não estive imaginando coisas o dia todo.

Ele sobe a escadaria do metrô comigo, mas, antes que eu possa atravessar as roletas para embarcar, ele solta minha mão e se vira de frente para mim. Meu estômago se revira com expectativa. E, também, uma pontada de tristeza. Para alguém que cresceu em uma geração marcada por *Teletubbies*, não é difícil notar os sinais. Parece que alguém está gritando com um megafone dentro da minha cabeça: "É hora de dar tchau".

– Então... – começa, mas não termina.

Eu sorrio, sem jeito, e aperto a alça da bolsa de Liz de modo nervoso.

– Então...

Espero que ele não note a decepção implícita no meu tom de voz. Em apenas algumas horas, trocamos conselhos sentimentais, indicações de músicas e gargalhadas escandalosas. Ele até me viu chorando. Se um cara ainda sorri pra você mesmo depois de te ajudar a limpar a maquiagem borrada, é compreensível que você fique meio triste ao se despedir.

A única coisa que me dá esperanças é saber que ainda preciso devolver a camiseta rosa. Nós vamos nos ver de novo, de uma forma ou de outra.

– Foi divertido – diz ele. – Foi legal te conhecer também.

– Eu também me diverti.

– Mesmo que não fosse o The Screaks e mesmo que tenha sido comigo?

– Principalmente porque foi com você – digo e me arrependo imediatamente, porque parece que estou flertando, e não de um jeito bom.

Ele sorri, meio sem graça. Seu olhar cai um pouco, apenas um pouco, e percebo que ele está olhando para a minha boca. Kevin pisca como se tivesse saído de um transe e volta sua atenção para meus olhos, que podem ou não ainda estar um caos de lápis de olho preto borrado. Por sorte, passei o restante da noite bem longe de espelhos, então não tenho como saber se estou uma aberração.

Felizmente, não devo estar uma aberração total, porque Kevin ainda está me observando, e acho que vou explodir se não puder enfiar minhas mãos no cabelo dele nos próximos dois minutos. Então, como se pudesse ler minha mente, ele corta o silêncio e diz:

– Vou ficar com a marca do seu batom se eu te beijar agora?

Sabe aquele momento em filmes de comédia romântica quando o casal está prestes a se beijar, bem pertinho um do outro, com aquela tensão invisível e uma trilha sonora brega de fundo? É assim que me sinto agora, mas nossa música brega é, na verdade, uma mistura do burburinho de gente falando e o som do apito do metrô quando as portas se fecham.

– É bem provável – respondo, devagar, deixando que a frase flutue entre nós por alguns segundos. – Isso te assusta?

– Nem um pouco – responde e abre um sorriso pequeno, meu preferido até agora.

Então, ele me puxa pela gravata, se inclina para baixo e me beija.

Nossos corpos se aproximam, e entro no modo piloto automático. Quando me dou conta, minhas mãos já estão no cabelo dele, e não faço ideia de como ou quando elas foram parar ali. Tudo que sei é que: 1) Kevin beija bem pra caramba; e 2) espero que ele pense o mesmo de mim, porque não quero que esta seja a última vez.

Posso dizer que ele está acostumado a beijar garotas com cabelo mais comprido, porque, quando ele escorrega os dedos pelos meus fios escuros e curtos, em um gesto mais ou menos rápido, sua mão cai no meu ombro. Kevin logo se recupera, e suas mãos sobem de novo para segurar o meu rosto. Seus toques são gentis e suaves, mas seus beijos são intensos e nada preguiçosos, como se tivesse esperado o dia todo para me beijar.

E eu só quero que esse momento seja infinito. Mesmo sabendo que não é.

Antes que a gente possa se afastar, ele me enche de selinhos e recua devagar, mas suas mãos ainda pairam meio frouxas ao redor do meu pescoço. Sua boca está levemente roxa e escura por causa do batom.

– Você está uma gracinha agora – elogio.

– Fiquei bem com essa cor? – pergunta ele, balançando sugestivamente as sobrancelhas e fazendo biquinho.

– Com certeza.

Eu sorrio, ele sorri de volta. E depois me beija de novo.

Quando sinto Kevin cada vez mais perto e seguro em sua nuca com as mãos, percebo o quanto fui estúpida o dia todo.

Eu estava errada em acreditar nas superstições. Porque, agora, enquanto seus braços mornos me envolvem pela cintura, sinto que nem mesmo o pior dos azares pode me alcançar.

Sinto que tenho toda a sorte do mundo.

Duas semanas depois, ainda me sinto presa a músicas alegres e à sensação de terra na palma das mãos. Meu coração continua se agitando, pulsando e estremecendo toda vez que Liz coloca sua *playlist* de K-pop para tocar. A euforia do palco ainda está viva na minha memória como se tivesse sido ontem. É como se eu ainda estivesse lá, no festival, sentindo o corpo todo vibrar perto das enormes caixas de som.

Liz e Kevin estão assistindo a videoclipes de K-pop na nossa sala, o volume da TV disputando com o barulho da chuva. Já é a quarta vez que ela interrompe meu processo criativo para perguntar "E esse? Quem é?" porque quer que eu decore os nomes e os rostos dos integrantes do KUZ a todo custo. Se ela soubesse o quanto é difícil ilustrar na mesa digitalizadora, principalmente sentada no balcão da cozinha, com certeza não faria isso. Pra ser sincera, prefiro usar lápis de cor, mas agora que comecei essa *fan art* do Oh Hyuk (isso mesmo, aquele cara careca) com uma seta na cabeça, não posso desistir. Espero que meus 140 seguidores do Twitter entendam a referência a *Avatar: A lenda de Aang*.

Kevin gira o tronco e apoia o queixo no encosto do sofá. Ele está com os olhos contornados por lápis preto, assim como eu. Algumas horas atrás, ele topou ser meu cobaia para testar algumas marcas em uma loja de maquiagem, e essa foi uma das melhores ideias que já tive. Porque, uau, eu poderia olhar pra ele o dia todo.

– E aí, como está ficando? – pergunta.

Dou de ombros.

– Tá indo...

– Aposto que tá ficando incrível – diz ele, com olhos brilhantes e um de seus lindos sorrisos com covinhas.

Faço um esforço enorme para não derreter apoiada na bancada da cozinha. Engulo saliva, pensando em uma resposta platônica e socialmente aceitável, mas um resmungo interrompe o momento.

– Eu não aguento mais ver vocês dois flertando toda hora na minha frente e não fazendo nada a respeito – reclama Liz, afundando no sofá. – Sério. Se fossem um casal de lésbicas, já estariam casadas, morando num apartamento minimalista com muitas plantas, e seriam mães de um gato chamado Leopoldo.

Nós já fizemos algo a respeito. Na noite do festival.

E depois nunca mais fizemos mais nada *a respeito* de novo. Nem *com respeito*, e muito menos *sem respeito*. Não fizemos mais nada, literalmente, mas esse clima estranho continua pairando entre nós o tempo todo. Acho que Kevin e eu podemos concordar que rolou uma certa conexão aquele dia no festival. Mas, então, o que está nos impedindo agora?

"Egotistic", do MAMAMOO, começa a tocar em algum lugar sob a bunda de Liz. Imediatamente reconheço seu toque de chamada, porque ela não troca há meses. Ela pega o celular no bolso e, assim que vê o nome na tela, se enfia no corredor do apartamento para conversar com sua (finalmente) namorada com mais privacidade. Depois volta, com um sorrisão no rosto e as chaves tilintando na mão.

– Vou encontrar a Camila – avisa, se levantando num pulo e pegando o guarda-chuva.

Ela sopra um beijo para nós antes de desaparecer atrás da porta, seu longo rabo de cavalo balançando quando ela se vira.

– Boa sorte, vocês dois – se despede.

Antes que ela vá embora, a última coisa que vejo é Kátia, a lhama rosa felpuda, chacoalhando em sua bolsa de camelô.

E, então, estamos sozinhos no apartamento.

Respiro fundo e continuo desenhando na mesa digitalizadora, fingindo que ficar sozinha com Kevin não me deixa nervosa. E ele continua jogado no nosso sofá como se também morasse ali, o que eu acho bem legal, porque ele é do tipo que se enturma muito rápido. Ele, Liz e eu já até temos piadas internas e um grupo no WhatsApp chamado "Melhores amigas e Kevin". As coisas progrediram rápido. Em termos de amizade, pelo menos.

Minutos mais tarde, quando decido fazer uma pausa da *fan art*, percebo que ele está de pé na cozinha perto de mim.

– Becca – chama, porque já passamos da fase em que ele me chamava pelo nome inteiro. – Você quer uma? – pergunta, erguendo uma latinha de cerveja para mim.

É engraçado pensar no quanto nós dois nos aproximamos em tão pouco tempo. Há alguns dias estávamos nos encontrando no metrô a caminho do festival, e agora ele está ali, na minha casa, abrindo a geladeira pra pegar uma cerveja.

– Manda – respondo, e ele interpreta como "Joga esse treco na minha cara", porque lança a latinha na minha direção sem pensar duas vezes.

Reagindo por reflexo, estendo os braços e seguro a cerveja no ar, envolvendo-a em um abraço gelado. Sorrio um pouco, mas não muito, porque a boa sorte nunca dura e eu ainda tenho uns 2.543 dias de azar pela frente até completar os sete anos. Por um milagre, a latinha não explode ou entra em erupção alcoólica quando quebro o lacre. Nada acontece. Que as divindades ocupadas da boa sorte sejam louvadas.

Já que estou fazendo uma pausa do desenho, nós dois nos sentamos no sofá, e ele muda os videoclipes do YouTube para uma *playlist* de K-indie no Spotify. Como sempre, cheinhas de músicas do HYUKOH. Kevin seleciona o modo aleatório e deixa as músicas tocando baixinho.

Ficamos em silêncio por algum tempo apenas ouvindo, o que é estranho, porque normalmente já estaríamos cantando juntos a esta altura. Pegando o controle para fazer de microfone, dançando em pé no sofá ou apenas balançando o corpo no ritmo gostoso das músicas mais calmas. Qualquer coisa desse tipo. Mas ele está estranhamente quieto hoje.

Duas músicas depois, ele deixa a cerveja de lado, olha para mim e diz:

– Acha mesmo que adotaríamos um gato chamado Leopoldo?

A pergunta me faz sorrir internamente.

– Claro que não – respondo, rindo, e Kevin parece um pouco tristonho por alguns segundos.

Até que, desviando o olhar rapidamente para a *playlist* dele, acrescento:

– Leopoldo não quer dizer nada pra gente. É coisa da Liz. Com certeza escolheríamos algo como Paul ou Simon.

Seu sorriso volta ao rosto, mais brilhante do que antes.

– Como as músicas?

– Como as músicas – concordo, sorrindo de volta.

Ele parece prestes a dizer alguma coisa, mas não diz. Apenas se inclina para a frente, virado para mim. Kevin me abraça de lado pela cintura e apoia o queixo no meu ombro, o rosto agora quase colado ao meu. Em um gesto de coragem e loucura (muita, muita loucura), me afasto um pouco e beijo a pontinha do nariz fofo dele, ao mesmo tempo em que "Mer" começa a tocar. Ele ri baixinho, uma risada gostosa que fica meio presa no fundo da garganta. Quando ele começa a beijar minha bochecha, tentando me virar de lado, já estou surtando por dentro.

A voz de Greg, de *Todo mundo odeia o Chris*, invade meus pensamentos: *"Cara, ele tá tão na sua!"*

Sei que as coisas finalmente vão começar a progredir daqui para frente, e Kevin nem precisa dizer nada. Tudo está implícito nas entrelinhas, como os versos não cantados de uma canção. O instrumental faz o resto da magia. Ele me beija, e eu beijo de volta. Talvez seja culpa da música e da chuva que cai lá fora, mas o ritmo não é intenso como da primeira vez, porque não estamos com pressa. É lento, preguiçoso, e seus lábios se arrastam sobre os meus como se ele não quisesse nunca se afastar. Eu sei que eu não quero.

Uma eternidade depois, Kevin se afasta, sorrindo muito, como se mal pudesse acreditar no quanto é sortudo.

Eu poderia morar nesse sorriso.

Ser fã é uma coisa engraçada.

Há quem diga que você precisa comprar todos os CDs, colecionar todos os álbuns, fazer uma maratona de votações e dormir semanas na fila de um show. Há quem diga que ser fã é passar noites em claro, comprar todas as revistas com o artista na capa ou reunir os amigos numa guerra rápida e sangrenta, disputando por um mísero ingresso em um site de vendas on-line. Há quem diga que ser fã é fazer as maiores loucuras só para estar perto do seu ídolo.

Existem muitas formas de demonstrar amor e apoio por alguém, mesmo que, como todo mundo adora repetir o tempo todo, ele nem sequer saiba que você exista.

Enquanto assistia às apresentações no festival, uma após a outra, percebi que é muito mais simples do que isso. Estávamos cercados por fãs de todos os lados, engolidos por uma multidão enérgica, eufórica e vibrante. Alguns cantavam, outros gritavam, e outros ainda se debulhavam em lágrimas.

Ser fã, no fim das contas, é amar sem demandar nada em troca. Amar sua personalidade, seu talento, a capacidade de tocar seu coração de uma ou outra forma, de preencher as horas solitárias do seu dia com um pouquinho mais de alegria que seja. É sentir orgulho por vê-los lá em cima, no palco, se divertindo e fazendo o que gostam. Brilhando mais do que um dia já sonharam brilhar.

Embora nada se peça em troca, muito se recebe.

Pude assistir a essa troca de perto. Enxerguei isso em Kevin, no modo como ele sorria, e seus olhos brilhavam assim que as luzes se acendiam, cheios de orgulho e admiração. Ele conquistou tantas coisas apenas amando, apenas apoiando – o emprego como intérprete, o reconhecimento de seu trabalho duro no blog e a felicidade de se sentir mais próximo da sua cultura e de quem ele é todos os dias. Enxerguei isso em mim também, e em todas as amizades incríveis que fiz pelo caminho e no consolo que encontrei em cada letra e arranjo.

Enquanto seguimos os passos de nossos ídolos, vendo-os realizarem seus sonhos, de alguma forma somos encorajados a seguir os nossos. A acreditar em nós e nas possibilidades todos os dias. Não há troca mais bonita no mundo.

Nessa noite, enrolada nas cobertas com Kevin e Banguela, o gato nada sombrio, fico imersa em memórias. Olho para a parede, onde um novo pôster da banda HYUKOH e uma *fan art* de autoria própria do grupo EXO dividem espaço com meus ídolos do The Screaks. A monotonia preta e branca do *emocore* é quebrada pelo colorido do pop e pela leveza expressiva do indie. Todos são parte de uma Rebecca que não é uma coisa só.

Eu observo, apreciando as facetas, os diferentes estilos. Reconheço a beleza e a importância da multiplicidade, da troca entre as pessoas e da quebra de paradigmas.

E, então, penso comigo mesma: "Como é bom ser um infinito de possibilidades".

5 ESTRELAS
Érica Imenes

"CALMA. RESPIRA FUNDO. VOCÊ CONSEGUE."

Eu não parava de repetir esses três comandos dentro da minha cabeça.

"Sua mãe não te deu esse nome para que você não vá atrás do que quer."

Meu nome é Aniké. Keké para os íntimos. É uma noite de quinta-feira como qualquer outra do semestre, desde que eu finalmente decidi começar o curso extensivo de Comunicação para *Show Business*, além da faculdade de Jornalismo. Quer dizer, *esta* noite não é como *qualquer* outra. Hoje o palestrante convidado é ninguém menos do que Lipe Tindél, editor-chefe e fundador do +QUEPOP, o maior portal de cultura pop do Brasil. Eu finalmente tenho a chance de me apresentar para o cara que é uma das minhas referências na profissão que eu escolhi, e minhas mãos não param de suar, mesmo com o ar-condicionado marcando dezoito graus na salinha com pouco mais de trinta pessoas.

Normalmente, eu não sou disso.

"Aniké, por Oxum, se lembra do seu nome. Se acalma!"

Aniké significa "aquela que nasceu para ser amada" em iorubá, e foi uma homenagem da minha mãe, Dora, que me convence de que eu nasci "para conquistar o mundo" desde que eu me entendo por gente.

É óbvio que essa história – e minha vida no K-pop – começa com a minha mãe.

Aos 8 anos, quis ler o clássico *O mundo de Sofia,* mas todo mundo dizia que eu era muito nova para entender filosofia. Minha mãe comprou o livro na edição mais recente e começou a ler comigo toda noite, debatendo as ideias de Sócrates e Platão. Ler livros dos mais variados tipos antes de dormir virou uma coisa nossa e é uma das minhas melhores lembranças da infância. De acordo com o Instituto Aniké de Pesquisa, foram essas noites de leitura com ela que me fizeram amar escrever, o que obviamente contribuiu na hora de escolher seguir a carreira de jornalista.

Aos 12 anos, quando me estabaquei na calçada em frente ao colégio em que eu estudava – tentando andar igual a um pavão na frente do meu primeiro *crush,* óbvio –, ela nem disse "eu te avisei" depois da humilhação. Ela só fez um curativo no meu joelho e me disse: "Você precisa entender que garoto nenhum vale sua saúde, Aniké. Se cuide. Se ame primeiro". Eu guardo essa pérola de conhecimento até hoje, com 19 (quase vinte) anos. Às vezes, tenho vontade de me enfiar em brigas na internet pra defender meus *bias* – os chamados "*idols* favoritos" – e perder a noção um pouco? Claro que tenho. Mas, como ensinou dona Dora, prefiro preservar a minha saúde mental.

Na minha festa de 15 anos, minha mãe fez a melhor coisa que a mãe de uma pessoa não hétero poderia fazer ao ouvir que sua filha é pansexual. Eu estava entre vinte dos meus melhores amigos em uma sala de *karaoke* que ela alugou só para nós, no bairro da Liberdade, no centro de São Paulo. Eu sempre achei aquela coisa toda de festa de debutante meio chata e a real é que eu já estava pronta para ter meu *début* como diva pop, mesmo que só entre os íntimos.

A frase exata que eu disse depois de puxá-la de canto enquanto minha melhor amiga, Babi, cantava algum hit do

Little Mix, foi: "Mãe, eu sou pansexual. Sabe, significa que eu gosto de pessoas... independentemente do gênero". Ela só me deu um abraço apertado, olhou nos meus olhos e disse: "Keké, você é filha da orixá do amor. Você tem o dom de amar incondicionalmente e apaixonadamente. E o respeito é só o que importa dentro de qualquer tipo de amor. Você é livre para amar quem quiser".

Então, nós finalmente chegamos ao K-pop. Ah, esse foi o maior apoio da minha mãe, depois de saber da minha sexualidade. A virada dos meus 15 anos mudou absolutamente tudo. A Babi achou o K-pop primeiro, com o BTS. Enquanto ela surtava, especialmente pelo Ji-min, eu fazia o mesmo pelo RM. Ambas idolatramos um dos melhores grupos da nossa geração.

Depois de um tempo compartilhando amores só pelo BTS, seguimos caminhos diferentes como fãs de K-pop. Ela continuou *only fandom* (o que significa que ela só curte um grupo) e eu me descobri *multifandom* – no meu caso, eu apoio vários grupos ao mesmo tempo. Depois de meses completamente viciada no *Dark & Wild*, o primeiro álbum completo do BTS, foi um grupo feminino que me tirou qualquer chance de fingir que minha vida seria a mesma depois do K-pop: um quarteto de garotas chamado 4EVRY1 (*For Everyone*). Foi com o *début* delas que decidi que trabalharia com entretenimento, de algum jeito. Já que eu sempre amei escrever (obrigada mesmo, mãe), a caminhada como jornalista cultural pareceu a escolha mais óbvia para mim.

– É isso, pessoal. Espero que tenham gostado do aulão incrível que o Lipe nos deu hoje!

O barulho estridente de palmas batendo uma vez e a voz da Bianca, uma das nossas mentoras do curso, me tiram do transe em que eu mesma me coloquei nas últimas duas horas. DUAS HORAS! Entre meu monólogo interno e a apresentação mental de Power Point das lembranças da minha vida, passei batido no conteúdo que eu mais queria aprender desde que convenci minha mãe a pagar por esse curso extra.

Meu Deus, eu viajo demais. Que vacilo!

Levanto da carteira aos tropeços para tentar alcançar o Lipe na recepção do pequeno prédio em que o curso é ministrado em Pinheiros, zona oeste de São Paulo. Para a minha sorte, ele resolveu aceitar um café da Bianca enquanto os outros alunos descem as escadas que dão direto na rua Teodoro Sampaio. Estou aliviada que a mentoria de hoje tenha caído justo com a Bianca, já que ela parece gostar mais de mim do que da maioria da turma. Nós já trocamos algumas figurinhas sobre gostos e trabalhos, e ela estava superinteressada na minha paixão pelo K-pop.

Meu nervosismo atípico da noite tem um nome. OK, dois nomes. Além de estar cara a cara com Lipe, é o Kpopalooza que me tira o sono há meses. É o nome do maior festival de K-pop da Coreia do Sul, ou, como eu chamo: o melhor rolê DO MUNDO. Pensa comigo: um fim de semana inteiro de shows, dois palcos, eventos especiais com *idols* e *influencers*, barracas de muambas oficiais de tudo quanto é grupo e também de comidinhas sul-coreanas – eu já estou salivando pelo cachorro-quente típico, nada a ver com a bagunça de purê de batata e acompanhamentos que a gente faz aqui em São Paulo.

Eu não aguento mais surtar pelo Kpopalooza.

Quando o anúncio do festival saiu, eu tinha acabado de anunciar a minha saída da equipe do Ko Ko Blog, um site criado e mantido por fãs, que posta notícias, curiosidades e diversas matérias só sobre K-pop. A conta faculdade + curso extensivo + blog não estava fechando, e decidi que ainda sou muito nova para ter um colapso por Síndrome de Burnout. Foram dois anos incríveis lá dentro, mas eu senti que precisava abrir espaço para me profissionalizar, pegar experiência de redação e melhorar minha rede de contatos.

Eu jamais voltaria atrás na minha decisão de abrir mão do meu tempo no blog só para me aproveitar de um possível passe de imprensa. Então, minha última publicação no Ko Ko Blog foi justo a nota de serviço do Kpopalooza, há três meses, divulgando todas as atrações que a produtora nos enviou pelo *release* e que aconteceriam neste fim de semana.

Olha aí. O detalhe bagunçando meus nervos de novo. Sim, ESTE fim de semana. Também conhecido como "daqui a dois dias".

Eu só quero um estágio em algum veículo bacana, que me pague o suficiente para gastar o salário em *lightsticks*, e uma credencial como jornalista para entrevistar alguns dos meus artistas favoritos no melhor festival de K-pop do mundo, sabe? Não é pedir muito. Mas, desde a minha saída do Ko Ko Blog, tive zero sucesso nessa missão.

Até agora.

– Olha ela aí! Nossa especialista de K-pop! – diz Bianca, enquanto me aproximo dos dois, tentando melhorar a postura para parecer mais profissional.

– Hoje em dia, tem sempre alguém, né?

Lipe dá um sorriso amigável, enquanto estica a mão para me cumprimentar.

– Oi, Lipe, prazer! – digo. – Me chamo Aniké, mas você pode me chamar de Keké. Todo mundo chama.

Juro que estou tentando parecer confiante como sempre, mas conseguir esse trabalho tão próximo do festival é quase impossível.

Eu consigo ouvir a voz da minha mãe me encorajando: "Brilha, Aniké".

Respiro fundo. "Foco."

– Então, Lipe. Assim, por curiosidade... – começo. – Você já credenciou alguém do +QUEPOP no Kpopalooza? Seria incrível ver matérias sérias com os artistas de K-pop do maior portal de entretenimento do país, né? – termino a frase com uma erguida rápida das sobrancelhas, nada sutil.

Bianca solta uma risada descontraída em apoio, enquanto Lipe parece pego de surpresa pela minha audácia.

– Imagino que você vai se voluntariar para o *job*?

A risada do Lipe acompanha a de Bianca, mas ele parece genuinamente interessado. Aproveito a deixa, porque o roteiro que eu ensaiei tantos dias na frente do espelho já está na ponta da língua.

– Bom, sim. Eu estou no penúltimo ano da faculdade de Jornalismo, tenho experiência escrevendo para um incrível blog especializado sobre K-pop e faço parte do *fandom* há mais de cinco anos. Vivo imersa no entretenimento sul-coreano 24 horas por dia, sete dias por semana. Ah, e eu pretendo ir para a Coreia do Sul assim que me formar, para me tornar correspondente para algum grande veículo por aqui. Ninguém nunca fez isso aqui no Brasil. Já que você é editor-chefe do primeiro portal na minha lista de lugares para enviar currículo, pensei que o Kpopalooza pudesse ser uma boa chance para testar nossa compatibilidade. E aí, o que me diz?

Um meio-sorriso naturalmente se abre no meu rosto, enquanto a minha confiança aumenta. Sei exatamente o que eu quero, e esta é a primeira chance real que eu tenho de conseguir.

Enquanto Bianca e Lipe trocam olhares impressionados, inclino a cabeça de leve, aguardando uma resposta.

– Nós já temos alguém que escreve sobre K-pop...

– Você diz a Mary Mello? Você sabe que ela conquistou uma péssima fama entre o *fandom* depois de divulgar mentiras de um tabloide sul-coreano sobre o relacionamento de dois *idols*, né? Também não ajudou quando ela postou a foto errada do BLACKPINK para ilustrar uma matéria sobre o TWICE e disse no Twitter que se confundiu porque "elas eram todas iguais" – disparo, sem pensar muito nas consequências de criticar outra futura colega de profissão.

A verdade é que eu ainda não tinha engolido esse papinho preconceituoso da Mary e parei de segui-la logo depois desse incidente mal explicado. O que custa pesquisar direito antes de escrever sobre uma cultura e uma indústria que você não manja? "Tosca", pensei.

– Eu ia dizer que ela acabou de me avisar, pouco antes da aula de hoje, que pegou conjuntivite, e já tinha vetado a ida dela ao festival. Mas, depois dessa metralhadora de verdades na cara... – diz Lipe, colocando a mão no peito de um jeito bem teatral, como se eu o tivesse atingido.

Eu e meu sincericídio. Mas ele não parece ofendido de verdade.

– Ok, é o seguinte – continua. – A Bianca já tinha me falado de você, e eu queria mesmo te conhecer. Por um milagre, eu consegui a troca do credenciamento da Mary até amanhã de manhã, o que significa que preciso conseguir alguém hoje à noite. Mas tem um problema: eu só consigo te pagar uma pequena ajuda de custo, para cobrir gastos básicos. Isso não estava previsto no nosso planejamento e...

– Eu aceito! – falo.

A grana não é prioridade. Não agora. Eu preciso disso.

– Não vou mentir. Eu estou aqui dando um tiro no escuro. Estou confiando em tudo o que a Bianca fala de você, do seu texto, do que ela já viu da sua conduta em estágios do curso. Essa é uma oportunidade de ouro para alguém com as suas ambições. E o *job* é seu, se você me responder uma coisa que estou curioso desde que a Bianca me apontou quem era "a famosa Aniké" antes de a aula começar...

A cara dele é de interesse puro, mas posso imaginar o que vem por aí e eu só consigo pensar: "Por favor, não fala besteira, Lipe. Só não fala besteira, para eu não perder o respeito". Faço uma cara de indagação e aceno a cabeça para que ele vá em frente.

– O que uma menina como você faz curtindo K-pop? Não é meio... estranho?

"Uma menina como você." Eu finjo não saber o que isso significa.

– Como assim? Qual o problema em gostar de K-Pop? Achei até que você curtia um pouco também – tento descontrair, mas não estou gostando do caminho que a conversa está seguindo.

– Ah, sei lá. Eu sinceramente não esperava ver uma menina negra tão engajada com uma cultura asiática. Você não acha que combinaria mais escrevendo sobre Black Music? Sua visão seria interessante, porque também poderia falar sobre racismo na indústria, porque o assunto está super em alta agora e...

Ele mesmo se interrompe quando me vê cruzando os braços e levantando a minha sobrancelha direita. É o que eu faço quando fico pistola.

– Olha, não me leve a mal... – começa.

– Não, Lipe – interrompo. – Você que não me leve a mal. Mas eu vou te corrigir aqui entre nós três, para evitar que você fale uma asneira dessa em público. Eu te acompanho e sei que você é muito mais consciente do que muita gente na imprensa ou outras pessoas brancas que também criam conteúdo. Pessoas negras são plurais. Nós somos indivíduos, sabe? A gente tem o direito de gostar de coisas diversas. Tão diversas quanto nossas origens. Nosso lugar não é só falando das violências que a gente passa, não. Eu sou, sim, uma garota negra que ama K-pop. Mas me conta: você perguntou a mesma coisa para a Mary Mello, quando ela resolveu, do nada, começar a escrever sobre K-pop sem nem pesquisar o mínimo sobre o assunto? Ou achou lindo, bateu palma e fez vista grossa com as gafes absurdas que a garota cometeu, porque ela também é branca, como você?

O silêncio da torta de climão é real. Eu vejo a Bianca balançar a cabeça lentamente enquanto olha para o Lipe, como se falasse "Que vergonha, amigo". Lipe abre e fecha a boca algumas vezes, meio sem saber o que responder. Eu aproveito a deixa para terminar o que comecei. A esta altura, eu já não tenho mais esperança nenhuma de cobrir o Kpopalooza para o +QUEPOP mesmo. Dane-se. Não quero que o Lipe saia daqui e fale uma besteira dessa para outra pessoa negra.

— Eu amo o conteúdo do +QUEPOP e admiro suas tentativas de ser um "aliado" nas conversas raciais, mas essa pauta não é tendência de TikTok e nem precisa ser falada por "ser atual". Ela SEMPRE foi atual. Mas você pode começar, sei lá, tornando a redação do site mais diversa. Pessoas negras, indígenas, amarelas, PcDs, trans e por aí vai. Acho que seria incrível para vocês, como mídia e como pessoas, sair da bolha.

Dou uma pausa rápida para respirar. Eu não ganhei o apelido de "Keké palestrinha" da minha mãe à toa. Se eu começar, vou terminar.

— Eu não sei por que amo K-pop. Eu só amo. E, como uma garota negra, aprendi desde muito cedo que teria que trabalhar três vezes mais para receber um terço do reconhecimento. Eu garanto minha entrega, mesmo ainda faltando muito chão até me tornar a comunicadora que eu quero ser. Mas eu exijo respeito.

"Sincericídio completo." Uma ponta de chateação por pensar em perder a oportunidade de uma vida pulsa na boca do meu estômago. Na mesma hora, ouço a voz da minha mãe dizendo na minha cabeça que se o lugar que eu mais tenho vontade de trabalhar é cheio de gente que não se informa sobre os problemas reais do mundo e que não é seguro para alguém como eu apenas *existir* ali, então não é uma oportunidade. É uma cilada.

Para minha surpresa, Lipe parece muito mais envergonhado do que com raiva do meu textão. Aprendi muito cedo que é raro quando realmente ouvem o que a gente fala, porque a maioria das pessoas fica na defensiva, como se apontar racismo fosse algo pessoal, não um problema da sociedade.

– Aniké... Keké. Peço desculpas. Eu quis dar uma de espertão, fazer graça de algo que é obviamente muito sério. Fui babaca, né?

– Foi – falamos eu e Bianca ao mesmo tempo.

Bianca também é uma mulher negra e passa por essas violências mais intensamente do que eu, que tenho a pele mais clara. Sua pele é retinta, escura e maravilhosa; ela ostenta um cabelo 4C estilo *black power* enorme e de dar inveja a qualquer pessoa de bom gosto; com seus olhos grandes e pretos como jabuticaba, astutos e sensíveis, ela sempre vê mais do que aparenta. Eu simplesmente queria criar uma religião para adorar essa mulher. Muito me admira que um cara que fosse amigo de longa data de alguém como ela pudesse falar o que o Lipe acabou de me falar.

– Você tem, sim, todo o direito de ocupar o espaço que bem entender. E estou animado para ver as matérias que vai produzir para nós. Me manda um e-mail com o seu nome completo e RG para eu credenciar seu acesso como jornalista no Kpopalooza. Eu te respondo com a lista de artistas a que a produtora nos deu acesso. A parte chata é que você só tem amanhã para preparar as pautas das entrevistas. Acha que consegue?

Ele estica um cartão de visitas com seu telefone e e-mail de contato. Eu não acredito que isso esteja realmente acontecendo. Por um milagre, eu consigo controlar minha expressão de surpresa.

– Aprendi a trabalhar o triplo, lembra? Vai ser a melhor cobertura que o seu site já viu, eu garanto.

E vai mesmo, ou não me chamo Aniké.

Eu guardo o cartão no bolso da calça e me viro em direção à escada depois de um breve aceno para Lipe e uma piscadela de agradecimento para Bianca.

Enquanto me afasto, ouço os dois cochichando algo que estremece meu corpo inteiro:

– Você disse que ela era a maior fã daquele grupo 4EVRY1, né? Será que eu conto pra ela hoje que ela vai entrevistar pessoalmente a HYE, ex-líder?

"Eu vou entrevistar a HYE."

Em um momento, eu estou ouvindo o cochicho do Lipe. No momento seguinte, estou piscando várias vezes para o pôster de Lee JiHye – a HYE – pendurado na parede do meu quarto. Não consigo lembrar ao certo como cheguei em casa. Minha última lembrança é de me escorar no corrimão da saída do curso, rezando para não tropeçar nos meus pés e rolar escada abaixo. A última coisa que eu quero é ficar toda quebrada e perder a chance de entrevistar a garota responsável por eu escolher fazer do K-pop mais que uma paixão de fã, mas, também, uma carreira para a vida inteira.

– MENTIRA QUE VOCÊ FALOU ISSO NA CARA DELE?

Babi quase cospe os dois pacotes de Skittles que vai enfiando nervosamente na boca enquanto dou detalhes do papo com o Lipe, na manhã seguinte. Ela sempre diz que "qualquer babado fica melhor comendo uma (ou muitas) balinhas sortidas de sabor artificial de frutas", só pelo toque dramático. Eu particularmente acho que ela é só viciada no mix de açúcar refinado com corantes, mas, convenhamos, fofocar de buchinho cheio de doce deixa qualquer um muito mais feliz também.

– Falei. E eu lá vou engolir sapo?

– Só se for o de chocolate, do Harry Potter.

Rimos. Mas um lado meu sabe que essa resposta é mais complexa do que isso, porque não é sempre que conseguimos responder no meio de uma situação desconfortável sendo garota, negra, jovem (e fã de K-pop, ainda por cima).

– Para minha sorte, ele não é um babaca completo e o *job* é meu.

– "*Job*." Olha você já usando linguagem de gente de comunicação. Trabalho? Nunca mais. Agora Aniké é dos *jobs*.

– Pois eu tenho um *job* pra você. Trabalho *freelancer* de melhor amiga que ajuda a escolher meu *look* de entrevistadora. Pago com amor e pizza. Que tal?

– TÔ. MUITO. DENTRO. Deixa a porta aberta, que eu vou levar todo o meu equipamento e... talvez algumas malas...

– Amiga, calma...

– A gente pode tentar algo meio "piriguete formal", com aquela camisa preta de transparência e um conjunto de jaqueta e calça com corte estilo terninho por cima? Ou que tal a linha "jornalista *girl crush*" com aquele seu sapato boneca de plataforma, uma saia estilo colegial e meia-calça? NÃO, JÁ SEI!

– Amiga...

– "Trevosa e sagaz." *Look all black*, preto no preto, a gente mistura umas texturas com aquela sua legging de vinil, camisa *cropped* estilo Wandinha Addams, e a gente mete uns óculos de lente falsa pra ficar bem intelectual. Ou então...

Eu sei que ela já não está prestando atenção em mim. No meio do monólogo, o celular dela acaba apoiado na cama em um ângulo torto, largado ali no meio de um turbilhão de ideias, e eu só consigo ver peças de roupa voando para a cama, enquanto Babi se prepara para me ajudar.

Eu nunca entendi como alguém poderia ser tão distraída e tão focada ao mesmo tempo, mas Babi é assim. Um paradoxo constante, geminiana raiz. Não tem tédio nem tempo ruim com ela. Por isso a gente se dá tão bem. Eu desligo nossa videochamada para terminar as pautas das entrevistas.

Depois de me recuperar do choque de saber que eu teria uma entrevista exclusiva marcada com a rainha de todas as *idols* (na minha opinião *nada* tendenciosa, claro), eu obviamente fiquei animada demais para dormir, então troquei alguns e-mails com Lipe. Mandei meus dados para o credenciamento e recebi a lista de grupos que iria entrevistar, para preparar minhas perguntas.

Aparentemente, a produção precisou mudar algumas coisas e reuniu alguns dos artistas – os maiores nomes do festival – e veículos de mídia em um lugar só para uma coletiva de imprensa, com o objetivo de economizar tempo. Basicamente isso significa ter um ou dois representantes de cada nome do *line-up* na sala, respondendo a perguntas pontuais dos jornalistas, a critério de quem estiver responsável por conduzir a dinâmica. Eu também farei entrevistas individuais com alguns grupos menores, fora da coletiva, em horários diferentes, nos bastidores do festival. Fora a HYE, eu estou muito animada para conhecer mais do ONE em um desses papos. Os caras são incríveis!

Lipe tinha me orientado a preparar uma pauta com três perguntas para cada grupo, para escolher ali na hora que chamassem meu nome durante a coletiva. Ele disse pra eu "pensar fora da caixa" e ir fundo com questões mais técnicas sobre o trabalho dos artistas, porque a chance dos outros sites perguntarem coisas básicas e cair sempre no mesmo papo superficial é muito grande. Lipe quer garantir que a abordagem do +QUEPOP seja mais relevante que isso. Respiro aliviada, porque é exatamente o que eu quero também.

Não me entenda mal. Eu não acho que tem algo de errado com entretenimento "só" pela diversão. Todo mundo precisa disso. Mas, euzinha, Aniké, prefiro explorar assuntos mais sérios, para depois descontrair. Aprendi que se faz uma boa matéria com noventa por cento de seriedade e dez por cento de curiosidades, mas fazer o oposto e ainda assim escrever algo relevante para a divulgação da carreira daquele artista é quase impossível. Não tem certo e errado, só uma questão de escolha pessoal de qual linha eu quero seguir no trabalho jornalístico, como me explicou uma das minhas professoras favoritas da faculdade.

A troca de e-mails com o Lipe na noite anterior me deixou muito mais animada porque está cada vez mais claro que o +QUEPOP é o site perfeito para essa nova fase da minha (breve) carreira. Nossas ideias batem. A gente quer ir contra todo estereótipo de que jornalista cultural ou de entretenimento só trabalha em tabloide barato.

Me peguei pensando em como diabos aquela Mary Mello consegue trabalhar no +QUEPOP, sendo o oposto do que o editor-chefe pensa. Ela nitidamente se encaixa mais em algum site de fofoca sem escrúpulos. Tipo, a mulher passa o dia inteiro postando polêmica no Twitter pessoal dela, só pelo engajamento. Não faz nenhum sentido. Lembro de balançar a cabeça para afastar esses pensamentos. Não queria estragar o momento pensando em alguém como a Mary-*Nojenta*-Mello.

Foco na tarefa, Aniké. A última parte do e-mail de Lipe era a que me deixava mais tensa. Ele pedia para preparar uma pauta inteira para falar com a HYE, porque ela fazia questão da exclusiva. Algo me dizia que ela quer aproveitar a oportunidade do festival para mudar a narrativa das notícias bizarras que têm saído sobre ela na Coreia do Sul.

Na minha euforia, consegui terminar a pauta da coletiva e as pautas das entrevistas individuais dos grupos menores nas primeiras horas da madrugada. Mas decidi encerrar pela noite, porque queria estar no auge do meu foco para produzir a pauta da HYE. Eu nunca me senti tão obstinada em escrever uma matéria incrível.

A verdade é que a HYE não está na melhor fase da carreira. Uma boa matéria focada em seu *début* triunfal como a mais foda das solistas pode virar o jogo para ela. Nos últimos meses, ela tem sido o alvo da vez dos tabloides sul-coreanos, depois da separação do grupo. Eles inflamam notícias falsas sobre o *disband* e os *knetizen* – os internautas de lá – tiram conclusões erradas, esculachando a menina na internet. Os fóruns dos maiores sites da Coreia do Sul estão cheios de comentários do tipo "ela é muito vulgar, vocês viram ela sentada no colo daquele designer no Fashion Week de Nova York? 'AMIGOS.' Tá bom" e "conheço alguém que trabalha numa estação de TV e fiquei sabendo que ela usava drogas, porque ela parecia alterada enquanto xingava um fotógrafo no estacionamento! Ela deveria ser investigada e presa".

A galera está indo longe demais nas teorias de conspiração e nas opiniões sobre a vida pessoal dela, que, aliás, não é da conta de ninguém.

O resultado desse turbilhão de merda que os *haters* de internet causaram foi um hiato forçado que já dura quase um ano. Todos os planos foram cancelados para não atrair mais atenção negativa do público. Essa história toda está mal contada desde a primeira notícia falsa. Perdida em pensamentos, senti um arrepio passar pelo meu corpo, com uma sensação esquisita, um presságio. Mas do quê?

Com o trabalho da noite anterior e poucas horas de sono, não sei como consigo estar ligada nos 220 para a maior tarefa de todas, mas cá estou. Depois do papo rápido com a Babi para contar as novidades mais cedo, consigo finalmente me concentrar. Estou terminando a pauta de quinze perguntas para a minha conversa com a HYE quando a minha melhor amiga entra pela casa como um furacão. Nada de novo.

Ela está muito animada e seu nível de alegria só se explica por uma coisa: eu finalmente deixarei ela me vestir e testar *looks* em mim igual a uma boneca, algo que evito a todo o custo desde que nos conhecemos, quando crianças. A verdade é que nunca curti que as pessoas opinassem no meu corpo e nos meus gostos, e Babi sempre respeitou isso em mim. Mas o mesmo amor que eu tenho pelo Jornalismo, Babi tem pelo universo *fashion*. Ela ainda está tentando se achar no curso de moda, mas uma coisa é certa: ela ama achar combinações únicas de *looks* para cada momento. E ela é muito boa nisso. Já que estou tão concentrada no conteúdo, achei que seria mais prático deixá-la ser minha estilista por um dia.

Ficamos umas boas três horas nessa brincadeira de tira roupa, põe roupa, "tenta com esse colar aqui" e "acha que tá muito exagerado?", até concordarmos em uma combinação de calça *skinny* preta de couro falso de cós alto, cinto preto de fivelas duplas em dourado, demarcando bem a cintura, camiseta branca com estampa de camisa de botões com gravata borboleta (a solução da Babi para eu parecer profissional, sem me envelhecer demais com uma camisa de botão de verdade) e blazer de alfaiataria de corte alongado num amarelo vibrante, minha cor favorita. Amarramos tudo com um tênis Vans preto de plataforma e um colar de três correntes douradas, para um toque de estilo mais rock.

Babi batiza sua criação de "estilo punk-emo jovem adulta fodona que, não parece, mas é muito profissional, sim". Cogito iniciar uma discussão de como esse nome não é nada prático pra lançar tendência no Instagram ou TikTok, mas deixo pra lá quando vejo seus olhos brilhando de alegria com o resultado.

– Tá gata. Vai conquistar vários *idols* amanhã – diz em meio a risadas, levantando as sobrancelhas como se falasse de um segredo sórdido.

– Bárbara, tô indo trabalhar. Eu lá quero saber de conquistar *idol*? Eu quero é trabalho entregue e uma vaga fixa na redação.

Dou uma risada para descontrair, mas ela sabe que estou falando bem sério, porque a chamo pelo nome inteiro.

– Era brincadeira. Foi mal. Mas com esse *look* e toda a sua preparação, duvido você não arrasar!

– Dedos cruzados.

Uma notificação no meu celular me avisa sobre um novo e-mail do Lipe.

"Arrasou nas pautas, adorei tudo! Fiz uns ajustes na ordem e umas perguntas de *follow-up*, só pra você ter a chance de engatar alguns assuntos na sequência se tiver oportunidade.

Sua entrevista com a HYE é a primeira do dia, porque a *manager* dela pediu para a produção para que o atendimento fosse no hotel igual·a coletiva, não no camarim do festival, como os outros."

Se Babi não estivesse aqui apertando meu braço para chamar a minha atenção no presente, certeza que eu teria outro apagão de memória igual ao de ontem. Cá estou novamente sofrendo por antecipação pelo momento em que falarei sobre o trabalho de alguém que me inspira tanto, logo cedo.

Ainda bem que estou vestida para parecer uma "jovem adulta fodona", como a Babi descreveu, porque parte de mim, debaixo do estilo forte e poderoso, só quer ficar em posição fetal até o festival acabar.

– Você é péssima para acordar cedo, Aniké.

Minha mãe me conhece bem demais. Mesmo por telefone, eu não consigo esconder a preocupação em atravessar a cidade e chegar a tempo da entrevista, amanhã de manhã. São Paulo consegue ter horário de pico até em pleno sábado. Como pode? Minhas opções são sair três horas antes para ficar esmagada por três baldeações de transporte público, ou sair três horas antes para gastar uma nota em um Uber que ficará preso no trânsito por grande parte do percurso. O hotel é próximo a uma estação da linha verde do metrô, na Trianon-Masp, mas a região da Paulista é sempre muito movimentada, não importa o meio de transporte que se escolha para chegar. Ser uma aspirante a jornalista saída da zona leste da cidade tem seus pontos negativos, já que a maioria dos eventos acontece na região central da capital paulista.

Mamãe me tira dos devaneios logísticos com uma notícia que me deixa em choque.

– Olha, longe de mim te mimar...

Mentira. Mesmo me criando em uma família de classe média baixa, ela fazia o impossível para me dar o que eu queria quando podia extrapolar um pouco o planejamento financeiro do mês. De onde eu venho, isso é mimar, sim.

– ...mas eu reservei um quarto pra você no mesmo hotel em que vai fazer a entrevista – continua –, para você não perder a hora.

– MÃE? VOCÊ FEZ O QUÊ? Esse hotel é tipo cinco estrelas, lugar de ricaço. Só os maiores nomes do festival estão hospedados lá... Todos os quartos devem estar lotados por causa do evento... Como que você... E O PREÇO! Mãe, você não pode fazer isso.

– Garota, me fala se você pode ditar o que eu posso ou não posso fazer pela minha filha? As vantagens de trabalhar com turismo desde antes de você nascer é que eu conheço todo mundo no ramo. Eu já estava trocando umas mensagens com a gerente desde a hora que você contou que uma das entrevistas ia acontecer lá. E não adianta fingir que essa não é a entrevista que você mais está animada para fazer, porque eu me lembro bem do nome da sua favorita.

— Mas, mãe...

— Considere um presente de aniversário adiantado. E sem presente de Natal este ano também! Sem álbum novo do BLACKPINK nem do MAMAMOO, maquiagem daquela linha fofinha do BTS, nada disso. Você arruma sua mala e vai para o hotel hoje à noite, deixa tudo pronto para amanhã de manhã. Estou de plantão no trabalho, então não ia conseguir te ajudar em nada aí em casa. Pelo menos no hotel eu sei que você vai poder se alimentar direito e continuar focada no trabalho. Combinado?

Caraca. Eu tenho a melhor mãe do mundo.

— Combinado.

Eu faço um esforço real para não chorar, enquanto minha mãe me dá as instruções finais, prevenindo qualquer vacilo do meu cérebro distraído. Ela me diz que a gerente conseguiu segurar o meu quarto para o *check-out* somente no domingo, último dia do festival.

"Notebook. RG. Look do dia 1. Look do dia 2. Carregadores. Desodorante. Escovinha do *baby hair*. Tripé. Gravador da sorte..."

Repito a lista na minha cabeça, dando um "ok" para cada item, antes de chamar o Uber.

Algum tempo depois, entro pela porta giratória do hotel mais chique que eu já vi. Bom, eu não tenho muita experiência em hotéis de luxo, mas tenho certeza de que esse ganharia algum prêmio de design de interiores. O lobby é amplo, bem iluminado por um lustre gigante de cristais pendurados, que desce por mais da metade do pé-direito alto. O chão e as paredes são de mármore claro, supersofisticado. À esquerda, algumas poltronas em um veludo cinza-escuro estão dispostas como uma sala de espera.

Mais à frente, vejo o bar do hotel com algumas banquetas altas para se sentar em frente ao barman. As portas duplas do restaurante ficam logo depois, mas estão fechadas. Uma figura me chama atenção ali no bar. Uma mulher segura um copo de cristal com alguma bebida escura dentro e o balança impacientemente, como se esperasse por algo. Ou melhor, por *alguém*. Eu não acharia nada suspeito na cena, se ela não estivesse vestida como uma espiã russa de filme hollywoodiano: um casaco longo vermelho, com um chapéu de abas largas combinando, e algumas mechas de cabelo laranja-nada-natural que escapam pela nuca. Para coroar, um par de óculos escuros. Tipo... quem usa óculos escuros dentro de um bar de hotel às 22 horas?

Seguro o impulso de ir até ela e falar "Gata, se você quer passar despercebida, não deveria ter se vestido de Carmen Sandiego", quando ela olha na minha direção, levantando uma das sobrancelhas por cima da lente escura, com desdém. Com esses benditos óculos, não consigo ter certeza de que ela está olhando para mim, então olho em volta, por via das dúvidas. A única pessoa próxima a mim é o segurança, de costas para o *hall* e de frente para a rua. A *cosplay* de espiã está definitivamente me encarando. Algo nela me parece familiar, mas não consigo definir o que é. "É claro que vai ter uma patricinha se achando melhor que eu pra estragar meu dia", penso.

HOJE NÃO. Respiro fundo pra não fazer nada impulsivo, tipo, sei lá, gritar se ela tinha perdido alguma coisa em mim.

Olho para o meu lado direito e vejo o balcão de recepção. Decido ignorar a cena bizarra que acaba de acontecer e caminho até lá. Antes de me virar completamente, vejo de relance um cara chegando perto da patricinha de vermelho e estendendo a mão como um cumprimento. Pelo pouco que eu consigo reparar nele, o homem deve ter uns 30 e muitos anos. Como sei que este é um dos hotéis recebendo uma grande comitiva de sul-coreanos por conta do Kpopalooza, presumo que ele seja parte da equipe que veio acompanhar algum artista. A dupla olha furtivamente para os lados, antes de a mulher entregar o que parece ser uma nota para o barman, e os três vão em direção às portas fechadas do restaurante. Suspeito? Imagina! Mas seja lá o que for que essa galera está tramando, não tem nada a ver comigo.

Ou era o que eu pensava.

Marina, a gerente do hotel, me leva pessoalmente até o meu quarto. Aparentemente, ela é amiga de longa data da mamãe, da época da faculdade, e diz que "devia mais favores a ela do que gostaria de admitir".

– Eu consegui um quarto em um dos andares mais altos pra você. Foi uma sorte esse quarto vagar. Aqui entre nós, a pessoa que tinha feito a reserva antes de você era algum tipo de *stalker* de uma das artistas do festival que você vai cobrir. A produção dela estava me infernizando para fazer algo a respeito. Até a garota, a *famosa*, veio pessoalmente no balcão pedir pra falar com o meu chefe, falando uns palavrões em inglês. Tem uma galera que acha que só porque é celebridade, pode tudo.

Fico surpresa com o comentário. Não consigo imaginar nenhuma *idol* indo pessoalmente fazer um escândalo no lobby do hotel, e a única solista que se apresentará no Kpopalooza é a HYE.

— Essas *stalkers* de *idol* são horríveis — respondo. — Eles passam por cada coisa. Se eu atravessasse o mundo para trabalhar e soubesse que alguém fez o mesmo pra me *stalkear*, eu também ficaria nervosa.

Tento explicar rapidamente para Marina sobre o submundo das *sasaengs*, essas pessoas que perseguem os *idols* de K-pop a todo custo. O problema é muito mais embaixo.

— Mesmo assim — diz ela. — Foi muito rude. Eu fui pesquisar o nome dela na internet depois e vi que essa JiHye já tem uma fama ruim...

Ah, não. Ela está *mesmo* falando da HYE. Tento não julgá-la por isso, porque não estou nem um pouco a fim de me decepcionar faltando doze horas para nos conhecermos.

A entrevista está marcada para às 11 horas do dia seguinte, em uma das salas de conferência do hotel. Tenho apenas meia hora para falar com a HYE, antes de ir para a coletiva de imprensa com os outros grandes nomes do festival, então tenho que aproveitar cada minuto. "Vai dar bom", penso. Ela é sempre tão carismática em todas as entrevistas que eu já vi na internet.

Minha agenda está contada. "HYE, coletiva de imprensa, almoço, e direto para o festival." Eu já tinha decorado cada passo do dia. Me lembro da aula de "Tempos e Movimentos", na qual a gente aprendeu a planejar e executar cada parte da rotina em dia de cobertura de evento. Ainda bem que eu tirei nota dez.

Pelo reflexo do espelho do banheiro, dou uma última conferida se está tudo como eu quero. Além do *look* que a Babi escolheu pra mim, dou meu toque final: batom vermelho para valorizar meus lábios naturalmente fartos; metade das *box braids*, as tranças para cabelos afro – que este mês estão em um tom de cinza-claro, presas num rabo de cavalo bem alto, no meio da minha cabeça, e metade de baixo solta como uma cortina que vai até minha cintura; o *baby hair* – aqueles cabelos mais finos e curtos que dividem a linha do cabelo com a testa e a lateral das bochechas – está penteado e assentado com gel de fixação máxima em um desenho de ondas elegantes que emolduram meu rosto. Pronto.

Pego meu notebook e outros equipamentos. Guardo um caderninho com canetas na bolsa, em caso de falhas eletrônicas. O gravador da sorte – um aparelhinho mais velho que eu, literalmente, que minha mãe usava na época de faculdade para ouvir as aulas antes das provas, e que ela me deu de presente quando entrei pra faculdade de Jornalismo – está com pilhas e fita novas, pronto para ser usado de reserva caso meu celular dê pau e o gravador embutido não funcione. "Sempre tenha plano B, C, D, Aniké." Tô ligada, mãe. Aprendi com a melhor.

Entro no elevador e aperto o botão para o lobby. Dois andares abaixo do meu, o elevador para e as portas se abrem. Um cara do tamanho de um armário, certamente um segurança, coloca o braço na porta para impedi-la de se fechar. Eu tomo um susto com o movimento brusco e, quando olho para frente, preciso de todas as minhas forças para não ficar de boca aberta, babando na camiseta.

É a HYE. Eu ainda não estava pronta para vê-la. Ainda precisava chegar à sala de conferência e apertar o botãozinho de jornalista no "LIGADO", para assumir a minha postura profissional.

Abro um sorriso, torcendo para não parecer boba ou esquisita, e dou um passo para o canto, abrindo um espaço maior entre mim e as três pessoas que entrariam no elevador. Mas HYE me olha de cima a baixo e fala em inglês para alguém que parece fazer parte da produção:

– Vamos no próximo.

O segurança tira o braço, e as portas se fecham.

– Mas que merda foi essa? – falo em voz alta para o elevador vazio.

Que garota metida! Eu me lembro do que a Marina me disse ontem à noite.

Não estou mais tão nervosa ou ansiosa pela entrevista quando chego ao lobby. Eu me pego perdida em pensamentos, mas tento ignorar cada um deles. Nada disso vai me ajudar a me concentrar no trabalho.

Cinco minutos depois, a produtora responsável pela equipe da HYE chega, se apresenta e fala para eu acompanhá-la. O nome dela é Lúcia, e ela não parece ser muito mais velha que eu, mas, com certeza, parece bem mais exausta. Essa garota precisa de uma boa noite de sono urgentemente.

– Tudo bem, Lúcia? Desculpa me intrometer, mas você parece um pouco... pálida?

Sério. Parece que ela vai desmaiar a qualquer momento no elevador, liberando o andar reservado para as entrevistas com um cartão do hotel.

– Quê? Ah, sim! Desculpa, só um pouco de estresse. Normal.

Ela dá um sorriso amarelo para disfarçar, mas algo me diz que o nível de estresse pelo qual ela está passando é um pouco mais do que o "normal". Como acabamos de nos conhecer, só concordo e fico na minha.

– Posso te dar uma dica, em segredo? – pergunta Lúcia. – Você parece uma menina legal e tudo. Eu sei que a equipe da HYE deu carta branca para o +QUEPOP perguntar o que quiser, mas, se eu fosse você, ficaria longe das coisas mais "cabeludas". A artista parece menos aberta às coisas do que eles deixaram a entender...

Ela se interrompe, nitidamente com medo de ter falado demais. A menina parece pronta para desabafar com o terapeuta ou desabar de chorar ali mesmo.

— Obrigada pela dica — respondo.
Tento controlar a ansiedade crescendo a cada minuto. Tem algo muito errado aqui.

Demoro pouco tempo para arrumar tudo na sala de conferência número três, depois de passar pelo corredor com várias portas duplas. Algumas pessoas de produção transitam apressadas por ali, com credenciais de "All Access", acesso liberado, penduradas no pescoço, iguais às da Lúcia, ocupadas resolvendo algo no celular ou carregando coisas enquanto respondem no rádio de produção. Parece uma operação do FBI.

A sala já estava ajeitada com uma mesa de centro redonda na frente de duas poltronas confortáveis. Deixo o notebook apoiado ali e posiciono meu celular e o gravador da sorte na segunda mesinha, situada entre as poltronas. A matéria vai ser escrita, não em vídeo, e o Lipe já me avisou que as fotos para ilustrá-la serão enviadas pela produção do Kpopalooza depois, como imagens oficiais.

Cinco minutos depois de eu estar pronta, Lúcia dá duas batidinhas na porta, perguntando se ela pode trazer a HYE para a sala. Eu concordo, acenando com a cabeça.

As primeiras pessoas a entrar são nitidamente da equipe estrangeira, pois estão cochichando entre si em coreano: duas garotas que aparentam ser alguns anos mais velhas do que eu e a Lúcia. Eu imagino que sejam da equipe de beleza, porque estão bem maquiadas, apesar das roupas confortáveis e mais casuais, como qualquer pessoa de produção usa. Elas se dirigem direto para o canto oposto de onde estou, distraídas sem nem me olhar.

Em seguida, uma terceira garota entra; ela está com uma credencial de *staff* do festival — o que significa que ela faz parte da equipe brasileira. Com um "bom-dia" educado em português e um leve sotaque que não consigo identificar a origem, ela se apresenta como Sol, nossa intérprete. Por último, entra a *manager* – eu a reconheço de fotos e *fancams*, da época do 4EVRY1 –, seguida por HYE e pelo segurança, fechando o comboio.

Enquanto HYE vem em direção à poltrona, eu me levanto e digo um *"annyeonghaseyo"* no coreano básico que sei. Meu "olá" em *hangul* pega todo mundo de surpresa, e todos respondem de volta, com uma pequena reverência respeitosa com a cabeça. Meu plano de deixar uma boa primeira impressão funciona, e todo mundo presta atenção em mim, com um ar interessado. Eu imagino ver um sorriso passando pelo rosto de HYE, que estava séria como uma pedra até então, mas talvez seja só meu otimismo me pregando uma peça.

Posiciono o notebook no meu colo e coloco os gravadores para rodar.

Quem quebra o silêncio é a intérprete, Sol.

– A *manager* da HYE pediu para agradecer ao +QUE-POP pela entrevista. A equipe sul-coreana foi informada que é o maior site de entretenimento aqui do Brasil, e a HYE está animada para falar com vocês...

Eu olho de relance para HYE, que parece *tudo*, menos animada.

– ...e ela fala inglês fluente, caso você fale também. Ou, se preferir, estou aqui para traduzir do português para o coreano, e vice-versa.

Fico aliviada. É hoje que aqueles anos todos da escola de inglês vão se pagar.

– Vou falar em inglês então, Sol, se não se importa – digo, e me viro para HYE. – Oi, HYE, meu nome é Aniké, prazer em te conhecer – continuo, em inglês.

Não temos tempo a perder. Alguma coisa na minha atitude direta parece impressionar um pouco a *idol*, que se inclina na minha direção, em claro sinal de interesse. Mas tudo de melhor na entrevista acaba assim que ela fala "prazer em te conhecer também".

Cada resposta para as minhas perguntas é monossilábica. Definitivamente não parece a HYE de quem me tornei fã, que exalava carisma nas entrevistas. Ela não faz o mínimo esforço para me responder, não dá gancho para perguntas sequenciais – que o Lipe chamou de *follow-up* –, nem explica as respostas. Parece tudo desconexo. Como eu vou produzir uma boa matéria com isso?

"Tá difícil te defender, JiHye", penso. "Me ajuda a te ajudar."

– Ai, já estamos acabando? Eu tô morta de fome... – diz HYE, em um tom impaciente.

Eu olho de relance para Lúcia, que balança a cabeça lentamente, com certa vergonha alheia. Ainda faltam três perguntas para terminar, mas ela nitidamente não vai render mais do que isso e, para ser sincera, eu já estou desanimada também.

– Ah... Tá. Podemos ficar por aqui. Você pode só finalizar com uma mensagem para seus fãs brasileiros?

– Valeu. Espero que curtam o show.

Fico incrédula com a aspereza. Ela sempre foi conhecida na indústria como uma das *idols* com melhor *fan service* e carinho com seus fãs.

Eu a agradeço, ela se levanta e vai direto para a porta, sem nem se despedir. Agradeço, então, à equipe em coreano, e todos têm o mesmo olhar de desculpas. Enquanto tento não aparentar minha decepção, Lúcia me informa que a coletiva vai rolar na sala ao lado, número quatro, e que se eu quiser garantir um bom lugar, ela me libera antes. Parece um ato de caridade para a coitada que acabou de tomar um fora de alguém de quem gosta.

De certa forma, é exatamente assim que eu me sinto.

Eu entro em modo automático depois desse fiasco. Babi fala que é meu "modo produção" quando preciso fazer algo importante. Com tantos compromissos, meu dia passa como um borrão. Não quero admitir, mas o que rolou mais cedo me deixou meio de bode de tudo.

    Foto surpresa com alguns dos grupos mais famosos da Coreia do Sul no fim da coletiva de imprensa? É ok. Um dos caras do ONE querendo saber meu @ no Instagram para acompanhar meu trabalho? Eu mal ligo. Percebo que só quero finalizar o trabalho logo, para não pensar na decepção com HYE. *Que saco.*

    Decido abrir mão da vontade de ficar no festival e curtir os shows principais, depois da minha sequência de entrevistas durante a tarde. Como Lipe não quer publicar resenhas das performances, resolvo voltar logo para o hotel, para escrever as primeiras matérias e enviar para ele. No Jornalismo, tudo é *timing*. *Timing* significa tempo. Tempo é clique. E clique é dinheiro.

Graças ao meu "modo produção", não demoro tanto para finalizar os textos. Quatro horas depois, todos os artigos estão no e-mail do Lipe: três entrevistas, mais a matéria do evento com a coletiva de imprensa. Como ele está de plantão para receber notícias do Kpopalooza, não demora mais de cinco minutos para eu receber uma mensagem no WhatsApp: "Estou revisando as matérias e adorando tudo até agora. Vou fazer poucas mudanças. Me conta como está indo o artigo da exclusiva com a HYE?"

    Merda. Não quero queimar o filme dela com meu editor, antes de ter certeza absoluta que a matéria não tem salvação. "Está indo. Te conto logo. Vai dar mais trabalho que o resto", é o máximo que consigo responder sem mentir. Detesto mentiras.

"Sem problemas. Vou programar os outros posts antes e a gente fecha a cobertura do Kpopalooza com chave de ouro, com a exclusiva", responde. Sem pressão, claro. "Tudo bem! Vamos falando", finalizo.

Estou oficialmente ferrada. O texto de abertura já está pronto, porque é a parte da matéria que é baseada nas informações do *release*, um texto que a assessoria do evento manda antes. Mas só de "pirâmide invertida" – quem, como, quando, onde e por que – não se faz uma boa matéria. E eu quero uma matéria *foda*.

Decido descer para o lobby do hotel, talvez beber um drink fraco no bar só para me sentir adulta. Álcool não é muito minha praia, prefiro chá gelado e pizza, mas preciso dar um jeito nesse bloqueio criativo.

Quando acho que o dia não pode ficar pior, o cara furtivo que eu vi falando com a espiã de vermelho ontem à noite entra no elevador logo em seguida. Tento ignorá-lo, mas ele não para de me encarar.

– Seu nome é Aniké, não é? – fala em um inglês fluente, com sotaque.

"Como esse cara sabe meu nome?" Fico em silêncio, completamente sem reação, meu cérebro calculando se eu conseguiria imobilizá-lo com uma joelhada na virilha se ele tentasse algo. Ele é alguns centímetros menor que eu, então já fico na defensiva, preparada pra dar o golpe se ele se aproximar demais.

– Eu sei que é. E sei que você me entende. Um passarinho me contou que você trabalha com K-pop aqui no Brasil e que entrevistou a Lee JiHye mais cedo. Topa falar comigo? – termina, sem justificar como diabos ele sabe quem eu sou e o que faço, e exibe um bolo de dinheiro estrangeiro, que parece uma pequena fortuna.

Eu fico mais chocada ainda. Aquela joelhada na virilha está ficando mais tentadora a cada segundo.

– Falar com você sobre o quê? Te conheço?

Ficar presa no elevador com um cara estranho é um dos maiores pesadelos de qualquer garota. "Desde quando esse elevador ficou tão lento?"

– Eu represento um jornal sul-coreano. Se você me ajudar no que eu preciso, com algumas informações sobre ela... talvez a gente tenha um trabalho fixo para você por lá.

Ele estende um cartão de visitas. Eu reconheço o logotipo do tal jornal logo acima do nome dele, Yoon Jun Hyung.

– Jornal? Você quer dizer tabloide, né? Vocês vivem de publicar escândalos que acabam com a carreira de vários *idols*, inclusive eu sei bem os absurdos que têm publicado contra a HYE desde que o 4EVRY1 acabou. O que eu posso querer com você?

– Se o público não gostasse do que a gente publica, não teríamos o número de acessos que temos. Além disso, nosso jornal é uma porta de entrada para qualquer lugar onde você queira trabalhar com entretenimento na Coreia do Sul...

Ele desliza o cartão de visitas para o bolso da minha jaqueta. Antes que eu possa dar um chega pra lá nesse projeto malfeito de *paparazzo*, as portas se abrem para o *lobby*. Na minha pressa para fugir, esbarro com alguém esperando para entrar. Peço desculpas, antes de perceber que quase derrubei HYE no chão. Estamos tão perto – eu agarrando nos seus ombros e ela se segurando na minha cintura, para nenhuma das duas tombarem com o impacto – que eu consigo sentir seu cheiro. Um aroma delicioso de um perfume floral.

Ela parece tão assustada quanto eu enquanto nos soltamos lentamente, antes de perceber que o tal do Yoon está lá dentro. Ela o reconhece, e sua expressão se transforma em uma máscara de fúria.

– Pense no que eu disse. Meu KakaoTalk está no cartão – diz ele e sai do elevador em direção à saída do hotel, puxando um cigarro do bolso.

HYE só falta bufar na minha cara antes de entrar no elevador, projetando a nítida raiva que sente pelo Yoon em mim, como se eu fosse cúmplice dele. Por um momento, no nosso esbarrão, achei que a "velha JiHye" – aquela que eu estava acostumada a ver nos programas de entretenimento sul-coreanos no Youtube – estivesse de volta. Mas essa garota... Ela está completamente revoltada com o mundo, e, no momento, eu sou a única pessoa na frente dela para descontar a frustração.

As portas do elevador se fecham e eu fico parada no meio do lobby.

O dia não pode ficar mais bizarro.

Do elevador ao lado, Lúcia, a produtora, sai e me vê, minha expressão ainda nitidamente atordoada com a interação que acabou de acontecer.

– Oi, Aniké! Hum... Agora eu que pergunto: está tudo bem?

– Não sei direito. Estou tendo um dia... esquisito. Este fim de semana era pra ser tudo, menos esquisito.

Ela parece genuinamente preocupada comigo.

– Olha, vamos fazer o seguinte. A produção do festival organizou um tipo de *happy hour* no último andar. Foi o único pedido dos artistas que foi fácil de executar – diz, entre risadas. – Tá a fim de ir? Acho que descontrair vai te fazer bem, depois do que aconteceu na entrevista hoje cedo...

Putz. Eu sou tão óbvia assim?

– Só vou se tiver chá gelado e pizza – digo.

Dane-se o drink de adulta. Só quero ficar na minha zona de conforto. Ela ri, passando o braço sobre meus ombros.

– A gente acha algo pra você. Vamos.

A primeira coisa que eu penso é que a galera de produção realmente sabe dar uma boa festa. Assim que o elevador abre no último andar, a cena toda parece uma festa de fraternidade estadunidense em filme de besteirol adolescente.

Eu nunca ouvi falar de festança encomendada pela equipe sul-coreana acontecendo no hotel, no meio de um festival do tamanho do Kpopalooza. Não estou reclamando de estar ali, mas acho que nem a Babi vai acreditar em mim quando eu contar. Haja estoque de Skittles para *esse* papo.

Os convidados são uma mistura de *staffs* da produção brasileira ainda de uniforme, com seus rádios de ouvido jogados por cima do ombro, e *staffs* sul-coreanos à paisana. Alguns grupos viram doses de *soju* num canto, pedindo refil para o garçom responsável pelas bebidas.

Quando finalmente parece que eu vou relaxar e me divertir, algumas coisas acontecem muito rápido, mas pareço ser a única a perceber. É o peso de estar sóbria, eu acho.

Primeiro, avisto HYE – de costas pra mim – pegando furtivamente uma garrafa inteira de algo que parece ser uísque da ponta da mesa, sem que o garçom a veja. Ela sai cambaleando de leve em direção ao fim do corredor, do lado oposto de onde eu estou, parecendo já alcoolizada. Como se fosse uma deixa no teatro, uma mulher que a observa sem que ela perceba começa a segui-la. A mulher tira um celular do bolso, e eu consigo ver que ela abriu o aplicativo de vídeo da câmera. Tem algo muito errado aí.

Alguma coisa na postura da mulher me parece conhecida. Eu tive a mesma sensação quando... Quando vi aquele projeto de espiã no bar do lobby! É isso! O casaco vermelho é o mesmo. Eu não a reconheci de cara, porque o cabelo preso em um coque é preto escuro e brilhante, diferente do laranja-carpa de ontem.

Alguém andando na direção oposta esbarra nela, derrubando o celular de sua mão. Ela se abaixa rapidamente para pegá-lo, segurando o cabelo como um chapéu, quando ele se inclina para o lado. "Opa." Percebo que o cabelo preto é uma peruca. Essa mulher está fazendo o impossível para não ter sua identidade reconhecida. "Qual é a dela?"

– Pô, Mary. Cuidado aí pra não cair! – fala alguém na direção da peruqueira.

Ela fica nitidamente constrangida, mas posso jurar que está mais incomodada por ser chamada pelo nome, do que por ter tomado uma ombrada.

Tento raciocinar rápido. "Mary. Postura arrogante. Patricinha que usa óculos escuros dentro de hotel. Cabelo ruivo de farmácia. Perseguindo a HYE com um celular e falando com um *paparazzo* sul-coreano que veio até o Brasil pra tentar descolar um furo de notícia com um escândalo de *idol*. Mary... Mary Mello? Aquela Mary Mello?"

Não pode ser.

Como ela veio parar aqui? Ela não estava de cama com conjuntivite?

Quanto mais eu penso, piores são as possibilidades. Essa mulher realmente mentiu para o Lipe para poder se encontrar com um *paparazzo* pelas costas dele? É a única coisa que faz sentido. Eu sei que o Lipe jamais aprovaria uma pauta sensacionalista dessas.

Antes que eu consiga bolar um plano concreto, sou tomada por um impulso.

– Eu preciso de um favor – falo para Lúcia. – Eu te explico depois. Mas é caso de vida ou morte – insisto, mesmo que meu tom dramático a deixe preocupada. – Tá vendo aquela mulher estranha com o casaco vermelho...

– A Mary Mello? Ai, eu detesto ela. Ela é sempre um pé no saco dos produtores quando o +QUEPOP manda alguém. Não sei quem ela está querendo enganar com esse casaco... E aquilo é uma peruca? Todo mundo sabe que é ela. Nem sei quem convidou. Chatona.... – desabafa e revira os olhos – O que tem ela?

– Eu preciso que você a distraia. Chama ela pra perguntar onde comprou a peruca, sei lá. Só me dá a chance de passar despercebida por ela.

– Jura que eu *preciso* falar com ela?

Lúcia faz um biquinho. Ela me lembra um pouco a Babi, o que me dá vontade de abraçá-la. Mas eu preciso agir, antes que a HYE caia em uma cilada.

– Juro. Eu fico te devendo essa. Por favor?

Faço a minha melhor cara de cachorro sem dono. Meus olhos amendoados viram círculos perfeitos. Infalível.

– Menina, alguém já te disse que você poderia roubar um banco com essa cara e ninguém teria coragem de te prender depois? – diz ela, indignada, mas sorri em seguida. – Tá bom. Eu falo com a megera. Mas não prometo que consigo segurá-la por muito tempo, tá? Ela é interessante como uma porta, e minha cara de pau não aguenta o tom falso que ela faz sempre que me vê...

– É só o que eu preciso.

– Ei, Mary! – grita Lúcia, se aproximando. – Eu A-MEI o cabelo novo...

"Lúcia, você é foda", penso. "E Mary, você é... burra." De que adianta chegar "disfarçada", se ela atende qualquer pessoa que a chama por seu nome verdadeiro? Sério, só o privilégio branco explica essa mulher ter conseguido a vaga no +QUEPOP.

Passo por Mary, escondendo o rosto. Pego uma garrafa de água na mesa ao lado do bar improvisado e vou em direção à HYE, que está sentada no chão, contemplando a garrafa de uísque. Ela olha para cima quando eu chego perto o suficiente e fecha a cara quando me reconhece.

– Você – diz lentamente, sua raiva crescendo. – Veio ver a rebelde HYE se meter em problemas? Cadê seu gravadorzinho de jornalista? Quer me pegar no flagra fazendo algo "que nenhuma *idol* de respeito faria"? É isso, não é? Eu te vi de conversinha com aquele *paparazzo* escroto no elevador!

Ela começa a abrir a garrafa de uísque com dificuldade. Essa garota precisa mesmo de ajuda.

– HYE, você precisa sair daqui... – respondo, em tom urgente.

– Eu estava me sentindo um lixo por ter sido babaca com você durante a entrevista – continua a falar, me ignorando. – A última coisa que eu quero é ficar falando com jornalistas, depois de tanta mentira que espalham sobre mim... Sabia que eu estava mandando mensagem para a minha *manager* entrar em contato com você para refazer a entrevista? Eu ia te pedir desculpas pessoalmente. Como sou idiota. Não dá pra confiar em ninguém da imprensa...

Perco o raciocínio por um momento. Ela ia se desculpar *comigo*? Por essa eu não esperava.

Eu me viro, e meu olhar encontra o de Lúcia. Sua cara é de puro desespero e sei que não temos muito tempo antes que Mary Mello volte para a missão de flagrar HYE fazendo besteira.

"Pensa, Aniké. Pensa." Eu olho para o lado e vejo uma porta de emergência a meio metro da gente. É isso! Eu vou fugir de uma festa VIP do maior festival de K-pop do mundo com uma *idol* bêbada. Nada demais.

– Lee JiHye, cala a boca e me escuta.

Isso chama sua atenção, e ela para de resmungar sozinha.

– Eu não conheço aquele *paparazzo* e jamais faria nada para te prejudicar – continuo. – Mas não posso garantir que não tenha outra pessoa aqui como ele. Você não me conhece, mas confia em mim, se não vier comigo agora, garanto que essa pessoa não vai ter dó de você. E ela tem o telefone do tal do Yoon na discagem rápida, eu tenho certeza disso.

Eu sempre quis mandar alguém calar a boca em inglês, mas não tenho tempo para aproveitar o momento. Estendo a mão para ela, que hesita antes de aceitar. Ainda bem que ela se apoia no meu braço enquanto se levantava, porque seu equilíbrio está nitidamente comprometido pelos drinks que tomou antes de roubar o uísque.

Para nossa sorte, a porta de emergência está destrancada, e a bagunça da festa está mais intensa, o suficiente para ninguém prestar atenção em duas garotas se esgueirando por um lugar proibido. Antes de fechar a porta, vejo que Lúcia não consegue mais segurar o papo com a Mary, mas a megera ainda está se virando na direção do canto em que eu e a HYE estávamos momentos antes. Com sorte, ela não viu a gente saindo por ali.

Corremos escada acima, para a cobertura do hotel. Fecho a porta com cuidado para não fazer um estrondo e denunciar nossa posição e vejo um monte de bitucas de cigarro espalhadas pelo chão. "Que nojo." Os funcionários devem usar o espaço como fumódromo, por isso as portas não estavam trancadas.

Ficamos um minuto em silêncio, ainda ofegantes de subir as escadas correndo, tentando ouvir passos através da porta. Só então percebo que fizemos o curto trajeto da fuga de mãos dadas e que ainda estamos assim.

"Eu estou de mãos dadas com a HYE. OK."

Ela parece perceber ao mesmo tempo que eu, mas age com menos naturalidade ao soltar sua mão da minha. Eu tenho experiência em me meter em situações constrangedoras. Consigo jurar que vejo suas bochechas corando de leve, o que me leva a crer que ela não tem a mesma habilidade.

O terraço não tem nenhuma luz artificial, e a gente só não fica no breu completo pelas luzes da cidade que batem indiretamente no hotel e por um leve reflexo da luz da lua, que está cheia e enorme no céu, em meio a algumas estrelas esparsas.

Distraída, nem percebo que ela se aproxima de mim, para a minha surpresa, com o dedo apontado na minha cara.

– Ou você me explica agora o que está acontecendo, ou então...

Eu continuo em silêncio e levanto uma sobrancelha enquanto olho para o dedo erguido dela, como se mandasse abaixá-lo. "Tão gata e tão abusada." Não importa o quão bonita essa garota seja, ou o quão famosa, eu não aceito desrespeito.

Cruzo os braços, esperando ela se acalmar. Nossos rostos estão a dois palmos de distância e consigo sentir novamente seu perfume floral, misturado com o cheiro de álcool. Estendo a garrafa de água para ver se ajuda a baixar a bola dela. Para a minha surpresa, ela larga a garrafa de uísque no chão e vira metade da água em poucos goles. Acho que ela também não é muito de beber.

– Eu também não sei direito o que está rolando, ok? – respondo. – Tinha uma mulher lá embaixo que trabalha no mesmo site de notícias que eu. Quer dizer, eu não trabalho lá. Só consegui um estágio de fim de semana para cobrir o festival no lugar dessa mulher. Eu já sabia que ela não era flor que se cheire, mas ela superou todas as minhas expectativas aparecendo aqui no hotel e fazendo contato com aquele *paparazzo*...

Agora quem está alterada sou eu. Odeio não ter controle da situação, e a verdade é que estou assustada desde que o Yoon falou meu nome no elevador. Nada tira da minha cabeça que Mary Mello me investigou e passou informações para ele me abordar. Que vontade de xingar aquela mulher.

– Aquele cara bizarro me abordou dentro do elevador querendo saber de você – explico. – Eu estava sozinha. Você sabe qual a sensação disso?

Que pergunta idiota. Toda mulher sabe, em algum momento, o que é se sentir acuada por um cara estranho em algum lugar. O rosto dela se suaviza, parecendo mais sóbria e empática com a situação pela qual passei.

– Ele fez o mesmo comigo, lá na Coreia. Nós estávamos *em uma emissora de* TV. Ele começou a me chamar de vários nomes horrendos, do nada, e disse que ia acabar com a minha carreira "um clique por vez". Esses caras ganham rios de dinheiro divulgando escândalo e mentira. A minha *manager* tentou me impedir, mas eu não aguentei e respondi de volta. Para o meu azar, o elevador abriu no andar do estacionamento bem na hora que eu xingava ele de "velho asqueroso". Tinha dezenas de fotógrafos e repórteres esperando, e todos viram só essa parte da cena. Depois disso, minha vida virou um inferno. Então, sim... eu sei qual a sensação.

Não consigo esconder a expressão de culpa. Eu trabalho com K-pop tempo o suficiente para saber que, na cultura coreana, responder aos mais velhos é um ato de grande desrespeito, mesmo quando dão motivos. Aquela atitude é péssima para a reputação de qualquer pessoa por lá.

Finalmente temos algo em comum.

– Ele nem é tão velho assim – digo, abrindo um sorriso pra cortar o climão.

– Eu sei, mas ele com certeza é asqueroso.

Ela ri de volta, o primeiro sorriso real que vejo desde que nos conhecemos.

– Unidas por um velho asqueroso – concluo.

– Unidas por um velho asqueroso – concorda HYE.

Rimos. Ela se deita no chão, uma opção que acho pouco higiênica, porque o terraço parece ter sido esquecido pela equipe de limpeza.

Eu me pego observando-a, enquanto ela olha distraída para o céu, perdida em pensamentos. Percebo que ela está contando estrelas em voz baixa.

– Uma... três... cinco... só cinco estrelas no céu? A parte merda da cidade grande é isso. Cinco estrelas... só cinco estrelas.

Mesmo alcoolizada, o papo não faz muito sentido pra mim.

Eu me lembro que ela tem uma pequena constelação tatuada na parte de trás do ombro direito e que li em alguma notícia da *fanbase* brasileira do 4EVRY1, há alguns anos, que era uma homenagem para a avó dela, já falecida. Talvez esse lance com o céu estrelado seja o jeito dela de se acalmar.

Decido me sentar ao seu lado. Eu me pergunto o quão brega seria, de zero a dez – sendo dez o nível máximo de *pedreiragem* – soltar algo do tipo "eu tô olhando pra sexta estrela aqui do meu lado". Por muito pouco eu consigo me controlar, porque flerte mal dado é o tipo de coisa impossível de se recuperar.

"Que inferno de mulher bonita." É só isso que eu consigo pensar ali, sentada ao seu lado. Sem aquele monte de luzes artificiais dos ambientes internos do hotel, a pele dela reflete a luz do luar de um jeito que eu só tinha ouvido falar em contos de fadas. Parte de mim tenta entender como isso é humanamente possível, enquanto a outra quer pedir dicas de *skincare* para chegar ao mesmo efeito.

"Que bagunça!" Meu cérebro parece uma gosma, inundado de hormônio. Eu tento me concentrar em resolver a confusão com a tal da Mary Mello, que, com certeza, ainda está tentando ferrar a HYE. Mas, sentada tão perto dela, sem ficar pensando em sua atitude grosseira durante a entrevista, consigo absorver os detalhes.

O cabelo dela é de um tom platinado que também brilha sob a luz natural. Ela ainda não tirou a maquiagem que estava usando durante nossa entrevista de manhã, um delineado preto supermarcado, com a ponta puxada. Sua camiseta desgastada dos Sex Pistols tem a estampa da música "God Save The Queen", e a parte da frente está enfiada para dentro da calça jeans. A barra *skinny* termina em um tênis Nike Dunk de cano médio, e eu tenho quase certeza de que o modelo é alguma edição especial assinada por um designer famoso.

Percebo que, de certa forma, nossas escolhas *fashion* combinam, como aquela tendência que os casais sul-coreanos têm de sair para encontros coordenando peças de roupas e acessórios, o *Couple Look*. Antes de me sentar para escrever as matérias, eu tinha trocado de roupa para algo mais casual: um camisetão preto largo que usava de vestido, uma meia com estampa de hambúrguer até o joelhos e uma jaqueta jeans larga que comprei em um brechó. Só não tinha trocado de sapato, ainda estava com o mesmo par de Vans que usava mais cedo.

Como se nossos cérebros estivessem conectados, ela aponta para o meu tênis.

— Eu amei tudo o que você estava usando hoje de manhã – diz. – Tenho um tênis igual ao seu. A gente... a gente combina – termina, abrindo um sorriso de leve como se estivesse confessando algo a mais.

Ela definitivamente está corando agora.

Óbvio que escolho esse momento para agir como se nunca tivesse ouvido um elogio na vida. Só consigo ficar travada, olhando para ela, sem pensar em nada inteligente pra falar.

— EUGOSTODEGAROTAS – grita JiHye, e eu preciso pedir para ela repetir, de tão repentina e desconexa que é a declaração. – Eu... eu gosto de garotas – ela confessa e solta um suspiro de desabafo.

Pisco algumas vezes, olhando para ela. Ela começa a murchar, nitidamente arrependida de ter falado aquilo em voz alta. O álcool ainda deve estar fazendo efeito na garota.

— Bom, eu gosto... de pessoas – digo. – Podem ser garotas, garotos, todas as identificações e expressões de gênero. Eu não me importo, sabe?

Dou de ombros e sorrio para ela. Ela sorri de volta, aliviada.

OK, agora definitivamente está rolando um clima. O cheiro de seu perfume floral – seria de lírios? – domina o ambiente, mesmo a céu aberto. Algo me diz que é por conta da nossa proximidade...

Começo a me afastar lentamente, contrariando a vontade de segurar seu rosto em minhas mãos. O olhar dela, com aquela maquiagem intensa, penetra na minha alma, como se ela também estivesse contemplando o próximo passo. "Que profundo, Aniké", minha consciência desdenha de mim, enquanto meus sentimentos são um turbilhão de vontades. "Eu vim aqui para trabalhar, não dar *match* com *idol*." Bom, parece que o trabalho jornalístico se transformou em uma verdadeira missão de salvamento. Mas meu objetivo *ainda* não é sair daqui com uma *crush* que mora do outro lado do mundo.

Pela expressão da JiHye, percebo que não sou a única em conflito.

KAKAOTALK!

A voz grave da notificação do meu app coreano de mensagens nos assusta e me tira dos meus devaneios. Apesar de ter sido salva pelo gongo, amaldiçoo o dia em que escolhi a voz do Barack Obama repetindo "kakao talk" como toque. Parecia engraçadinho na hora. Agora, é só traumatizante.

Enquanto trocamos risadas nervosas – e o clima de quase-romance se dissipa na noite fresca de São Paulo –, vejo que mensagem vem de um número desconhecido com DDI estrangeiro.

Eu congelo. O asqueroso do *paparazzo* Yoon, de algum jeito, conseguiu meu número e está ameaçando contar algum absurdo sobre mim para o meu chefe – imagino que esteja falando do Lipe – se eu não o ajudar a armar um escândalo novo da JiHye para o seu tabloide. "Tenho fontes seguras de que você estava com ela numa festa", diz a mensagem.

Que inferno. Aquela pamonha laranja da Mary Mello tem algo a ver com isso, eu tenho certeza. A gente deu um perdido nela na festa, mas ela já está dando um jeito de se vingar. Para estar tão investida em ajudar esse cara, deve ter uma bolada de dinheiro em jogo. Uma das coisas pelas quais ela é conhecida, além de inventar polêmica, é sua ambição. A megera é gananciosa e ser uma das principais jornalistas do +QUEPOP, aparentemente, já não é o suficiente.

Eu mostro a mensagem para JiHye, que balança a cabeça com as mãos escondendo seu rosto, nitidamente desesperada. A pose de fodona da garota foi pro chão.

– Esse cara não vai descansar, Aniké. O que eu faço?

Meu cérebro já está trabalhando em algumas opções de planos, todas mirabolantes e nada discretas. "Problemas absurdos exigem soluções absurdas."

– Foi um escândalo que te colocou nessa, então vai ser um escândalo que vai te tirar – digo para ela, um sorriso se abrindo em meu rosto.

Ela me encara, surpresa, mas nitidamente preocupada.

– Mas você vai ter que confiar em mim – digo.

Confiança. Aparentemente, essa é a fonte de toda a atitude horrível dela com todo mundo. Essa garota passou por tanta merda, que confiar não faz mais parte da sua natureza.

Trocamos olhares em silêncio pelo que parece ser uma eternidade, sob o céu quase-nada-estrelado. Finalmente, ela fala:

– Eu confio.

– Então, nós vamos fazer um escândalo.

Ela pode não gostar da imprensa, mas a Keké jornalista já está com tudo planejado para salvar o dia.

Enquanto conto meu plano para JiHye, seus olhos se arregalam.

– Ao vivo... ao vivo MESMO?

– Isso. Desse jeito, ninguém pode falar que foi tudo editado e ele não pode se fazer de coitado.

– Aniké, não sei...

– JiHye, eu não vou te obrigar a fazer nada que não queira, mas precisa retomar o controle da sua vida, ou sua carreira vai pro ralo, e você vai se tornar uma pessoa amarga, mais do que já está parecendo. E eu sei que merece mais do que isso. Além disso, você não está sozinha. Sabe, eu sempre te achei uma inspiração... Me deixa retribuir isso de algum jeito.

Fico um pouco envergonhada de admitir isso em voz alta, ainda mais depois do clima que rolou há pouco, mas a verdade é que sou uma fã de longa data, antes de tudo. Que fã deixaria sua *idol* favorita se ferrar na mão de gente maldosa? E que jornalista com ética deixaria impune uma situação dessa acontecer bem debaixo do seu nariz? Meu trabalho é reportar a verdade. É exatamente isso que vou fazer.

Os olhos dela se enchem de lágrimas, como se tudo o que estivesse guardando no último ano fosse transbordar ali mesmo. Eu não a culpo.

– OK. Vamos acabar com esses babacas – diz, secando os olhos antes que a primeira lágrima caia e abrindo aquele sorriso que derrete o coração até de antifã.

Descemos pelas escadas para o meu quarto, que fica alguns andares abaixo de onde a festa ainda está rolando, para evitar encontrar a dupla Mary e Yoon nos elevadores. A iluminação dentro do hotel é uma das chaves para o meu plano dar certo.

A outra depende da confiança que o Lipe tem em mim, já que envio para ele uma mensagem misteriosa: "Consegui um furo de notícia incrível para o +QUEPOP, mas preciso

URGENTE da senha do Instagram! Não consigo te explicar tudo agora, mas vai ser a melhor coisa que já aconteceu no *fandom* do K-pop aqui no Brasil. Que tal?" Agradeço aos céus por esse homem ir com a minha cara. Por um milagre, eu já estou com acesso ao @maisquepopBR antes de entrarmos no quarto. "Arrasa! Tô ansioso", diz a mensagem dele. Espero que ele não ache meu plano muito... sensacionalista. Mesmo nervosa, agora é tarde demais para voltar atrás.

Já no quarto, arrumo um dos tripés de câmera que eu trouxe na mala de equipamentos debaixo do gazebo onde minhas roupas usadas estão penduradas, ao lado da cama, e prendo meu celular para que a maior parte do aparelho esteja encoberto pela mistura de tecidos e cores, mas deixando a câmera livre para capturar o que precisamos. Posiciono JiHye no canto diagonal ao gazebo, em uma poltrona larga de leitura. Com sorte, o *paparazzo* Yoon nem notará algo suspeito.

Deixo o notebook entreaberto em cima da mesa, em frente à cama, com o programa de gravador de voz rodando; o gravadorzinho da sorte está escondido dentro de um abajur próximo à HYE, só por garantia. Além do mico ao vivo, quero registrar o momento em todos os formatos possíveis, para esse *paparazzo* asqueroso nunca mais se meter com a gente.

O quarto do hotel está mais bem vigiado que a casa do BBB.

"Maratonar documentários policiais com a Babi na Netflix definitivamente está me tornando uma jornalista melhor", penso.

Tudo pronto. Agora é só atrair o rato para a ratoeira.

"OK, eu vou te ajudar. Ela foi horrível comigo na entrevista, e eu não devo nada pra essa garota. Mas quero o que você ofereceu pra Mary Mello. E nem adianta negar que ela está envolvida em tudo, porque eu vi vocês dois tramando no bar do hotel."

A minha mensagem no KakaoTalk para o *paparazzo* Yoon é ríspida, mas ele precisa acreditar em mim para que o plano funcione. Depois da minha atitude no elevador, esse cara não ia comprar uma mensagem passiva, do nada.

"Meu combinado com a Srta. Mello era de 10 mil dólares americanos por fotos comprometedoras e uma boa história sobre a JiHye. A grana é toda sua – ela está demorando demais para conseguir o que eu preciso. Me fez atravessar o mundo, prometendo uma parceria bem-sucedida para nós, e até agora nada."

Quer dizer que a Mary Mello o convenceu a vir pra cá armar esse circo? Essa história fica cada vez pior – ou cada vez melhor, agora que estou prestes a desmascarar esses dois idiotas gananciosos.

"OK. Ela está no meu quarto, número 1816. Ela bebeu demais, e eu a peguei vomitando atrás do bar, na festa da produção. Dê duas batidas leves na porta quando chegar, e eu abro a porta para você. Traga sua câmera. Você é o *paparazzo*, não eu."

"Estou a caminho. Chego em 5 minutos. Segure ela aí dentro!"

Nojento. Mesmo por mensagem, dá pra sentir como ele está se babando para "flagrar" a HYE fazendo algo que é considerado errado. Hipocrisia pura. Como se a maioria dos adultos não ficasse bêbado de vez em quando – ou sempre. Tudo isso porque ela é *idol*, e, claro, mulher.

Assim que vejo a última mensagem de Yoon, aperto o botão de AO VIVO no Instagram do +QUEPOP, e me agacho em frente a câmera. "Confia, Aniké." A voz da minha mãe na minha cabeça depois deste dia surreal é exatamente o empurrãozinho de que eu preciso. Respiro fundo e começo a Live, falando baixo e claramente.

– Oi, galera que acompanha o +QUEPOP! Meu nome é Aniké e eu sou sua correspondente no maior festival de K-pop, rolando aqui em São Paulo neste fim de semana. Mas venho trazendo verdades, ao vivo! Fãs do 4EVRY1 e da ex-líder HYE fiquem por aqui, convidem a galera do *fandom*, porque vamos mostrar com exclusividade a verdade por trás das polêmicas...

Alguém bate à porta. Chegou a hora.

– Eu explico com calma daqui a pouco, mas, agora, vejam com seus próprios olhos. Os fãs que sabem traduzir em inglês e coreano podem comentar aqui – termino a apresentação da Live aos cochichos, antes de me levantar para abrir a porta para o asqueroso.

HYE está jogada na poltrona, fingindo estar no meio do maior porre alcoólico da sua vida. Ela me dá uma piscadela quando passo em direção à porta.

Yoon está com a câmera pronta para os cliques comprometedores, pendurada em seu pescoço, com a lente já destampada. Ele está usando um conjunto de moletom preto e um boné da mesma cor, virado para trás. É como se tentasse não chamar atenção, mas sua expressão denuncia que tem algo de muito malicioso em seu pensamento.

Eu me coloco entre ele e o quarto, balançando a cabeça e estendendo a mão, exigindo meu pagamento. Ele abre um meio-sorriso amarelo e passa umas pilhas de notas em dólar. Não sei se ali tem dez mil, mas colocarei essa grana para um uso melhor do que suborno.

Eu o deixo entrar no quarto, e os primeiros barulhos de clique são imediatos.

Como planejei, o cara nem olha para o canto em que o gazebo esconde meu celular. Ótimo.

Com os barulhos intensos da câmera, JiHye finge acordar atordoada – e bêbada. Ela começa a berrar algo para ele em coreano, que responde na mesma língua. OK, eu não previ um diálogo em *hangul*. Se já é difícil para parte da audiência ser fluente em inglês, imagina em coreano.

A troca de ofensas continua, HYE ainda sentada na poltrona, e o *paparazzo* fica repetindo um meio círculo de frente para ela, dando mil cliques por segundo. Ela olha rapidamente para mim, e eu aproveito a distração dele para levantar os braços em um sinal muito claro de que não estou entendendo nada. Ela percebe a minha deixa, e muda a conversa para o inglês.

– Por que você disse lá na Coreia que iria me destruir? O que eu te fiz?

Ainda bem que ele é tão confortável na língua inglesa, porque a resposta acompanha a pergunta de JiHye com naturalidade.

– Olha, garotinha. Eu posso falar que são apenas negócios, mas com você é pessoal, sim. Eu tinha uma namorada na época que o 4EVRY1 fez o *début*. Ela era quieta, fazia tudo o que eu mandava. Até vocês chegarem com esses papos de *girl power*, de que mulher pode tudo. Ela ficou encantada com esses discursinhos feministinhas que você adorava cantar e falar nas entrevistas. Meu namoro virou um inferno. Nada mais era do meu jeito. E ela terminou comigo, porque disse que eu era um machista que não sabia respeitá-la. Sabia que poderia demorar o tempo que fosse, mas eu ia acabar com a sua pose. Uns rumores aqui e ali, incentivando os sites de antifãs a comentar nas notícias... Não foi difícil. Muita gente não vai com a sua cara de metida. E agora você está aqui, fazendo exatamente o que eu inventei que você fazia: se metendo em encrenca. Sua carreira já era.

É pior do que a gente pensava. Enquanto ainda me recupero do choque atrás do asqueroso, HYE explode:

– Isso não vai ficar assim...

Com uma risada sarcástica, estilo vilã da Disney, ele dispara:

– E quem é que vai acreditar em você? As fotos sempre vão valer mais. Onde já se viu, uma *idol* que se dê ao respeito toda descabelada, do lado de garrafas de álcool... A história está pronta.

Eu não aguento mais ouvir esse cara falando. Enquanto ele cospe os últimos absurdos para a HYE, eu vou até o canto e tiro o celular do tripé.

Vinte mil pessoas on-line na Live, e o número só aumenta. É por isso que eu queria acesso à conta do +QUEPOP: a vantagem de ser o maior portal, com milhões de seguidores. De relance, consigo ver o comentário de uma das *fanbases* da HYE ajudando a traduzir a cena toda nos comentários e incentivando as pessoas a compartilhar a Live. O vídeo está viralizando. Perfeito.

– Bom, só aqui ao vivo já temos mais de vinte mil pessoas que acreditam nela. Fica tranquilo, que o +QUE-POP vai legendar a Live e enviar para os nossos contatos lá na Coreia do Sul também. Nem mesmo o tabloide que te emprega vai querer se associar com você. Seu reinado de terror acabou, Yoon.

Eu me sinto no desfecho de um K-drama, falando uma frase de efeito enquanto o vilão se dá mal.

– Sua vagabu...

Tudo acontece muito rápido. Yoon tenta pular em minha direção, num movimento brusco, para pegar o celular, mas HYE é mais rápida. Levantando da poltrona em um pulo, ela estica o pé para ele tropeçar, mas Yoon se recupera rapidamente do desequilíbrio. Ele se vira para HYE, completamente furioso, com a palma da mão aberta, pronto para dar um tapa na cara dela. Eu arregalo os olhos, mas antes que possa fazer algo – e ainda apontando a câmera para registrar tudo –, vejo HYE se abaixando, desviando da mão nojenta do *paparazzo*, e contra-atacando sem dó. Uma cotovelada na boca do estômago de Yoon e um golpe em seu nariz bastam para que ele desabe no chão, desmaiado. Que mulher!

Eu viro a câmera em posição de *selfie*, andando até o lado de uma HYE ofegante com toda a ação do último minuto.

– É isso, meninas. Façam aulas de defesa pessoal! HYE, gostaria de deixar uma mensagem final para seus fãs?

Com um sorriso triunfante, HYE faz um gesto de coração com as mãos e diz:

– Obrigada ao meu *fandom* que nunca me abandonou, mesmo quando espalhavam mentiras sobre mim! 4EVRY1 para sempre! Eu vou voltar em breve com boas músicas para vocês. Por favor, deem muito amor para Aniké e para o +QUE-POP! *Saranghaeyo!*

Essa é a JiHye por quem me apaixonei – como fã e... talvez algo mais? Não. Eu não quero pensar nisso agora. Tenho uma história para terminar.

Aproveitando que o *paparazzo* ainda está desmaiado, ligo para a recepção e peço que os seguranças do hotel removam um intruso do meu quarto. Marina, a gerente do hotel, fica tão horrorizada com o ocorrido, que garante que acompanharão o asqueroso direto para o aeroporto, como condição para não chamar a polícia.

Mas nem eu nem a HYE estamos *completamente* fora de perigo: e os nossos empregos? Tudo pode ser em vão se a agência da HYE e o Lipe não gostarem do resultado da Live que a gente fez sem a permissão... bem, de ninguém.

Envio o *print* da minha conversa com o Yoon no Kakao-Talk, explicando que a Mary Mello está por trás de tudo, e Lipe garante que ela está acabada no +QUEPOP e que, na segunda, ele e eu conversaremos sobre uma proposta real de trabalho. Eufórico com a ideia da Live, ele diz que o vídeo já é o mais comentado e compartilhado de todo o *feed* do portal. Preciso de todo o meu autocontrole para não sair gritando pelo hotel de tanta alegria. E, claro, Mary Mello que lute. Sou zero obrigada a ter sororidade com mulher mau-caráter. Eca.

Já a *manager* da HYE ouve toda a história em silêncio, contada dentro do meu quarto. O meu queixo cai quando ela vem em minha direção e me abraça. Sei que a demonstração de carinho físico não é muito comum entre coreanos e pessoas desconhecidas. Parecendo mais uma irmã mais velha do que uma mera *manager*, ela me agradece por ter ajudado a JiHye e diz que eu serei uma grande jornalista no futuro.

Caraca.

Já que eu estou aqui, resolvo abusar um pouco da sorte.

– *Manager-nim*, você pode me ajudar a alcançar esse objetivo? A entrevista com a JiHye hoje cedo foi... bem, foi horrível. Sem ofensas – digo, em direção à HYE, que só acena como se não estivesse nada ofendida. – Será que eu poderia refazer a entrevista aqui? Quero divulgar o trabalho da HYE como ela merece, e a Live não foi suficiente para focar nisso. A Live focou *nele*. E homens babacas já têm destaque demais na mídia. É a hora das garotas serem ouvidas.

A *manager* abre um sorriso fraterno e diz que eu tenho quarenta minutos (UHUUL!) para entrevistá-la. E que ela antecipa uma matéria incrível no +QUEPOP. Apesar de já estar tarde, HYE e eu ainda estamos ligadas no 220 com a adrenalina do que acabamos de viver juntas. Assim, emendamos direto a entrevista.

O PERIGO DE UMA MULHER LIVRE NO K-POP
Lee JiHye, a HYE, conta com exclusividade para o +QUEPOP como é lidar com o machismo na indústria da música e dá mais detalhes sobre seu début solo após a separação do supergrupo de K-pop 4EVRY1.

Aproveito o engajamento da minha matéria, na manhã seguinte, para divulgar as ações sociais para a qual será doada a grana que o *paparazzo* Yoon me deu na porta do quarto do hotel – um montante de cinco mil, não dez mil dólares. Mentiroso!

A maior *fanbase* da HYE no Brasil, aquela que estava na Live traduzindo tudo em tempo real, se compromete em localizar e distribuir o dinheiro entre ONGs que acolhem pessoas LGBTQIA+ e mulheres que sofreram violência doméstica, em nome da Lee JiHye. O dinheiro sujo que foi pensado para destruir uma mulher independente, simplesmente por ela existir, agora ajudará a salvar outras mulheres e pessoas vulneráveis que não tiveram tanta sorte. O final perfeito.

A chamada para a minha primeira matéria no +QUEPOP já está entre os assuntos mais falados do Twitter na hora do almoço, quando pego uma carona na van da produção para o Kpopalooza, a convite da Lúcia. Aparentemente, eu sou a heroína do festival inteiro!

KAKAOTALK!

Com toda a confusão da noite passada, eu esqueci de trocar a notificação. A voz do Barack Obama ecoa dentro da van. Eu rio.

Dessa vez, ver o destinatário da mensagem me deixa boba de tão feliz: JiHye ♥ ☺. Ela salvou seu número pessoal direto no meu celular, e eu fico imaginando o que o *emoji* de coração *realmente* significa.

"Eu nunca mais reclamo de só ter cinco estrelas no céu da cidade grande. Foram elas que iluminaram sua genialidade para salvar a minha carreira. Agora eu que posso falar que sou sua fã. Obrigada por tudo. Beijos e... Te espero em Seul. Estou pronta para a nossa próxima aventura.

H."

Eu também estou ansiosa para ir a Seul, mesmo sem planos concretos para isso *ainda*. Mas, pela primeira vez, estou curtindo o presente e não perdida em sonhos e devaneios sobre o futuro.

Este é o melhor fim de semana da minha vida.

Se me pedissem para avaliar, sei lá, acho que eu dava cinco estrelas.

ROLETA-RUSSA
Lyu Guedes

– NÃO, TUDO MENOS ISSO!

– Bianca, para de drama!

Minha mãe revira os olhos, empurrando o carrinho pelos corredores do mercado. Ajeito meus óculos de grau no rosto – uma mania que adquiri e que repito sempre que estou nervosa –, depois jogo meus curtos cabelos cor de pêssego para trás, de forma exasperada, bagunçando a franja.

– Mas, mãe! – insisto, atrás dela. – Você não está me dando direito de escolha. Eu sou maior de idade, isso pode se caracterizar como abuso de poder, fique a senhora sabendo.

– Ah, por favor, não começa com as palestras. Estou tentando escolher um molho.

– Não é palestra! – digo, notando que ela também não está feliz com isso, embora eu continue mesmo assim: – Este fim de semana é o mais importante da minha vida, e eu não pretendo e nem vou deixar que a Naomi estrague!

– Filha...

Passando os fios do cabelo loiro para trás da orelha, minha mãe se vira para mim com seus olhos castanho-escuros, que foram herdados por mim. Estou com os braços cruzados, fazendo bico, quando ela suspira e diz:

– Ninguém vai estragar nada. A Naomi vai só te acompanhar. Ela já foi supergentil de comprar um ingresso só para isso.

Continuo sem acreditar no que estou ouvindo.

– Gentil? – Quase dou risada. – Ela nem gosta de K-pop, tá indo só pra implicar comigo e estragar o meu fim de semana! Eu já sou maior de idade, não preciso de babá!

Amanhã é a véspera do fim de semana mais esperado por mim. A data em que vou realizar um dos meus maiores sonhos: conhecer meu grupo de K-pop preferido, o KUZ. Quando digo "mais esperado", me refiro a três meses de planejamento, semanas de expectativas, dias riscados no calendário, horas e horas pensando nisso sem parar. Toda etapa organizada com carinho e atenção, pra vir uma sujeita estragar tudo.

Naomi Sato. Esse é o nome da meliante. Se eu fosse defini-la em uma única palavra, provavelmente seria um baita palavrão.

Como nossos pais são amigos de longa data, fazem de tudo juntos. Ou seja, passei grande parte da minha vida forçadamente grudada nessa garota. Seria até tranquilo, se ela não fosse insuportável. Juro, tá pra nascer pessoa mais implicante e irritante do que Naomi Sato. Agora, eu tenho que dividir o meu precioso fim de semana com aquele projeto de cacatua-sanguessuga, porque nossos pais decidiram que seria uma boa ideia fazer disso um programa de "amigas". E nós duas somos maiores de idade, isso não faz o menor sentido, francamente. Contudo, como a canceriana que sou, não consigo dizer não a nada do que minha mãe me pede, mesmo que reclamando muito.

Mais uma vez Dona Graziele revira os olhos.

– Não entendo vocês duas, costumavam ser tão amigas quando eram mais novas. Mal se desgrudavam.

– A gente tinha 7 anos! Não é minha culpa se ela cresceu e virou aquele rabisco de Drácula.

– Estou começando a achar que a implicante da história é você.

– Eu? – repito, e aponto para mim mesma. – Ela é que não perde a oportunidade de me irritar! Desde o Fundamental, sempre rindo pelas minhas costas, com aquele ar de quem se acha superior.

Minha mãe sopra uma risada baixa, me ignora e segue com as compras. Depois disso, não tocamos mais no assunto. Voltamos para casa carregadas de sacolas cheias, que a ajudo a guardar antes de ir para o quarto e me jogar na cama.

Encaro o pôster colado na parede ao lado. Cinco garotos de cabelos coloridos sorriem dali: Kyu – meu preferido –, Minjun, Doyu, Jun e Jace. KUZ. A despeito da situação com Naomi, estou animada para o fim de semana. O festival Kpopalooza reunirá inúmeros nomes do K-pop em duas noites de show em São Paulo, sábado e domingo – eu vou nos dois dias, mas o KUZ se apresenta no domingo à tarde. Artistas solo e grupos grandes, como IU e BTS, estarão presentes, assim como alguns grupos menores. Além dos shows, o festival terá barracas vendendo itens oficiais dos grupos, espaços para entrevistas com a presença dos fãs e também comidas típicas sul-coreanas.

Não vou mentir: estou muito nervosa. Tanto que me sinto à beira de uma dor de barriga. Mas eu me planejei meses pra isso! Nem uma diarreia poderia me impedir de aproveitar o evento, muito menos aquela curupira.

Escuto o toque de mensagens do Instagram no celular e faço uma carranca irritada quando vejo o nome de usuário da Naomi.

> @Mi_sato diz:
> E aí, amiguinha? Animada pro fim de semana? 🙈😍

> @BiaKyu diz:
> O que você quer? Acho bom que não esteja planejando nada, ou eu juro que vou fazer você se arrepender! Aliás, como conseguiu um ingresso?

@Mi_sato diz:
Primeiro: Eu vou literalmente gastar gasolina pra te levar no festival e você ainda reclama? Enfim, a mal-agradecida. Segundo: Eu tenho os meus meios, hehehe.

@BiaKyu diz:
Primeiro: Eu não pedi pra que me levasse! Segundo: Pare de falar como uma criminosa!

@Mi_sato diz:
😵 Vou ignorar a desfeita e o insulto, porque tenho bom coração. Vim perguntar: que horas quer que eu passe aí amanhã?

@BiaKyu diz:
Você comprou um ingresso (de Deus sabe onde e como) e nem sabe os horários?? Sinceramente... O festival começa às 10h, me busca lá pelas 6h.

@Mi_sato diz:
Mano?? Você que vai montar o palco ou o quê?

@BiaKyu diz:
O lugar fica a duas horas daqui e é indicado que estejamos na fila pelo menos uma hora antes da abertura dos portões, cabeça de mamão! Como você simplesmente se propõe a ir a um lugar que nem sabe onde fica? Em que mundo você vive?

@Mi_sato diz:
Gosto de viver perigosamente e nada como um bom GPS pra ajudar.

> **@BiaKyu diz:**
> Isso é irresponsável pra cacete, se quer saber! Vivemos em um país em crise econômica, como pode esbanjar dinheiro por aí assim? Tem ideia do custo do etanol?!

> **@Mi_sato diz:**
> Blá, blá, blá, deixa de ser reclamona, a grana é minha kkk Enfim, tá combinado. Até depois! 😎

Olho para o meu pôster e suspiro. Amanhã tem que ser perfeito! Vou dar o meu máximo para não deixar nada dar errado, nem que eu precise trancar Naomi no banheiro químico. E essa é uma promessa que vou cumprir com o maior prazer.

Dormir foi quase impossível por causa da ansiedade. Por isso, quando chega o fim de semana, mais cedo do que esperado, eu já estou de pé, conferindo pela enésima vez se estou levando todos os documentos. Minha cabeça fica fantasiando situações que podem levar meu fim de semana perfeito ao mais completo fracasso.

Depois de organizar tudo (de novo) e tomar café, visto a roupa que escolhi: um lindo e larguinho macacão jardineira jeans, por cima de uma camiseta listrada entre tons de rosa pink e pêssego, finalizando com um coturno branco envernizado. Os tons claros realçam minha pele branca e o cabelo colorido, dando um ar de delicadeza que eu gosto. As peças mais soltas não marcam meu corpo, nem meus seios fartos, o que me deixa confortável. Um estilo que eu adquiri com os anos no K-pop, me inspirando nas roupas que vejo meus cantores favoritos usando.

Estou passando *gloss* quando escuto a buzina de Naomi, o que me faz revirar os olhos. Antes de sair, confiro mais uma vez se não esqueci nada e, por último, me olho no espelho, conferindo a maquiagem suave. Passei uma sombra rosinha junto com uma dourada, ajeitando meus óculos e balançando os brincos em forma de pirulito, sorrindo por me sentir bonita e muito eu mesma. Na sala, passo por minha mãe para me despedir.

— Tchau, filha, se cuida — ela diz ao me abraçar. — E se divirta, tá?

Saio de casa e vejo uma van, mas é difícil enxergar o interior por causa do fumê escuro, até que o vidro automático desce, revelando Naomi ao volante. Ela está com os cabelos escuros em um corte curto e repicado, quase um *mullet*, usando uma regata preta com desenhos agressivos de caveiras aqui e ali, exibindo seus braços pálidos e magros.

Abro a porta do passageiro, jogando minha bolsa no banco antes de entrar e fechá-la. Minha mãe e Naomi se cumprimentam. Enquanto sorriem cheias de intimidade e se despedem alegres, eu me esforço bastante para não revirar os olhos de novo. Acho que minha aversão a essa garota chegou a um nível que chamamos de ranço.

Naomi liga a van, acenando mais uma vez para minha mãe antes de finalmente dar partida. Eu coloco o cinto e olho em volta com uma careta.

— Por que você tem uma van? – pergunto. – Vai sequestrar alguém?

— Por que *não* ter uma van? – retruca ela, me espiando pelo canto dos olhos angulosos. – Eu sou espaçosa.

— Disso eu sei – digo, abrindo a bolsa à procura do meu fone e celular.

— Ei, o que você vai fazer? – Ela me olha mais uma vez de relance, enquanto ponho os fones de ouvido.

— Não é óbvio?

– Não vai ficar ouvindo música o caminho todo e me deixar falando sozinha, né?

– Como se a gente tivesse alguma coisa pra conversar – retruco, procurando música em meu celular.

Naomi para no sinal vermelho, solta o volante e vem na minha direção. Ela puxa meus fones e os joga agressivamente no fundo da van.

– Qual é o seu problema?! – pergunto e a encaro cheia de indignação.

– Não sou sua motorista particular, *gracinha* – diz ela, com sarcasmo, voltando as mãos para o volante.

– Tecnicamente, é sim. Você nem gosta de K-pop, por que está vindo junto, então?

– Ué, sei lá, quero conhecer meus parentes? – responde e dá de ombros.

– Besta! Você é descendente de japoneses, não de coreanos!

– Bem observado, *Sherlock.* – Pisca na minha direção. – Já ouviu falar de "sarcasmo"?

Continuo a encará-la, indignada, enquanto ela segue dirigindo com um sorriso estúpido no rosto. Respiro fundo e me viro para a janela, cruzando os braços. Ela liga o rádio em uma estação qualquer. Logo, uma música pop americana começa a tocar em um volume confortável, embora conforto seja a última coisa que eu sinta.

– Essa música tá boa? – pergunta Naomi. – Quer que eu troque?

– Ah, agora eu posso escolher? – digo com sarcasmo.

– É falta de educação deixar uma pessoa falando sozinha, não acha?

– Só porque dirige uma van de escola, acha que é pedagoga pra me educar?

– Opa! Não fala assim da Athena!

Faço outra careta.

– Você deu nome pra van? – pergunto, incrédula.
– Óbvio. É minha filha.
Pisco mais vezes que o normal. Se antes eu tinha minhas dúvidas, agora eu tenho certeza que na cabeça dessa garota tem uma azeitona.
– Nem adianta ficar me olhando assim – diz Naomi. – Aposto que você tem um pôster do grupo que gosta e fica falando com eles como se te ouvissem.
Aperto os lábios em um bico irritadiço. Ela começa a rir, o que me deixa mais irritada.
– Acertei, não acertei?
– Vai à merda, Naomi!

O plano dela de jogar meu fone longe pra que conversássemos foi para as cucuias e não trocamos mais uma palavra desde nossa pequena discussão. Tudo o que faço é observar o trajeto pela janela, enquanto ouço as músicas da rádio e canto junto, batendo nas coxas para acompanhar o ritmo. E, finalmente, o cansaço da noite maldormida me leva a cochilar.

Acordo tempos depois, com Naomi me chamando. Ela pede pra que eu desça e vá para a fila, enquanto procura um lugar para estacionar. Concordo com a cabeça, pegando minha bolsa e saindo da van. Noto de imediato como a fila está enorme. E quando digo enorme, quero dizer ENORME, em letras garrafais. É quase impossível ver onde começa ou termina.

O que mais se vê são cabelos coloridos: roxo, rosa, verde e até amarelo canetinha. Algumas pessoas estão com camisetas de grupos ou cantores solo, outras com faixas; umas ouvem música, outras conversam entre si. Sorrio, animada, porque estou entre pessoas que amam o que eu amo.

Procuro o final da fila e me surpreendo com a distância que preciso percorrer até chegar lá. Confiro o horário, constatando que ainda falta uma hora para os portões serem abertos. Apesar de muitas pessoas estarem sentadas, fico em pé, à espera de Naomi.

– Ei, quer sentar com a gente? – oferece uma garota à minha frente, apontando o papelão em que está sentada com algumas amigas. Ela sorri pra mim com seu aparelho dentário lilás brilhante e os olhos transmitindo gentileza por debaixo da franja castanha. Sem jeito, sorrio de volta e aceito seu convite, me sentando ao lado dela.

A garota se apresenta como Thais e não demora muito para que eu comece a puxar papo com o pessoal sentado perto da gente. Conversamos sobre nossos grupos e artistas preferidos, ouvimos e cantamos músicas, falamos sobre comidas típicas que queremos experimentar no evento e até assuntos não relacionados ao K-pop. Eu nunca fui tão sociável assim, mas em alguns minutos de conversa já passo meu usuário do Twitter.

O tempo passa tão rápido que, quando dou por mim, os portões já estão sendo abertos. No entanto, Naomi ainda não voltou.

Começo a ficar nervosa, porque, se chegar minha vez de entrar e ela não estiver junto, provavelmente vamos nos perder uma da outra. Não que eu faça questão de ficar com ela, mas como vou saber onde a van está quando o evento acabar? E se minha mãe descobrir que não ficamos juntas? Que deixei Naomi sozinha? Ela surtaria de preocupação! – porque, sim, minha mãe me trata como uma criança, mesmo que eu já tenha 19 anos. Mas isso já deve ter ficado mais do que claro.

– Relaxa, mana. Vai dar tempo de ela chegar – diz Thais, comendo batatas fritas de saquinho. – Quer? – oferece.

Recuso com a cabeça, procurando meu celular para ligar para a dita cuja. Não o acho de imediato, o que me deixa ainda mais nervosa. Resmungo, fuçando a bolsa, até sentir uma cotovelada de Thais.

– É aquela ali a sua amiga? – pergunta e me aponta Naomi do outro lado da rua. – Que linda...

Franzo o cenho em resposta ao comentário e aceno para chamar a atenção de Naomi. Assim que me vê, ela corre para atravessar a rua.

– Quando você disse que ia estacionar, não imaginei que precisava construir o estacionamento antes. Quer mudar o sobrenome pra Hilbert, é? – falo, indignada. – Por que demorou tanto? O portão já até abriu!

– Calma, esquentadinha! – responde ela, ofegante, parecendo cansada. – Estão proibindo estacionar aqui por perto e o estacionamento do evento é caro pra cacete. Dei mil voltas até achar uma vaga confiável e, acima de tudo, de graça. Mas fica meio longe, então voltei o caminho todo correndo. Que tal, em vez de gritar comigo, me comprar uma água quando a gente entrar, hein?

Aperto os lábios, me sentindo um pouco mal por ela.

– Aqui – diz Thais, oferecendo sua garrafa a ela.

– Ah, valeu.

Ela pega a garrafa rosa de alumínio e bebe sem encostar a boca diretamente.

– Aqui, valeu de novo – diz, devolvendo.

Thais sorri, ajeitando uma mecha de cabelo atrás da orelha.

– Por nada. Qualquer coisa, é só pedir. Sou Thais, prazer – cumprimenta, esticando a mão na direção de Naomi.

– Naomi, prazer também – ela retribui, apertando a mão de Thais antes de se virar na minha direção. – Tá quase na nossa vez, separa seus trecos aí.

Fico um pouco sem reação, ainda digerindo o que tenho quase certeza de que foi um flerte, ao menos da parte de Thais. Ignorando o sentimento confuso que isso me traz, procuro me concentrar em pegar meus documentos e ingresso, pois nossa vez de entrar está próxima. Andamos mais um pouco e, assim que me revistam, como é de praxe na entrada, recebo minha pulseira e entro. Naomi vem logo em seguida.

O Kpopalooza é uma vasta área aberta, com dois palcos dispostos. É tão grande que eu fico embasbacada e eufórica.

– Vai ser incrível! – digo, dando pulinhos no lugar.

– Tá fazendo um sol da porra e eu tô toda de preto – murmura Naomi atrás de mim. – Vou morrer.

– Se morrer, avisa pra eu sair de perto.

– Credo, garota. Vira essa boca pra lá!

Dou um meio-sorriso.

– Agora, sério, por que você não vestiu algo mais leve do que essa roupa toda preta? – pergunto, apontando para ela. – Fala sério, nesse calor todo e você tá com essa bota.

– É um coturno, meu pedaço doce de desinformação – diz, com sarcasmo. – Além do mais, o estilo vem em primeiro lugar. Todo mundo sabe disso.

– Tá, então não reclame.

– Ah, mas eu vou reclamar, sim. Não tô em Aparecida do Norte pra ficar agradecendo. O ser humano precisa reclamar para sobreviver.

– E onde está escrito isso?

– No Twitter, lógico.

– Bela fonte. Começa seu TCC assim: "De acordo com o que li no Twitter...".

Naomi solta uma risada alta, o que me faz sentir como se eu fosse a pessoa mais engraçada do mundo por um momento. Antes que ela veja, escondo o sorriso que se formou graças ao meu ego inflado.

– Mudando de assunto, vamos comer? Por favorzinho? – pergunta Naomi, com uma careta sofrida. – Não comi nada desde que saí de casa. Tô com tanta fome que comeria um sapato!

– Sirva-se dos seus coturnos, então – devolvo, rindo da cara dela.

Ela insiste, até que eu concordo. Então, nós duas vamos à procura das barracas de comida. Ao encontrarmos uma, nos deparamos com uma quantidade gigante de opções: pratos quentes e frios, doces e salgados. Alguns eu já conheço de vista, como o *tteokbokki*, um bolinho à base de arroz temperado com pasta de pimenta.

– Vou querer isso – diz Naomi, apontando o *tteokbokki*. – Parece gostoso.

– Eu também vou querer, deu água na boca.

O atendente nos entrega a comida em um prato de isopor descartável um tanto fundo e alguns palitos de dente. Dou uma mordida no bolinho, mas levo um tempo para me acostumar com a pimenta, porque comida picante definitivamente não é minha praia. Naomi, por outro lado, come como se não fosse nada, e diz que o "bagulho" é muito bom.

– Cara, acho que vou querer mais um – diz, imediatamente tirando o cartão do bolso e comprando outro. – Quer mais um? – me pergunta, mas eu nego.

Depois de comprar uma nova porção, Naomi e eu continuamos caminhando pelas barracas, até chegar ao espaço em que estão os artistas independentes e onde vendem produtos oficiais dos grupos. Eu não resisto e compro uma cartela de adesivos do KUZ feita por um fanartista, em que todos os membros estão em *chibi*, um estilo em que eles ficam pequenos e fofos. Além disso, compro broches, *polaroids* e *photocards* holográficos.

– Mana... – diz Naomi, quase rindo. – Assim você vai levar o evento inteiro. Controla esse bolso.

– Quero guardar lembranças – digo, dando de ombros. – É divertido.

– Até que é mesmo – concorda, ainda comendo bolinho de arroz. – Nos shows que eu vou, a coisa é mais selvagem e tal. Aliás, vai ter show de uma banda que eu curto, esse fim de semana, em uma casa de shows aqui perto. Eles se chamam *The Screaks*.

Paro de sorrir por um instante, me sentindo mal por ela.

– Desculpa ter te tratado daquele jeito. Você ainda tá perdendo um show que queria ver só pra me acompanhar.

– Nada, relaxa – diz Naomi, jogando a embalagem de comida no lixo. – Da próxima vez, é você quem vai me fazer companhia.

Sopro uma risada baixa.

– Como tem tanta certeza de que vai ter uma próxima vez?

Ela sorri para mim, enfiando as mãos nos bolsos traseiros da calça jeans escura.

– Intuição – responde, dando de ombros e ri baixo. – Você ficou tão animada de comprar as coisas que nem tirou fotos – comenta, enquanto caminhamos.

– Verdade!

Imediatamente, paro de andar e procuro o celular na bolsa. Passo um tempo vasculhando, até me sentir ansiosa de novo.

– Merda... – xingo baixo. – Eu não acho.

– Tem certeza que não tá no fundo?

Naomi acende a lanterna do celular para iluminar minha bolsa.

– Eu sou uma idiota – resmungo –, já não estava achando na fila na hora que pensei em te ligar.

– Véi... – Sibila. – Como você ficou até agora sem dar falta dele?

– Eu estava animada demais! – me justifico.

– Olha, vai ver ficou na minha van. Você pode ter deixado no banco na hora que saiu, sei lá.

Faço uma careta inconformada. O mais estranho é que, ainda na fila, eu tenho a vaga lembrança de ter conferido o horário no celular.

Vamos para uma área mais silenciosa, para Naomi ligar para o meu celular. Ela procura meu contato na lista e, olhando por cima de seu ombro, fico levemente confusa ao ver um emoji de coração ao lado do meu nome.

– Por que tem um coração no meu nome?

Naomi arregala os olhos, colocando o celular imediatamente contra a orelha. Ela limpa a garganta com um pigarro, enquanto a encaro com os olhos semicerrados.

– Está chamando – diz, ignorando minha pergunta.

Suspiro, decidindo não me esquentar com isso. Provavelmente me confundi. Não faz sentido ela ter um emoji de coração vermelho no meu nome se a gente se detesta.

Olhando em volta, para não pensar mais sobre isso, vejo, não muito longe de nós, Thais e as outras meninas. Na entrada, Naomi e eu nos perdemos delas, e Thais foi tão gentil comigo que sorrio ao vê-la.

– Olha, a Thais...

Paro de falar quando vejo ela tirar um celular da bolsa. Congelo no lugar. O celular na mão de Thais é o meu. Reconheço facilmente pelo pingente com a letra "B" de Bianca e a foto do Kyu que eu mesma imprimi pra colocar na capinha.

– Meu celular...

– Sim, tá chamando – fala Naomi.

Sacudo a cabeça, apontando para a ladra a poucos metros de distância. Naomi força a vista para procurar o que eu estou apontando, até que encontra e arregala os olhos.

– Seu celular! – diz, com convicção.

Thais recusa a ligação de Naomi e volta a guardar meu celular na bolsa. Naomi tenta ligar de novo, mas cai na caixa postal.

– Que vaca! – xinga. – Passou a mão no teu bagulho e ainda pagou de amiga pra cima de mim!

Aperto o punho ao lado do meu corpo, sentindo a raiva tomar conta de mim.

– Vamos atrás dela! – digo, começando a marchar na direção da ladra, mas Naomi me segura pelo braço.

– Calma, Robin Hood! Não é melhor falar com algum segurança antes?

– E deixar ela fugir? Nem pensar! Eu mesma faço questão de dar um jeito nela. Agora vamos! – insisto e aponto para onde a garota estava. – Ela já tá escapando!

Naomi acaba concordando comigo e me solta. Começamos a seguir Thais e suas amigas pelo evento, apesar da quantidade de pessoas atrapalhando nosso caminho.

– Aonde elas estão indo? – sussurro, quando vejo o trio passar por trás das barracas e seguir por ali, onde uma placa diz "Entrada autorizada somente para funcionários".

Puxo Naomi comigo, seguindo pelo mesmo caminho que elas. Entramos em uma área cheia de contêineres, trailers e tendas, longe de onde o festival realmente acontece. Andamos abaixadas, nos esgueirando por trás de caixas e equipamentos para que não nos vejam. Como ali está mais vazio e silencioso, conseguimos escutar a conversa delas.

– Acha que é aqui? – pergunta uma delas.

– Muitos *idols* estão aqui se preparando – diz Thais.

– Nem acredito que vamos ver o Jungkook do BTS de pertinho! – diz a outra.

– Eu quero ver as meninas do MAMAMOO.

– Se dermos sorte, tiramos fotos deles se trocando.

Eu me viro para Naomi, que também ouviu tudo, com os olhos arregalados.

– Elas querem invadir o camarim – sussurro.

– Mano, isso é assédio – sussurra ela de volta. – A gente tem que chamar alguém.

Concordo com a cabeça, procurando com o olhar algum segurança para impedir que essas garotas sem noção invadam as tendas dos camarins. É um pouco impressionante que tanto nós, quanto as outras garotas, tenhamos conseguido entrar – pra não dizer invadir – nesse local. Era esperado uma segurança maior além das grades, mas não é bem isso o que encontramos. Faço até uma nota mental de que, saindo daqui, farei uma reclamação sobre a segurança e descaso, porque, sinceramente!

– Foi fácil demais entrar – diz uma delas. – Também, depois da grana alta que a Thais deu pro segurança?

Isso explica muita coisa, penso. Então, decido que na minha nota mental também haverá uma denúncia por recebimento de propina – se é que posso chamar assim.

– Fiquei sabendo que os meninos do KUZ devem estar aqui também – escuto Thais dizer.

– Ué, mas o show deles não é só amanhã? – uma das meninas pergunta, e eu fico igualmente confusa ao ouvir.

– Sim, mas parece que eles vieram gravar alguma coisa pra um canal no YouTube, eu sei lá. O importante é que estão aqui, e eu vou tentar tirar umas boas fotos do Jace sem camisa – responde Thais, gargalhando em seguida.

Neste instante, meu sangue ferve. Como essa rata se atreve a, além de me roubar, invadir a privacidade dos artistas?! Indignada e furiosa, saio de onde estou, escutando Naomi atrás de mim sussurrando em um tom esganiçado pra que eu volte.

Já é tarde: Thais me vê e arregala os olhos.

– Sua ladra! – grito, partindo pra cima dela.

As amigas dela nem sequer tentam impedir. Elas simplesmente correm pra longe da confusão, enquanto eu agarro o braço de Thais.

– Devolve meu celular! – volto a gritar, cheia de raiva, tentando puxar a bolsa dela, onde o meu celular está.

– Sai de cima de mim, sua maluca!

Consigo arrancar a bolsa do corpo dela e ergo a mão, com o intuito genuíno de bater nela – não que eu me orgulhe dessa ideia. No entanto, meu corpo é puxado com brutalidade para trás. Estou pronta para mandar Naomi soltar, mas me calo quando a vejo, afastada de onde estou, com uma feição angustiada e acompanhada por um segurança. Ainda com a respiração descompassada, noto que outro segurança segurou Thais e, espiando atrás de mim, vejo que comigo não é diferente.

É quando tenho certeza de que estamos com um baita de um problema.

Sentada na calçada ao lado de Naomi, não tenho outra reação senão o puro choque. Sendo sincera, acho que mal estou respirando. Não acredito que isso esteja acontecendo. Fomos expulsas do evento por tentar invadir os camarins e importunar os artistas, quando, na realidade, estávamos tentando recuperar meu celular e impedir que outras pessoas fizessem isso.

Que tipo de pesadelo é esse? Passei meses juntando dinheiro e me planejando, para, no fim, ser expulsa sem poder ver nenhum show. Nem hoje, nem amanhã, porque os seguranças marcaram nossa cara. E eu tentei explicar o que tinha acontecido, mas não deu em nada. Acharam minha "desculpa" conveniente demais. Estamos no século em que as pessoas duvidam do azar de uma pessoa, é mole?

Não só me sinto péssima porque vou ser impedida de realizar meu sonho, mas também morro de vergonha. Eu jamais invadiria a privacidade de alguém, muito menos dos artistas de que gosto. Fui expulsa e acusada *injustamente* de algo que rejeito por completo.

A vida é um poço de amargura e ironia.

– Bia – chama Naomi. – Melhor a gente ir.

Eu não quero ir. Quero curtir o festival. Quero voltar amanhã, conhecer o KUZ e cantar junto deles. Quero experimentar mais da comida que tem lá dentro. Quero tirar fotos. Quero meu sonho de volta!

– Isso não pode tá acontecendo – murmuro, sentindo meu estômago se revirar de nervoso. – Se for um pesadelo, Naomi, chuta a minha cara, mas me acorda, por favor!

Sinto um nó na garganta e as lágrimas querendo sair, mas sendo impedidas pelo meu estado de negação. As lágrimas são sinal de que é tudo verdade e, merda, não quero que seja verdade. Torço para que seja um pesadelo.

Seja um pesadelo, seja um pesadelo, por favor...

Do outro lado da calçada, está a responsável por essa catástrofe. Ladra satânica, invasora de camarins e destruidora de sonhos. A raiva que sinto é tão grande que considero gastar meu réu primário na cara dessa salamandra do mal. Eu me levanto com um olhar furioso, pronta pra terminar o que comecei.

– Pode ir baixando a bolinha, consagrada – diz Naomi, se levantando para me segurar. – Já brigou demais por hoje. Além do mais, ser expulsa já é ruim, agora ser presa...

– É por causa dessa jabucreia que a gente tá do lado de fora. Eu devia sacar meu 38 e acertar a cara dela.

Naomi me olha com uma careta.

– E você tem um 38?

Aponto para meu pé.

– Calço 38.

Naomi suspira, balançando a cabeça. Faço um bico emburrado, cruzando os braços. Quero fazer justiça de alguma forma, quero me sentir vingada, ou que algum benfeitor venha até nós e nos salve. Porém, é a vida real. Como diz a música que a Beth Carvalho cantava: "Levanta, sacode a poeira, dá a volta por cima".

– Vamos embora – ela diz, soando quase tão chateada quanto eu. – Você vai ter outra chance, tenho certeza. Nem que a gente tenha que se despencar para a Coreia do Sul.

Apesar da minha relutância inicial, fico aliviada por Naomi estar ali: ao menos não estou sozinha.

– Faria isso por mim?

Ela sorri, concordando com a cabeça.

– Faria isso e muito mais.

Dou uma risada baixa e fraca, sentindo minhas bochechas esquentarem. Ainda sou incapaz de chorar, mesmo que a esta altura tudo esteja claramente perdido. Talvez seja a pequena esperança ainda acesa em mim, mesmo que em vão.

– Onde você estacionou? – indago, lembrando o que ela explicou na fila.

Na fila... Quando eu ainda estava feliz. Ah, que porcaria, tá começando a cair a ficha.

– Ai, droga... – diz ela, com um suspiro. – Vamos ter que dar uma baita volta. Deixei Athena na parte de trás do evento, bem atrás.

Respiro fundo, a encarando.

– Tudo bem, quem tá na chuva...

– Tem que sair dela, ou pega gripe – completa. – Sem essa de se molhar.

– Faz mais sentido – digo, rindo.

Começamos a caminhada até onde a van nos aguarda. Naomi não brincou quando disse que daríamos uma volta: teríamos que ladear a área do evento até chegar no ponto oposto, bem ao fundo.

Ao chegar, entramos as duas na van, em silêncio, digerindo toda a situação. E, quando finalmente estou prestes a chorar, meu celular aparece na minha frente. Franzo o cenho, olhando para Naomi, que me oferece o aparelho.

– Como? – pergunto, perplexa, pegando o celular.

– Quando você jogou a bolsa longe, eu consegui recuperar a tempo – explica, dando de ombros. – Pelo menos com essa derrota você não tem que lidar.

Solto uma risada, sorrindo de canto, por fim.

– Que jeito estranho de animar alguém.

– Mas eu te fiz sorrir, é o que importa.

Sentindo minhas bochechas esquentarem novamente, me pergunto por que eu a odiava tanto. Mesmo poucas horas depois, parece tão sem sentido.

– Você pode até botar os fones de ouvido para voltar, se quiser – ela acrescenta, com um sorriso solidário.

Agora que a ficha caiu, ouvir música parece que vai me cortar aos pedaços.

– Obrigada – digo, guardando o aparelho –, mas acho que quero ficar em silêncio desta vez.

Naomi respeita meu pedido, e voltamos em silêncio. Com a sorte que temos, nós entramos em um engarrafamento monumental. Perco as contas de quantas vezes acabo cochilando e acordando, minutos depois com o som alto de uma buzina. Após um longo espaço de tempo, quando finalmente nos vemos livres daquele pedaço de inferno, com o sol já se pondo, eu cogito dormir pelo caminho que resta, para ao menos não pensar na minha desgraça. Porém, alguém lá em cima não me dá o privilégio de ignorar essa sensação terrível de perda até chegar em casa, e pouco depois de fechar os olhos sinto meu corpo sacolejar e me sobressalto com um barulho alto de trás da van.

– Merda, o pneu! – grita Naomi.

Ela estaciona a van no acostamento, liga o pisca-alerta e puxa o celular do bolso.

– Sem sinal – diz, com um suspiro, bloqueando a tela novamente.

– Pior do que tá, não fica – murmuro.

– Temos um estepe, mas não sei trocar – diz Naomi, recebendo uma careta carregada de indignação por minha parte. – Além de estarmos bem no meio de uma divisa. Significa que eu vou ter que ligar pra um guincho da cidade mais próxima e, nessa situação, nenhuma cidade está realmente próxima.

– Não era um desafio.

Naomi ri baixinho e desce da van. Do meu assento, fico a observando andar de um lado para o outro, analisando seu olhar concentrado. Tenho que admitir que Thais ao menos estava certa sobre isso. Naomi é mesmo bem linda, com seu estilo meio *punk rock*, a expressão séria, unindo as sobrancelhas grossas, enquanto morde os lábios fartos pela ansiedade do momento.

Encaro minhas mãos no colo, remoendo o pensamento estranho. Ficar observando-a dessa maneira, sentindo essa atração estranha, não são coisas que eu costumava fazer, ao menos não em relação a ela. Fico tentando encontrar justificativa para o que sinto tão de repente. E, bem, em nenhum momento do dia Naomi fez outra coisa além de me ajudar com um sorriso gentil no rosto. Então, em conclusão, é perfeitamente normal que minha guarda tenha baixado, por isso estou tendo esses pensamentos *amigáveis demais*.

É isso, com certeza.

– Alô, pai? – escuto Naomi falar pela minha janela aberta.

O sinal ainda parece estar fraco, dificultando a comunicação, por isso a conversa deles soa engraçada.

– Pai? Oi, o pneu da Athena furou. Não tem nada com meu avô, o pneu furou! Pai! "A canoa virou" é uma música... Não foi nesse tipo de show que eu fui! Pai, eu tenho 19 anos, sinceramente. O. Pneu. Tem. Um. Buraco! – diz pausadamente e me olha com raiva. – Não sapo, buraco. É. Isso!

O alívio dela dura pouco, pois logo afasta o celular da orelha. Dá pra ouvi-lo bravo, aos berros.

– Ele ficou possesso, né? – pergunto em um tom baixo, receosa.

– Seria melhor continuar com a ideia de música infantil – resmunga, voltando a aproximar o celular dos ouvidos. – Agora que o senhor se acalmou, pode vir buscar a gente? – bufa. – Eu sei bem que não se abastece com detergente, pai.

A minha carta é de motorista, não de *Hogwarts*. Eu disse pra vir buscar a gente. Isso! Estamos na avenida principal. Quê? Espera, o quê?! Pai! Mas...

– E aí? – pergunto, ao vê-la abaixar o aparelho.

– Ele disse para eu ligar pra um guincho, deixar a Athena no pátio da seguradora e depois pegarmos um ônibus pra casa. Amanhã ele vai resolver isso. – Naomi suspira exasperada. – Ele nem me ouviu direito e o sinal caiu! – continua, voltando para dentro da van. – Como vamos ligar pra um guincho se já foi um parto pra ligar pra ele? E que ônibus vamos conseguir a essa hora? Sinceramente!

Exaltada, Naomi bate a porta e joga o celular no banco de trás com uma força desmedida. Suspiro, me aproximando e tocando a mão dela, que está sobre seu colo. Naomi ergue o olhar para mim, e sorrio em sua direção de forma calorosa para mostrar que está tudo bem.

– Calma – digo. – A falta de sinal não foi a pior coisa do dia de hoje.

Ela olha para minha mão sobre a dela, girando a palma para segurá-la corretamente, e volta a olhar para mim.

– Tem razão. É que eu queria que o dia fosse especial pra você, mas acabou que foi tragédia atrás de tragédia... – suspira, por fim, olhando para a estrada.

Franzo o cenho, analisando seu perfil.

– Não entendo...

Naomi volta a olhar para mim.

– Não entende o quê?

– Por que você é tão legal comigo, se tudo o que eu fiz foi te xingar pelos quatro cantos do mundo – digo, sorrindo um pouco de canto para descontrair. – Pensei que a gente se odiasse.

Naomi sorri sutilmente e balança a cabeça.

– Você que me odiava, Bia. Eu nunca te odiei, pelo contrário.

Seus olhos parecem que vão me engolir a qualquer momento, tamanha a intensidade que transmitem. Meu olhar se desvia para nossas mãos unidas, e o pensamento de afastá-las passa pela minha cabeça, mas Naomi é mais rápida, fechando seus dedos com mais pressão em volta dos meus, atraindo minha atenção novamente para seu rosto. Sua expressão me transmite carinho e mais sentimentos que não sou capaz de decifrar, mas que mexem comigo. Em completo silêncio, analiso seu rosto por completo.

Penso em falar, mas a menção de mexer meus lábios atrai o olhar de Naomi até eles, causando um arrepio por todo o meu corpo. Por instinto, aperto sua mão, que ainda segura a minha, me sentindo ansiosa repentinamente. Estamos muito perto uma da outra, envoltas nesse silêncio que mal permite que eu respire. Talvez a coisa mais barulhenta ali seja meu coração, agitado pela expectativa por algo que minha mente ainda não decifrou.

– Naomi...

– QUEM SÃO VOCÊS?! – Uma voz masculina se faz presente, cortando o silêncio violentamente. A parte mais estranha é que essa voz grita em inglês.

Meu primeiro reflexo é gritar. Naomi se afasta de mim, encarando o banco de trás, assim como eu. Com os olhos arregalados, observamos o terceiro elemento, que nos olha de volta, igualmente transtornado.

Naomi se estica, abre o porta-luvas com pressa e, para meu espanto, tira dali um canivete. Imediatamente o aponta para o homem, cujo rosto não conseguimos identificar na escuridão.

– Quem é você? – pergunta ela, em inglês também.

– Eu que pergunto! Essa van é da minha empresa! – rebate o homem, de imediato, ainda em inglês.

Graças ao cursinho, consigo entender o que eles falam. Não que saber inglês me ajude a entender a situação.

Naomi faz uma careta indignada, aponta para mim com o queixo, ainda em posição de ataque e diz em português:

– Acenda a luz.

Demoro um instante, ainda atordoada e receosa em fazer qualquer movimento, mas aperto o botão no painel que Naomi indica, iluminando o interior da van e revelando quem está ali. O homem parece incomodado com a luz repentina, fechando os olhos um pouco. Naomi o analisa com cuidado, mas eu congelo ao reconhecê-lo de imediato.

– Kyu?! – chamo, com a voz desacreditada, para não dizer aterrorizada.

O rapaz de cabelo azul-escuro me encara, aparentando estar tão confuso quanto eu.

– Você conhece ele? – pergunta Naomi.

– Ele é do KUZ! Meu grupo favorito! – explico, beirando o desespero em cada nota da minha voz.

Naomi franze o cenho por um segundo, até que seu rosto se transforma em uma expressão pra lá de abismada.

– O quê?! – pergunta, olhando de mim para Kyu. – Mas como... Eu não... A gente... Quer dizer... Quê?!

Naomi aparenta estar tão nervosa que não consegue completar uma frase.

Olho na direção de Kyu e ele parece mais interessado no que há na mão de Naomi. Ela segue apontando o canivete, o que obviamente o deixa ansioso e assustado. Penso em dizer algo pra acalmá-lo, assegurar que ela não irá machucá-lo de forma alguma, mas também preciso acalmar Naomi, que está à beira de um siricutico. Em contrapartida, quem é que me acalma? Porque eu também estou à beira de uma disenteria nervosa!

– Como diabos esse cara veio parar aqui? – ela pergunta, olhando para Kyu.

– Vocês... – ele começa, em inglês. – Vão me matar, não é?

– O que te faz pensar isso? – pergunta Naomi.

Naomi continua gesticulando com o canivete na mão e fico surpresa que ela consiga manter uma conversa tão fluentemente em outra língua e nessas condições. Sinceramente, eu nem sabia que ela falava outro idioma – talvez porque há muito tempo não a considero estudiosa.

Ela para quando percebe meu olhar em direção a sua mão. Arregalando os olhos em função da surpresa, Naomi abaixa a arma.

– Então... – começa a explicar a Kyu, que segue assustado. – Não que eu fosse te matar, só ia dar uma furadinha inofensiva no seu, hum, estômago...? – diz, sem muita firmeza.

Eu a encaro, indignada com a sua resposta desnecessariamente sincera e específica. Quando volto a olhar para Kyu, o coitado está pálido. Em virtude do pânico justificável, não consigo impedir o que vem a seguir.

– SOCORRO! ALGUÉM ME AJUDA! – grita Kyu, batendo no vidro e tentando abrir a porta da van para sair.

Naomi se ajoelha no banco. Ela passa pelo vão entre os bancos da frente, puxa Kyu pela gola da camisa e o traz até si, segurando a boca dele com a mão livre, impedindo que ele grite. A manobra é complicada, pois Kyu está mais do que determinado a lutar, se debatendo e a empurrando.

Naomi é atleta. Desde pequena é apaixonada por boxe e, da nossa infância compartilhada, me lembro dela exibindo golpes, das luvas vermelhas que levava para todo lado e de todas as vezes em que eu interpretava a princesa em perigo e ela, a heroína forte, pronta para me salvar de qualquer coisa. Ela nunca parou de treinar, mesmo quando nos afastamos durante o Ensino Médio, e é por isso que, mesmo visivelmente magra, a garota tem uma força sem igual nos braços, o que me faz sentir uma certa pena do coitado do Kyu, que não tem a mínima chance contra ela.

– Socorro nada! Segura o rojão, aí! – grita para ele em português, enquanto os dois travam uma batalha de puxões e empurrões.

– Naomi! – berro, desesperada. – N-não faça isso com ele!

Naomi segue lutando para manter Kyu quieto e dentro da van, mas me olha de relance, completamente indignada com o meu pedido.

– Bianca, acho que você não entendeu a gravidade da situação! – esbraveja. – A gente sequestrou uma pessoa!

– Mas foi sem querer!

– Explica isso pra polícia! Para o meu pai! Para o juiz! Ow, fica quieto! – grita para Kyu, ainda em português, e o puxa mais forte.

– Selvagem maluca! – fragueja ele, em coreano.

Não posso dizer que sou fluente na língua, mas, quando conheço algo novo, fico muito curiosa sobre tudo. Quando conheci K-pop, fui atrás dos termos, dos vídeos de bastidores e até dos dramas em que *idols* de que eu gosto atuaram. Isso me fez reconhecer certas palavras e expressões. Por isso, ao ouvir o que Kyu diz, eu me viro, ofendida:

– Ei! Isso eu entendi! – digo. – *Sasaeng*, não! – rebato, misturando coreano e inglês.

– O que foi que ele disse? – pergunta Naomi.

– Basicamente, chamou a gente de maluca – explico. – O termo *"sasaeng"* é atribuído a certos fãs obcecados que passam do ponto, que nem a Thais, sabe?

Naomi se vira na direção de Kyu, que ainda luta para sair das garras dela. No entanto, ele se paralisa diante do olhar irritado e para lá de intimidador.

– Maluca e obcecada? – pergunta ela, em um tom ameaçador. – Quer levar uma na orelha?

Talvez pela raiva, Naomi misture inglês e português, e é fácil dizer que Kyu não faz ideia do que é "levar uma na orelha", mas entende que o insulto veio acompanhado de uma ameaça. Instintivamente, fica ainda mais apavorado.

— Não bate nele! – digo, finalmente puxando Naomi.

Naomi bufa, o soltando, por fim. Em seguida, ela começa a pegar suas coisas, que estão na parte da frente da van, às pressas.

— A gente tem que sair daqui. Mas como vou ligar pro guincho? E se já tiverem dado falta desse *K-pop Star* aqui? Vão reconhecê-lo! E, aí, estaremos fritas! Fri-tas! – repete, fazendo questão de dar ênfase à palavra. – Anda, sai daí com ele, eu vou ligar para o guincho. Nessa situação, a última coisa que a gente precisa é correr o risco de sermos pegas por ficar moscando assim na estrada.

Observo Naomi sair da van e voltar a tentar buscar sinal. Solto um longo suspiro, antes de me virar para Kyu, que segue com um olhar assustado, provavelmente porque pensa que somos sequestradoras cruéis e imprevisíveis.

— Certo, presta atenção – digo a ele em inglês novamente, que se afasta um pouco. – Nós não vamos te machucar, isso foi um engano.

— Engano? – repete, visivelmente confuso.

— Isso! – digo, com um sorriso. – Vou abrir a porta e explicar melhor.

Pego minhas coisas, assim como Naomi, e saio. Lá fora, eu abro a porta de correr da van, vendo Kyu de perto por completo. Confesso que a sensação é pra lá de confusa, porque sempre sonhei em conhecê-lo e o resto do grupo, e imaginava que, quando esse dia chegasse, eu estaria eufórica de tanta alegria. No entanto, o que sinto é puro nervosismo.

Fico tão imersa nesse sentimento que não consigo impedir de imediato quando a primeira coisa que Kyu faz é saltar da van e sair correndo. O desespero toma conta de mim, e eu corro atrás dele, segurando sua cintura.

– Naomi! – grito quando Kyu segue andando, mesmo comigo praticamente pendurada nele.

Ela desliga o celular de imediato, dando a volta na van e correndo até interceptar Kyu e segurá-lo também.

– Espera, não corre, cara! Nós vamos para casa! – grita ela.

– Sua casa?! – ele repete, e sinto o desespero em seu tom de voz. – Não, não, não! – Ele volta a tentar correr.

– Não! – devolvo. – Vamos para o festival! Te levar de volta para o KUZ!

Kyu finalmente para de se debater, parecendo prestar atenção no que digo.

– Voltar para o KUZ? – pergunta.

– *Yeah!* – exclama Naomi. – A gente vai te levar de volta para o festival! Foi tudo um engano!

– Como assim, um engano? – questiona ele, franzindo o cenho.

– Essa é a minha van! – diz Naomi, completamente revoltada.

– Não, essa é a van da minha empresa! Vocês me sequestraram!

– Não, não é! Essa é a minha filha! Ninguém aqui te sequestrou, a não ser você mesmo, seu estrupício do cabelo de Smurf!

– Como é que eu iria *me* sequestrar? – devolve Kyu, no mesmo tom de indignação.

Eu o solto quando percebo que ele já não tem o ímpeto de correr, embora continue atenta.

– Não só é possível, como você fez! – insiste Naomi.

– E por que a van de vocês estava aberta, hein?! – ele retruca.

– Por que diabos você não foi dormir no seu camarim?!

Kyu coça a nuca com uma carranca irritadiça.

– Disseram que havia fãs invadindo camarins, então achei mais seguro ficar no carro – justifica.

Naomi arregala os olhos em completa incredulidade, se vira para mim e aponta para Kyu.

— É desse cara que você é fã? — pergunta e volta a analisá-lo. — Em que mundo sair de um lugar cheio de seguranças pronto pra te proteger é mais seguro?

— Ei, pega leve com ele! — digo, partindo em sua defesa.

Naomi me encara com extrema indignação, sacudindo a cabeça antes de bufar. Ela respira fundo, pressionando a união das sobrancelhas com a ponta dos dedos, contendo sua irritação. Depois de um curto tempo, em que parecia pensar muito sobre o que fazer, ela finalmente se vira na minha direção:

— Certo. Antes de pensar em qualquer plano, nós precisamos sair daqui. Fala pra esse seu *docinho de coco* se acalmar. Enquanto isso — diz, ergue o celular e o balança no ar —, vou ligar pra droga do guincho.

Ela se afasta em busca de sinal e, após um longo suspiro, eu me viro para Kyu e explico a situação com calma. Ele parece entender e pede desculpas por nos colocar nessa enrascada ao entrar na van errada. Em meio a uma série de palavras atropeladas, completamente envergonhada e afetada ao ver o olhar de filhote abandonado dele, decido procurar algo na van para disfarçá-lo, para que não seja reconhecido facilmente. Afinal, não estou disposta a ser presa de jeito nenhum.

— O que você acha? — pergunto a ele, colocando um boné em sua cabeça, escondendo os fios tingidos de um azul royal nada discreto.

— É razoável — diz, franzindo as sobrancelhas sobre os olhos redondos. — Ainda é fácil pra quem me conhece saber quem eu sou.

— Bom, infelizmente não tenho nenhuma peruca, nem nada, mas tenho isso — digo, mostrando uma máscara de pano com a estampa da boquinha de um urso, que comprei para combinar com uma que vi um *idol* usando em uma dessas fotos do aeroporto. – Deve servir, certo?

– Isso não faria de mim ainda mais suspeito? Tipo, um cara com boné e máscara preta não é exatamente o cara que está fugindo? Um mafioso em fuga? Um assassino em série? Ou até Tony Stark!

Faço uma careta. Que tipo de absurdo passa pela cabeça desse cara?

– Quem no mundo pensaria assim? – pergunto.

PAM! O som da lataria estala ao nosso lado, assustando a nós dois. Quando olho para cima, percebo que Naomi subiu na van e fala de maneira calma ao celular lá de dentro. Parece que ela finalmente encontrou sinal.

– Certo, fico no aguardo então – ela diz ao celular, antes de desligar.

Andando sobre o teto da van, Naomi se senta na ponta, com os pés para fora, e encara Kyu, que usa máscara e boné.

– Isso não faz ele parecer mais suspeito ainda? – fala, estreitando os olhos.

Kyu cruza os braços e me encara com a sobrancelha arqueada, como quem diz "Eu não disse?".

– É pra ninguém o reconhecer! – rebato, cheia de frustração. – Nos filmes dá certo.

– Mas as pessoas vão olhar pra ele justamente por isso. Ele tá muito suspeito.

Reviro os olhos, desistindo do assunto.

– Quando o guincho chega? – pergunto.

Naomi dá um pequeno impulso, saltando para a frente em direção ao chão e, com os joelhos flexionados, ameniza o impacto da queda. Exatamente entre mim e Kyu, ela se endireita e cruza os braços.

– Cerca de uma hora – responde e olha melhor para Kyu, apertando os olhos mais uma vez. – Esse boné na sua cabeça... é o meu?

Arregalo os olhos e dou um passo adiante, ficando entre ela e Kyu, com ele bem atrás de mim.

– É, sim – respondo. – Foi o melhor que eu achei pra situação, não briga com ele por isso.

Naomi arqueia a sobrancelha, solta um som desdenhoso e se vira para dar a volta na van. Com o silêncio dela, concluo que, na medida do possível, está tudo bem. Olho pra Kyu e seu disfarce fajuto e decido dar o toque final, colocando meus próprios óculos escuros nele.

– Prontinho – digo, com um sorriso, feliz pela minha pequena obra de disfarce.

Kyu, por outro lado, arqueia a sobrancelha tão alto quanto Naomi e me olha com desânimo – pelo menos é a impressão que tenho, por de trás de tanta coisa tampando o rosto dele.

– E com isso fiquei ainda mais suspeito – comenta.

Reviro os olhos mais uma vez, mas interrompo o gesto ao me dar conta do que está acontecendo. Tipo... Meu Deus! Eu tô na frente do Kyu! Falando com ele de verdade e até, de certa forma, o ajudando a se vestir! Estamos tão íntimos que até reviro os olhos para ele! Não estava consciente disso minutos antes, ocupada no afunilado redemoinho de pavor e desgraça em que me encontrava. Mas, com a cabeça livre da adrenalina caótica, definitivamente não posso ignorar que, de um jeito torto e nada recomendável, eu meio que realizei parte do meu sonho. Conheci ao menos um dos meus artistas favoritos!

De repente, meu rosto inteiro esquenta. As orelhas também. Dentro do peito, meu coração bate rápido e forte demais, sufocando as palavras, ao mesmo tempo que me faz tremer de euforia. Eu sou capaz de gritar de felicidade, mas incapaz de dizer qualquer coisa diretamente a ele agora.

O que eu devia fazer? Agir com naturalidade? Dar espaço a ele e ir pra perto de Naomi? Conversar com ele? E dizer o quê? É cabível, nessa situação, pedir um autógrafo ou uma foto? Considerando que estou correndo o risco de ser presa, talvez valha a pena o risco, certo? Afinal, não vou mais ao festival, então, de que outra forma vou ter a oportunidade de ver qualquer um dos meninos do KUZ? É a única chance em um bilhão!

Com a decisão tomada e as mãos trêmulas e suadas, pego o celular no bolso traseiro do meu macacão. Kyu sentou no chão da van, os dois pés do lado de fora, apoiados no asfalto. Ele está quieto, parecendo pensativo e até um pouco preocupado (pelo pouco que vejo de seu rosto).

Parte de mim continua dizendo que tudo bem pedir, mas a outra diz: "Bianca, por que você quer registrar este momento em foto?" Não sei se é bem dessa maneira que eu gostaria de ter uma lembrança de Kyu. Além da situação em si e do rosto dele completamente coberto, também devo estar no ápice do lamentável. Toda vez que eu olhar para a foto, vou me lembrar desse caos.

Seguindo essa nova linha de raciocínio, volto a guardar o celular no bolso, desistindo da ideia. O máximo que minha coragem permite é me sentar ao lado dele, com alguns bons centímetros de distância.

O tempo esfriou depois que o sol se pôs, e eu instintivamente abraço meu próprio corpo, percebendo que a única coisa que esqueci de colocar na lista de preparativos foi uma blusa.

De repente, um casaco é atirado bem no meu rosto. Tiro o moletom preto de cima de mim, levantando o olhar a tempo de ver Naomi entregar uma blusa de flanela vermelha para Kyu.

– Obrigada, mas... e você? – pergunto, apontando pra ela, que ainda usa só a camiseta preta.

Ela dá de ombros.

– Não tô com frio.

Estou prestes a discutir, quando ela me interrompe, apontando para o outro lado da estrada.

– O guincho chegou.

Ela se afasta para chamar a atenção do motorista, e eu suspiro e visto o moletom.

A van é colocada na parte traseira do caminhão com luzes laranja mais rápido do que eu esperava, e Naomi fica de olho em todo o processo, como uma mãe coruja em volta de sua criança. O motorista, um homem negro de pouco mais de 40 anos chamado Jorge, faz o trabalho cantarolando o forró que toca no rádio do próprio veículo. Enquanto ele conversa com Naomi, eu fico ao lado de Kyu, olhando em volta a todo momento, totalmente paranoica com o fato de alguém o reconhecer. Eu juro que sou muito nova para ter minha cara estampada pelos jornais impressos e notícias da TV feito uma criminosa – **contém exagero.**

– Posso deixar vocês na rodoviária mais próxima, mas não sei para onde tem ônibus direto a essa hora – escuto Jorge dizer à Naomi.

– Tudo bem, a partir desse ponto a gente vê o que fazer. Muito obrigada, Senhor Jorge – responde com um sorriso simpático.

Ela vem nos chamar, o sorriso de antes já desfeito. Sem objeções, nós três vamos até a parte dianteira do caminhão, onde Jorge já se encontra. O homem de cabelos crespos escuros com traços grisalhos abre um sorriso simpático.

– Infelizmente, só cabem três aqui na frente, contando comigo – explica. – E, como estamos na divisa, só posso deixar vocês na cidade mais próxima, a capital está muito longe.

Imediatamente, encaro Kyu, com os olhos arregalados. Eu não sei se quero me sentar no colo dele. Só a possibilidade me deixa desconcertada e nervosa.

– Você senta no meu colo – diz Naomi, antes que eu verbalize qualquer coisa.

Ela empurra Kyu pra frente, fazendo ele entrar primeiro. Depois, sobe também, joga a mochila no colo de Kyu e me olha, esperando que eu entre.

Travada no lugar, com o rosto inesperadamente quente, percebo que sentar no colo de Naomi me deixa igualmente constrangida. Nós fomos amigas por muito tempo no passado, mas já faz anos. Não é nada natural essa situação, ainda mais ao pensar que, antes de Kyu aparecer, eu podia jurar que rolou um clima entre nós duas, embora ainda não saiba bem como nomear o que foi.

Nervosa por Deus sabe o que, eu mantenho a porta aberta, com três pares de olhos me encarando.

– Se você quiser, a gente troca de lugar – ela sugere, após um tempo, me tirando do meu pequeno transe.

Eu nego com a cabeça, subo na cabine e me sento nas coxas dela, que fecha a porta para mim.

Exatamente como previsto, o motorista comenta que Kyu parece suspeito. Naomi dá a desculpa de que Kyu está se recuperando de uma cirurgia no olho esquerdo, não antes de debochar de mim com seu olhar pra lá de atrevido. Devidamente convencido, Senhor Jorge dá partida, e nós seguimos viagem.

Entre as freadas e lombadas do caminho, Naomi me segura firme contra o corpo. Ao chegarmos, posso jurar que minhas bochechas e pernas estão dormentes de tanto constrangimento. Ela me manda descer e, totalmente atrapalhada, eu concordo com a cabeça várias vezes, mais do que é necessário, antes de abrir a porta e sair. O vento frio da noite atinge meu rosto quente, arrepiando até os pelinhos que nem sabia ter atrás da orelha. Naomi desce do caminhão atrás de mim, seguida por Kyu.

– Ainda com frio? Podia jurar que você estava quentinha.

Tomo um susto quando Naomi surge ao meu lado com aquele olhar preocupado e... que papo é esse de eu estar quentinha? Que voz é essa? Misericórdia, meu rosto inteiro vai derreter de nervoso, e eu nem sei por que exatamente. Afinal, é só a Naomi!

Pisco algumas vezes, sacudindo a cabeça, um tanto perdida, antes de limpar a garganta com um pigarro.

– O que vamos fazer agora? – pergunto, mudando o assunto. – Kyu não tem como falar com ninguém pra buscá-lo. Estamos muito longe da capital. A esta hora, é provável que nem tenha ônibus direto, de qualquer forma. Vamos pedir um carro?

– A corrida vai ficar muito cara. Nem eu nem você temos tanta grana – responde Naomi, pegando o celular. – E seria péssimo se ligássemos pra alguém buscá-lo. Iriam nos incriminar, sem dúvida, ainda mais considerando que fomos expulsas do festival por suposta invasão de camarim. O melhor seria deixá-lo na porta e mandar ele dizer que se perdeu. Do jeito que tá perdido, é capaz de acreditarem. Vale mais a pena procurar um lugar pra dormir e entregar *O Pacote* de manhã. Você pode ligar para sua mãe avisando sobre a Athena e que está comigo.

– Athena, a van? – questiono, tentando não rir de como ela disse com seriedade.

– Sim, e tem outra por acaso? – Suas mãos se apoiam sobre cada lado dos quadris e, se seus olhos tivessem punhos, eu já teria levado um soco com o olhar mortal que ela me direciona.

Nota mental: não mexer com a Athena, de jeito nenhum.

– Não, não, foi só uma dúvida passageira – digo, toda cínica. – E tem razão, sobre o que disse antes também.

Parece que ela também tem a preocupação de que Kyu – que ela chama de O Pacote – seja descoberto e, por consequência, nós. O dito-cujo nos observa em silêncio, sem entender o que dizemos uma para outra, então eu resumo rapidamente para ele (deixando de fora a parte sobre ele ser idiota), antes de voltar a falar com Naomi.

— Que lugar teria vaga a esta hora pra gente? — pergunto.

Ela não me responde, mexendo no celular. Com um longo suspiro, só então percebo o olhar de Kyu em nossa direção. Estranhamente, posso jurar que ele está sorrindo, como uma criança que descobriu um segredo incrível e não pode contar a ninguém. Antes que eu possa perguntar a ele o motivo do sorriso bobo, Naomi finalmente me responde. E ela também está sorrindo.

— Tem um lugar barato que nos aceitaria facilmente. Mas não acho que você vá gostar.

Só então percebo que o sorriso dela é de nervoso.

— UM MOTEL?!

— Eu disse que você não ia gostar — diz Naomi, coçando a nuca em um movimento desajeitado. — De qualquer forma, é o que tem pra hoje.

Ela avança alguns passos com Kyu ao seu lado, mas eu o seguro pelo braço, impedindo-o de segui-la.

— Nós não vamos entrar aí! — insisto, apontando com o queixo na direção do prédio.

A placa de neon vermelho tem a inscrição "Malagueta" e uma pimenta gigante, que pisca e indica a entrada.

— Ah, qual é?! — ela resmunga, com as mãos levantadas para o céu, exasperada. — Você tem uma ideia melhor, por acaso? Ou dinheiro pra pagar um hotel mais caro?

Franzo as sobrancelhas e faço bico, diante da minha própria falta de resposta.

— O que vocês estão falando? Por que sempre brigam nesses momentos em que eu não entendo? — questiona Kyu em inglês, completamente perdido.

— Você sabe que lugar é esse? — pergunto a ele, apontando o lugar à nossa frente. Ele faz que não com a cabeça.

– É um lugar onde as pessoas vão pra... pra... – começo, mas sinto o rosto esquentar de vergonha e desvio o olhar do dele.

– Vão para o quê? – insiste Kyu.

– Pra fazer sexo, merda! – grita Naomi, irritada.

Kyu arregala os olhos, recuando alguns passos.

– Quê?! – pergunta ele, perplexo. – Por que me trariam pra um lugar desses?

– Não é nada do que você está pensando, seu idiota – ela rebate. – Não fica se achando, porque você não faz meu tipo nem em um milhão de anos!

– Ah, mas isso é nítido – diz ele, revirando os olhos. – Sei exatamente o que você quer...

Do que ele tá falando agora?

Quase sou capaz de ver fumaça saindo pelas orelhas de Naomi, como uma panela de pressão, vermelha que só. Ela vai até Kyu e segura a boca dele, impedindo que ele fale o resto.

– Ha, ha, ha, como ele é engraçado! – Sua risada é tudo, menos sincera.

– Mas o que ele está tentando falar? – pergunto, me sentindo perdida, pois obviamente esses dois sabem de algo que eu ainda não sei.

Naomi, por outro lado, olha ameaçadoramente para Kyu e diz entredentes:

– Ele não quis dizer nada, não é? – Sua mão solta a boca dele, segurando o ombro firmemente. – Não é?

Kyu balança a cabeça diversas vezes para cima e para baixo, gaguejando uma série de desculpas em diversas línguas diferentes, misturando coreano, inglês e até uma tentativa miserável de *portunhol*. Intervenho, afastando os dois antes que o pobre coitado ganhe um olho roxo. Kyu respira fundo, parecendo aliviado por sair ileso, enquanto Naomi, dois passos à frente, continua vermelha, Deus sabe o porquê. Tento dizer alguma coisa, embora não saiba exatamente dizer que tipo de situação estranha é essa – e olha que já tivemos uma quantidade considerável de situações estranhas durante o dia todo.

Naomi não dá brecha para qualquer tipo de interpretação que eu possa ter, se virando rapidamente e ficando de costas para nós. A visão que tenho agora é de suas orelhas completamente vermelhas.

– E-eu vou entrar, vocês dois façam o que quiserem – diz com um nervosismo incomum. – Sem delongas, ela começa a marchar em direção à entrada.

Confusa que só o cacete, eu pisco algumas vezes antes de olhar para Kyu, à espera de uma explicação.

– Do que é que vocês estavam falando?

– Se você observasse melhor, saberia – responde, baixo.

– Quê? Mas...

– De qualquer forma, o que vamos fazer? – interrompe. – Seguimos ela?

Com um longo suspiro, volto a olhar para a entrada do lugar. Não é como se eu tivesse outras opções. Além do mais, no meio dessa confusão, Naomi acabou carregando minha bolsa.

– Vamos – digo a ele, puxando-o pelo braço.

Inesperadamente, Naomi ainda não entrou. Ela continua com a expressão incomodada, o rosto vermelho, o olhar fugindo do meu. As maçãs do rosto coradas são até bem fofas.

Espera! Fofas? Que tipo de pensamento é esse? Ainda mais na frente de um motel? Agora quem provavelmente está vermelha sou eu!

– Eu fiquei com suas coisas – diz ela, ainda inquieta.

– Tudo bem, nós vamos entrar também – respondo, forçando um sorriso, a despeito do nervosismo. – Como vamos fazer sem os documentos do Kyu?

Naomi finalmente levanta o olhar e, pelo sorriso travesso, sei que ela pensou em um plano pra isso também.

Assim, minutos depois, eu e ela nos encaminhamos até o recepcionista. Ele nos vê e acena com simpatia, sorrindo com os olhos cor de mel.

– Boa noite... – cumprimenta Naomi e lê o crachá preto na camisa vermelha e preta antes de completar: – Daniel. Tem quartos disponíveis pra uma noite, Daniel? Eu estou bem ao lado dela, sorrindo sem parar pra camuflar meu nervoso diante do rapaz de sorriso largo e longos cabelos loiros. Kyu está logo atrás de nós, escondido, e espera o sinal que combinamos para que ele passe para dentro sem ser descoberto.

– Claro! – responde o recepcionista, em um tom amigável. – Temos todos os tipos. Normal, com hidromassagem, cama redonda e até cama com armação própria pra quem gosta de BDSM.

Arregalo os olhos e acabo por tossir engasgada com a minha própria saliva e constrangimento.

– Ela está bem? – pergunta Daniel, um pouco preocupado.

Naomi me socorre, soltando uma risadinha nervosa.

– Ah, é que ela é tímida, sabe?

– Ah, entendi – devolve ele, mais uma vez esbanjando simpatia e naturalidade com esse tipo de situação. – Não se preocupe, moça, não vou julgar você e sua namorada se preferirem a cama mais ousada. É normal.

CRISTO!

Arregalo ainda mais os olhos e digo sem pensar, como um impulso movido por puro instinto de preservação:

– Ela não é minha namorada!

Mentalmente, eu mesma acerto um tapa na minha testa quando me dou conta de que possivelmente estraguei o disfarce. Naomi me olha com desespero, embora tente disfarçar com um sorriso e uma risadinha baixa.

– Sério? – ele devolve, parecendo genuinamente surpreso. – Podia jurar que eram um casal, combinam tanto!

Solto uma risada completamente sem graça.

– É que na verdade nós... – tenta Naomi, sem saber o que dizer.

– Nós somos noivas – completo de repente, a abraçando de lado.

Os olhos castanhos de Daniel se iluminam, e ele abre um sorriso empolgado:

– Uau! Noivas?! E tão novinhas!

Ele parece completamente interessado no assunto, o que é a deixa perfeita.

– É, pra você ver – respondo com um sorriso. – A gente já se conhece há tanto tempo, né, hum, *amor*?

Eu me viro pra Naomi, que me encara com os dois olhos bem abertos, completamente travada e vermelha.

– Hum, amor? – insisto entredentes, com um sorriso forçado.

Ela pisca algumas vezes, concordando com a cabeça e me abraçando de volta.

– É... é isso mesmo, nós, hum, vamos... vamos nos casar – diz pra ele. – E pensamos até em adotar, né, amor?

– No caso, adotar gatos, né, *amor*?

Solto uma risada nervosa, apertando a cintura dela.

– Isso, isso, vários gatinhos – concorda ela. – Você sabe um nome legal pra gatinhos, Daniel?

– Ah, claro! – se empolga. – Sei vários! Tem nomes de comida, sabe? Floquinho, Pudim! Se for menina, tem Hermione! Se for menino, tem Draco!

– Poxa, você poderia anotar pra gente, né? Eu sou muito ruim de guardar essas coisas – sugiro a ele, com falsa inocência.

– Claro!

Ele se vira para procurar papel e caneta. Faço sinal e Kyu, agachado, passa por trás de nós rapidamente. Daniel realmente anota vários nomes no papel, sorrindo feliz depois de terminar e nos entregar.

– Aqui! Façam bom uso.

– Muito obrigada, de verdade – digo pegando o pedaço de papel.

– Por nada, fico feliz em ajudar! Mas então... qual vai ser o quarto? Vão escolher a cama especial? – volta a perguntar.

– Não! – respondemos juntas, categoricamente.

♫

Quarto 24. Foi a chave que Daniel nos deu.

– É este aqui – diz Naomi, parando em frente a uma porta preta, abrindo-a de imediato.

Dentro do quarto, nos deparamos com luzes vermelhas. Na verdade, vermelho é a cor predominante deste lugar como um todo. Kyu e eu entramos, e Naomi fecha a porta atrás de nós. Olhando em volta, com o ambiente pouco iluminado e o silêncio avassalador tomando conta, o nervosismo me acerta sem dó, a ponto de eu praticamente sentir uma dorzinha de barriga. Até que, clique, Naomi acende as luzes, acabando com a atmosfera sensual, e eu respiro aliviada.

– Vocês estão com fome, né? – Naomi pergunta atrás de mim, indo até o centro do quarto, onde, sobre uma mesa pequena de dois lugares, há um cardápio igualmente vermelho, com letras grandes e branquinhas. – Tirando a parte de aperitivos afrodisíacos, tem comidas normais também, tipo hambúrguer.

– As pessoas comem hambúrguer neste tipo de lugar? – pergunta Kyu, olhando em volta e soltando uma risada baixa. – Revolucionário.

– É. Depois de tantos exercícios noturnos bate aquela fome, certo? – devolve Naomi, rindo um pouco.

Faço uma careta. Não sei como estão rindo disso tão casualmente, enquanto eu me sinto perturbada com a imagem de duas pessoas peladas comendo um x-bacon. Chega a arrepiar os pelinhos imaginários detrás da minha orelha de novo.

Como se não estivéssemos os três em um motel, o que fazemos a seguir é muito natural. Enquanto Naomi faz os pedidos, Kyu vai tomar um banho. Aproveito para ligar e avisar minha mãe que vou dormir fora e o porquê – deixando de fora vários detalhes como o fato de termos sidos expulsas do festival, de termos basicamente sequestrado uma pessoa sem querer e estarmos em um motel. Ela fica preocupada, claro, mas diz que se sente mais tranquila por eu estar com Naomi, o que, secretamente, me deixa mais tranquila também. E, quando Kyu sai do banheiro, eu vou logo em seguida, tirando toda sujeira e estresse do meu corpo graças à água quente.

Os pedidos só chegam quando Naomi já acabou o próprio banho. A cena de agora é de três pessoas comendo x-bacon no chão de um quarto de motel, já que a mesa só tem duas cadeiras. Aproveitamos para contar a Kyu como fomos expulsas do festival, e ele pareceu tão indignado quanto eu mesma fiquei; também ficamos sabendo como ele foi parar na nossa van – basicamente, ele foi tirar um cochilo depois da gravação com o tal canal do Youtube e, quando foi entrar, a porta já estava aberta, e, por ser tão parecida com a van da empresa, ele nem desconfiou.

Tudo soa como uma coincidência louca. Se alguém no passado me dissesse que um dia eu estaria nesse tipo de situação com Naomi e um dos meus cantores favoritos, eu iria rir da cara da pessoa e depois ligar para a emergência.

Kyu se levanta para ir ao banheiro, e Naomi aproveita para voltar a falar em português:

– Amanhã nós vamos acordar o mais cedo possível pra deixar O Pacote na frente do evento e cair fora.

– Sério, Naomi. Não chama ele de "O Pacote", parece tráfico de drogas – digo, enfiando mais batatas no ketchup.

– Tá sendo uma droga essa situação mesmo, você entendeu – ela resmunga e dá de ombros, voltando a comer seu hambúrguer coberto de molho barbecue.

Os cantos dos lábios dela estão cobertos de molho. Sem qualquer habilidade ou verdadeiro esforço em se limpar, ela esfrega as costas das mãos na boca, limpando o total de zero centímetros antes de voltar a mastigar.

Balanço a cabeça e solto uma risada fraca antes de pegar alguns guardanapos descartáveis e me aproximar dela, segurando seu queixo.

– Vem aqui – falo e começo a limpar sua boca toda melada de barbecue.

– Não precisa – diz, com a boca ainda cheia.

– Como não? Parece uma criança – digo entre risos, pegando mais guardanapos para esfregar molho que escorreu ao queixo.

Só olhando melhor, no entanto, percebo que o papel que eu peguei é mais grosso e está rabiscado.

– Nãooo – reclama Naomi, tirando-o de minha mão. – O nome dos nossos gatinhos! – Ela tenta limpar o papel, enquanto eu dou risada.

– Coitadinho do moço, ele anotou com tanto carinho – falo.

– E eu pretendo usá-los no futuro – diz, cheia de convicção. – Adotar um gatinho laranja e chamá-lo de *Rony Weasley* é minha nova meta de casada.

Explodo em uma gargalhada alta, sentindo os cantos dos olhos lacrimejarem.

– Você fala como se a gente realmente fosse se casar um dia.

– Ué? E por que não? – pergunta, indignada. – É tão absurdo assim?

Eu paro de rir, percebendo que ela está falando sério.

– O que foi? É só uma brincadeira – respondo, franzindo as sobrancelhas.

– Pode ser pra você... – resmunga.

– Como assim?

Após um longo suspiro, ela diz:

– Nada. Só esquece.

De repente, eu volto a sentir aquele misto de frustração e raiva que nutria por ela no início deste dia maluco. Antes de irmos ao festival, antes de toda aquela confusão.

– Por que você é sempre assim? – questiono, em um tom nada amigável.

Ela me olha de soslaio, engolindo o último pedaço de sanduíche.

– Assim como?

– Assim! – insisto e aponto pra ela, o que a faz arquear a sobrancelha. – Falando em códigos, agindo com indiferença do nada. Eu não tenho como saber o que você está pensando se me não disser.

Naomi limpa a boca com violência antes de amassar o guardanapo e jogá-lo no chão.

– Eu só disse pra você esquecer. Qual é a desse escândalo agora?

– Como vou esquecer se você faz essa cara? Você sempre age assim! É para eu fazer o quê? Ficar me sentindo mal? – retruco e me levanto, completamente indignada, a olhando de cima. – Pois saiba que eu não vou, não como antes.

Ela se levanta também, e a diferença de altura entre nós duas fica evidente. Eu me recuso a me intimidar por ser mais baixa.

– O que tem antes? – pergunta, sua expressão mudando de desdém pra parcialmente irritada.

– No passado. Quando éramos amigas. Você fez a mesma cara e depois nunca mais falou comigo! – acuso.

– Não foi assim que aconteceu! – ela rebate, aumentando a voz também.

– E foi como? Num dia você estava falando comigo e no outro fez essa cara e disse pra eu esquecer. Deu no que deu!

Minha resposta parece tê-la afetado, porque Naomi recua um passo e abaixa um pouco o tom de voz.

– Eu... eu tentei falar com você depois, mas você não quis mais conversar comigo – diz, com mágoa no olhar. – Eu só tinha muito na cabeça... Você não pode culpar uma menina de 15 anos por não saber como lidar com essas coisas!

– E alguém pode *me* culpar? – pergunto e aponto para mim mesma.

Ela cruza os braços, desviando o olhar.

– Eu não te culpo por nada, pelo contrário. Eu... me arrependo muito.

Gostaria de ver como está minha cara, porque sinceramente não sei o que dizer. Estou curiosa, parte de mim querendo implorar pra ela me dizer o que aconteceu, mas também sinto raiva e algum medo da resposta.

– Acho que foi por isso que insisti tanto em te levar para o festival – continua Naomi. – Eu estava tentando ter um dia legal contigo, fazendo algo que você gosta pra talvez... Talvez...

– Talvez... o quê?

Ela balança a cabeça, parecendo não querer dizer, e se abaixa pra pegar as embalagens e papéis usados do chão.

– De qualquer forma, deu no que deu e nada do que eu faça serve pra consertar – diz e pega o papel com os nomes dos gatinhos, olhando por um tempo antes de suspirar. – Vou ficar com isso, são bons nomes mesmo. – Ela dobra o papel e o guarda no bolso da calça.

– Hum, meninas? – pergunta Kyu, que reaparece no quarto, olhando para nós duas com clara preocupação. – Aconteceu alguma coisa?

É claro que ele repara. Mesmo que a gente se conheça há pouco tempo, é nítido o clima silencioso e pouco amistoso, desconfortável até, em que estamos.

– Não aconteceu nada – respondo. – Vamos nos preparar pra dormir.

Kyu resmunga um assentimento baixo, ainda com o olhar desconfiado, hesitante em agir naturalmente.

– Vocês na cama e eu no chão, que tal? – propõe Naomi, que, diferentemente de Kyu, age como se nada tivesse acontecido.

– Absolutamente, não! – diz Kyu, de forma categórica, para não dizer estranha. – Quer dizer... – tenta consertar, parecendo ficar nervoso. – Eu... por motivos de religião, não posso dormir com outras garotas.

Faço uma careta.

– Religião? – pergunto. – Mas você nunca disse nada sobre isso.

Kyu solta uma risadinha fraca, coçando a nuca de forma desajeitada.

– É... é coisa recente.

– Por que isso parece mentira? – indago em voz alta.

– Tem outro motivo pra não querer dividir a cama? – pergunta Naomi, arregalando os olhos. – Ah, é porque você é virgem?

– Quê?! – reage ele. – Não, espere...

– Se esse é o caso, fique tranquilo. Sabe que nenhuma de nós pretende te desvirtuar, nem nada do tipo, certo? Eu com certeza não tenho interesse – diz Naomi, caminhando até a porta. – Você e o virgem decidem o que vão fazer. Por mim, qualquer coisa está bom. Vi uma máquina de café logo na entrada, vou ali e já volto.

Ela sai, me deixando no quarto apenas com Kyu. Quando meu olhar retorna para ele, o que eu encontro é uma expressão pra lá de aborrecida, com direito a mão na cintura e pé batendo no chão.

– Que cara é essa? – pergunto.

– Você está se fazendo de burra ou é naturalmente uma tartaruga tonta? – rebate, em um inglês raivoso, evidenciando um pouco do sotaque que até então estava mais leve.

Eu não podia estar mais confusa.

– Tartaruga tonta?

Kyu arregala os olhos e estapeia a própria testa.

– Ai, meu Deus! Você definitivamente é uma tartaruga tonta! Não me diga que não notou nada?

– Notei o quê?!

– Garota?! – exclama e se afasta mais um passo, indignado que só o diabo. – Aquela outra garota que está lá fora. Ela gosta de você. Tipo, gosta mesmo! *Daquele jeito*!

Pisco algumas vezes, um pouco atônita, antes de balbuciar precariamente:

– O quê?

– É tão evidente que chega a me deixar sem graça de ficar entre vocês, sinceramente! – insiste. – A julgar pela situação, ouso até dizer que ela gosta de você faz tempo. Meu Deus, como você não notou?

Eu fico sem reação, com o coração em alta velocidade. A ponta da minha língua chega a formigar de choque, e minhas terminações nervosas parecem retesadas, dando a sensação de que meu corpo pesa uma tonelada. Meu rosto explode em vermelho, combinando com o quarto.

– C-como pode ter tanta certeza de que ela... ela... Como? – ouso perguntar.

– Olha... – diz Kyu, coçando o queixo com o indicador. – O difícil mesmo é *não* perceber. Ainda mais considerando que, antes de vocês descobrirem que eu estava na van, presenciei um baita clima.

Meu Deus, alguém me dá um tiro! Que vergonha!

– Fiquei pensando o porquê de você não parecer notar os sentimentos dela, e a conclusão óbvia é que talvez você sinta o mesmo – declara ele, sorrindo, contente até demais.

– Eu?

– Isso! Você gosta dela *daquele jeito* também, certo?

Dentro da minha mente há uma luz vermelha piscando sem parar, enquanto um sinal alto de alerta soa por todos os cantos. Ao mesmo tempo, tudo fica em branco e é como se eu não soubesse mais falar. Talvez seja a onda de pensamentos passando de lá pra cá, feito fios desencapados em alta voltagem, que me trazem a sensação de que há um vácuo. Lembranças aqui e ali, palavras soltas e pequenos gestos vindo com tudo como um soco de realidade.

Cacete! Eu gosto da Naomi? *Daquele jeito?* Eu?

– Isso... não é possível... – digo em um fio de voz, perdida nesse novo tsunami de sentimentos.

– A primeira coisa a fazer é encarar isso de forma natural. Sabe? Não pense demais – ele aconselha, com um sorriso acolhedor. – E eu vou dormir no chão, vocês duas na cama. Ponto-final.

– O quê?! – digo, finalmente saindo do transe, com os olhos bem abertos em desespero. – Nem pensar!

– Desculpa, mas...

Então, ele começa a falar em coreano, como se não fosse mais capaz de me responder, nem sequer entender o que eu digo. Quem diria que o meu grande ídolo seria um baita de um cínico!

A coisa toda se desenrola exatamente como ele quer: Naomi volta, recebe a notícia de como passaríamos a noite e agora eu me encontro deitada em uma ponta da cama, enquanto ela está na outra.

Me pergunto se é possível ouvirem meu coração bater, de tão rápido que está. Se for, vou me carbonizar de vergonha. Ficar relembrando as palavras de Kyu sobre gostar ou não de Naomi me deixa inquieta, e não consigo achar uma posição decente pra dormir. É só eu ficar parada que vem uma enxurrada de questionamentos e também lembranças de momentos como o que tivemos antes de Kyu se revelar dentro da van: A preocupação e o cuidado, além do esforço em me agradar desde o início do dia. Até mesmo o sorriso gentil que me foi dirigido durante o pouco tempo em que estivemos no festival.

É certo que nos últimos anos tudo o que nós fizemos, nos raros momentos em que nos encontramos, foi brigar. Também é mais do que certo que a maioria das discussões foi iniciada por mim.

A questão é: por que eu tinha tanta raiva dela?

Viro o meu corpo para o outro lado, ainda em busca de uma posição para dormir. Naomi está virada para o meio da cama, com os olhos fechados, o rosto calmo e a respiração leve, as bochechas amassadas apoiadas na mão e um bico involuntário se formando. Nem parece que ela está habituada a socar pessoas dentro de um ringue com facilidade.

Eu a observo atentamente. "Eu gosto de você?", me pergunto mentalmente, enquanto analiso cada traço delicado da expressão despreocupada.

A escuto suspirar e se mexer um pouco.

– O que você tanto olha? – ela pergunta baixo, me pegando de surpresa.

– Você não estava dormindo?

Ela abre os olhos e me encara preguiçosamente, sorrindo de canto.

– Difícil dormir com você se mexendo sem parar – diz calmamente.

– Desculpa – falo em um tom baixo e constrangido.

Naomi sorri mais uma vez, balançando a cabeça devagar, como se dissesse que está tudo bem.

Volta o silêncio, e ela volta a fechar os olhos. Eu aperto os lábios, pensando no que e como devo falar. Tenho infinitas perguntas, mas não sei se quero ouvir as respostas. Mas tem uma coisa que eu realmente preciso saber:

– Por quê? – pergunto, chamando a atenção dela. – Por que parou de ser minha amiga naquela época?

Após um longo suspiro, Naomi se vira na cama e fica de barriga para cima, o olhar no teto, parecendo pensativa.

– O motivo era estúpido e sem lógica – diz. – Eu só pensei que não queria mais ser sua amiga.

Pisco várias vezes, antes de também me virar de barriga pra cima.

– Começou a me detestar assim, do nada?

Ela ri baixinho ao meu lado.

– Eu não quis deixar de ser sua amiga por não gostar de você. Na verdade, foi exatamente o contrário.

– Quem se afasta de um amigo por gostar demais? – pergunto, olhando para ela de relance. – Não faz sentido.

– Faz, se essa pessoa em questão se afastou por não querer só amizade.

Mesmo com o olhar fixo no teto, conforme assimilo o que suas palavras significam, sinto minhas bochechas queimarem gradualmente de nervosismo. Naomi parece perceber, porque ri baixinho.

– Não se preocupe, eu não quis te levar pro festival pra tentar nada estranho. Foi só que... – diz e se vira de novo de lado, apoiando a cabeça sobre a palma da mão com o cotovelo no colchão para me olhar calorosamente. – Eu achei que devia recuperar nossa amizade, já que fui eu mesma que botei tudo a perder. Só isso.

Franzindo as sobrancelhas, tento absorver a declaração dela. O que sai a seguir da minha boca é um impulso que não consigo controlar, me virando para ela de uma vez:

– Então você não gosta mais de mim?

Não sei que expressão faço ou que tom uso, mas soa um pouco desesperado aos meus ouvidos. No mesmo segundo em que profiro essas palavras, desejo engoli-las. Tudo se arrepia e; KABUM, meu rosto explode em um vívido tom escarlate! Desvio o olhar imediatamente.

– Q-quer dizer... Eu não... É que...

Com isso, Naomi cai na gargalhada. Emburrada, eu faço um bico, pedindo pra que ela pare de rir de mim e ameaço enchê-la de tapas caso insista.

– Certo, certo. Então, vamos dormir – ela diz, já se posicionando para de fato dormir. Eu a seguro pela mão, interrompendo seu gesto.

– Espera! Você não respondeu à pergunta.

Ela sorri, apertando minha palma suavemente antes de responder:

– Vou deixar que você descubra sozinha a resposta.

Naomi fecha os olhos, mantendo um sorriso discreto no cantinho dos lábios fartos. Eu fico do jeito que estou, completamente estupefata e incapaz de insistir na pergunta ou mesmo soltar a mão dela, que ainda segura a minha.

É assim que durmo.

Quando acordo no dia seguinte, nossas mãos ainda estão unidas, quentinhas e um pouco suadas. Eu a observo dormir bem de perto, prestando atenção em cada detalhe. Naomi tem um biquinho nos lábios, com a bochecha apertada contra o travesseiro. *"Meu deus, ela parece o Piu-Piu! Que gracinha!"*, é o que minha mente grita.

Sorrindo, eu levanto minha mão, desfazendo o contato entre nós, apenas com o objetivo de tocar suavemente o rosto fofinho dela. No entanto, paro ao ouvir um som crocante, croc, croc e de imediato me viro. Kyu está sentado em uma das duas cadeiras dispostas em volta da pequena mesa, mordendo com cautela exagerada e ineficaz um biscoito de leite. De costas para a cama, ele espia por cima do ombro, conferindo algo e parando com a mão com a guloseima no ar ao perceber que estou acordada.

– Hum... – Ele engole o que tem na boca e acena, sem graça, talvez por não planejar me acordar. – Bom-dia! – A saudação vem em inglês, e eu sorrio, apesar de sentir as bochechas queimando de vergonha ao pensar que ele poderia ter me visto quase babando em Naomi.

Sem graça e levemente confusa sobre meus próprios sentimentos, me levanto da cama com cuidado para não acordar aquela que ainda se encontra em um sono profundo. Me sento perto dele, na outra cadeira, enquanto ele segue comendo os biscoitos que deixaram no quarto.

Fora o som de sua mastigação, o silêncio reina entre nós. Eu me vejo tendo mil pensamentos e questionamentos.

Sou bissexual, tenho plena convicção disso desde os 15 anos, então a questão aqui não é sobre gostar ou não de meninas, e, sim, gostar de Naomi.

Eu tinha plena certeza de que a odiava até ontem, mas esse sentimento parece ser vago agora, como uma ilusão. Pensando com mais clareza, lembro-me da profunda tristeza que senti quando ela deixou de ser minha amiga, da saudade, do carinho se transformando em mágoa. Mas ódio, não. No fim, nunca foi ódio.

E Naomi, ah, ela nem sequer retribuía meu falso ódio. Tudo o que me deu foram sorrisos que, mal interpretados, acabaram por intensificar o ressentimento que eu tinha pelo meu coração partido. Mas, agora, o que sinto é um misto de saudade, um carinho imenso e...

– Paixão... – sussurro para o nada, perplexa com a descoberta.

Então, no fim, eu gosto da Naomi daquele jeito?

– Está caindo a ficha agora? – Kyu me traz de volta à realidade com sua voz calma.

– O quê? – Meus olhos se apertam em confusão.

– Percebeu que ela gosta de você e que você gosta dela? – Embora seja uma pergunta, a sensação que tenho é de que ele já sabe a resposta bem antes de eu pensar em responder.

– Por que diz isso com tanta convicção?

– Oras, eu tenho um *gaydar* muito bom, pessoas como nós costumam reconhecer umas às outras, sabe como é. E, também, se não me falha a memória, ainda na van, estava rolando algum tipo de clima entre vocês. – Pisca na minha direção com um sorriso travesso que causou ainda mais calor em minhas bochechas. – Mas ficou claro que a Naomi sente isso de forma mais explícita, porque os olhos dela sempre brilham na sua direção.

Solto um pigarro, coçando a bochecha e o olhando de relance.

– Eles brilham mesmo?

– Você é cega? – Seu tom está entre incredulidade e deboche. – Os olhos dela são como duas supernovas. Posso ouvir o som do carrilhão sempre que ela te vê, juro.

Reviro os olhos, negando com a cabeça.

– Não é pra tanto, exagerado.

– Vocês estavam falando sobre o nome dos seus futuros gatinhos e eu sou exagerado?

– Era só uma piada! – grito sem levantar a voz, indignada com a acusação.

Kyu, por outro lado, apenas ri soprado, me olhando com escárnio, enquanto ainda come seus malditos biscoitos. Fecho a cara, sustentando o cotovelo em cima da mesa e virando o rosto para o lado com ele apoiado sobre a palma fechada, enquanto tudo o que Kyu disse se repete na minha mente. Em meio a isso, só então eu me atento a uma parte de suas palavras.

– O que você quis dizer com "pessoas como nós"? – Estreito meus olhos.

Kyu para seu biscoito no meio do caminho, erguendo seus lumes até mim muito lentamente. Ele não diz nada, mas seu rosto entrega tudo. Num instante de compreensão, meus olhos e boca se abrem e o som entusiasmado escapa pela minha garganta.

– Você é gay?!

– Shhh! – Ele se levanta da cadeira, atravessando o corpo sobre a mesa para tentar tampar minha boca para que eu não grite. – Sim, eu sou, mas se acalma!

Concordo com a cabeça mais vezes que o necessário, e ele volta a se sentar, sorrindo para mim. E eu sorrio de volta, completamente feliz por compartilhar um segredo com ele, logo ele, que eu admiro tanto. É como se eu fosse uma personagem de uma *fanfic*! E é incrível!

– Não acredito que estou sabendo disso, eu... – Meu sorriso se desfaz com o que se passa em minha cabeça. – Deve ser difícil, né? Não poder contar.

Apesar de tantos avanços, nós dois sabemos que o mundo não está aberto por completo às pessoas LGBTQIA+, e, para as figuras públicas, é ainda mais difícil.

Kyu suspira, jogando a franja lisa e azul para atrás.

— É um pouco, mas tenho fé que um dia vai melhorar.

— Vou torcer por você — digo, sorrindo morosamente.

— Bem, aproveita e torce para o meu namorado também — ele diz, tentando soar despretensioso.

Meus olhos voltam a se abrir, enquanto a boca forma um perfeito "O", e eu me levanto com brusquidão.

— Puta merda! — Desta vez, não controlo meu tom e grito mesmo. — Parabéns, ah, meu Deus! — Dou pequenos pulinhos animados no mesmo lugar, enquanto Kyu ri.

Atrás de nós, ainda na cama, Naomi se levanta, alarmada, com a cara inchada de sono, me fazendo parar com a gritaria de imediato.

— Porra, o que há com vocês dois? — pergunta, encarando a mim e Kyu, ambos no chão. — Qual é a do escândalo?

Olho para ele, que devolve o mesmo olhar cúmplice, sorrindo de canto.

— Nada — é o que digo.

Naomi não parece perceber ou se importar com o quanto minha resposta é vaga. Ela se espreguiça e pega o celular para conferir a hora. Segundo ela, temos que nos apressar pra sair, senão chegaremos muito tarde ao festival, impossibilitando Kyu de se apresentar. Ela aproveita para procurar notícias a respeito do desaparecimento de um certo *K-pop Star*. Felizmente, nada foi mencionado na mídia, mas, sem querer testar a sorte, tão cedo quanto o esperado, Naomi se esgueira para fora do quarto feito uma espiã, a fim de conferir quem está na recepção — uma cena digna de trilha sonora como em *"Missão impossível"* com o Tom Cruise. Depois, devolvemos a chave e pagamos pelo quarto. E que sorte a nossa! Porque neste horário, não é mais Daniel que está ali. Dessa forma, é bem mais fácil tirar Kyu do quarto sem precisar de toda aquela encenação de novo. Porque, sendo sincera, sabendo agora dos reais sentimentos de Naomi por mim e dos meus por ela, juro que morreria se o papo de casamento e BDSM surgisse de novo. Mas, pra honra e glória daquele que protege os azarados, tudo o que a gente tem que fazer antes de ir é esperar a camareira conferir se tudo está nos conformes dentro do quarto. Para a felicidade de Naomi, nada foi encontrado, então nenhuma taxa a mais precisa ser paga. E eu não estou nem brincando quando eu digo que os olhos dela brilharam de satisfação, apenas por não ter que abrir mais o bolso. E essa observação me fez perceber, mais uma vez, o quanto essa garota gosta mesmo de mim. Afinal, ela gastou uma fortuna vindo para o festival comigo, sem nem sequer curtir ou conhecer algum artista que iria se apresentar, apenas para me fazer companhia.

Meu rosto volta a aquecer com essa constatação, e um sorrisinho bobo demais dança em meus lábios.

Assim que saímos do motel, eu confiro os horários dos ônibus e do festival. De acordo com o site do evento, o KUZ tem um *showcase* por volta das 4 horas da tarde. Temos que chegar antes disso e deixar o Kyu na porta, para não causar mais problemas do que já temos. Ter sido expulsa do lugar já foi horrível o suficiente; não quero ser detida e interrogada pela polícia por suspeita de sequestro e de quebra destruir o sonho de outras centenas de pessoas que tinham pagado para ver o grupo. Toda tragédia tem limite.

– A gente chega na rodoviária e de lá pega o metrô. É mais barato do que fazer baldeação de ônibus – diz Naomi, conferindo o trajeto no celular.

Sorrio pensando que, não importa a situação, ela sempre vai dar um jeito de não doer tanto no bolso. Não é à toa que seu signo é de Capricórnio, porque ela o representa muito bem: sarcástica e preocupada com as finanças.

Pensando agora, nós somos o contraste uma da outra até nesse sentido. Digo isso porque, dentro do Zodíaco, cada signo tem seu extremo oposto. O de Câncer é Capricórnio, que é o signo da Naomi. A teoria de que os opostos se atraem nunca fez tanto sentido.

– Hum, estou com fome – diz Kyu atrás de mim, fazendo biquinho.

– Eu também – respondo, igualmente manhosa.

Naomi, que está dois passos à frente, se vira para nós dois e ri.

– Tá explicado o porquê de você ser fã dele. Vocês têm a mesma personalidade – diz e volta a andar adiante. – A gente compra alguma coisa pra comer quando chegar mais perto do festival.

– Deixa eu adivinhar: lá é bom e mais barato, certo? – indago sarcasticamente.

Naomi olha para trás, sem parar de andar, e sorri. Os olhos se tornam pequenas luas crescentes, com discretas ruguinhas no canto, e os lábios se abrem largamente, enquanto o nariz pequeno se espalha naquela harmonia.

– Você pegou o espírito da coisa! – diz e volta a olhar para a frente.

Novamente, o som de alerta dispara dentro da minha mente e por um segundo eu quase tropeço. Caraca... ela sempre foi bonita assim ou tinha alguma coisa naqueles hambúrgueres do motel? Boquiaberta, só saio desse transe quando sinto Kyu segurar meu ombro. Ergo meu olhar, vendo relances do sorriso dele por trás da máscara.

– Se você não sabia a resposta para aquela pergunta que eu te fiz, devia dar uma boa olhada na sua cara agora.

Toco meu próprio rosto quente, olhando pra ele um pouco atordoada.

– Não fique com tanto medo – insiste ele. – Tudo bem gostar de outra pessoa.

Mesmo com o rosto coberto, posso sentir o tamanho da gentileza em seu sorriso. Acabo sorrindo também.
— Obrigado, Kyu — digo. — Eu não tive como dizer antes, mas fiquei muito feliz de te conhecer pessoalmente, apesar de toda essa confusão.
— E eu estou feliz de conhecer vocês também. Sendo sincero, estou ainda mais feliz pela sorte de não ter entrado na van de um psicopata — ri.
Passos à frente, Naomi grita para que a gente ande logo. Após uma última troca de olhares cheia de confidência, Kyu e eu corremos para alcançá-la.

São Paulo é uma cidade agitada, até mesmo na manhã de um domingo, com o som incessante dos veículos tomando conta dos meus ouvidos. Fora a quantidade de pessoas de lá para cá, indo e vindo por todo o lado. Por isso, não é surpresa que a estação de metrô esteja lotada quando finalmente saímos da rodoviária.
Dentro do trem não é diferente, e passamos grande parte da viagem de pé. Quando um banco fica vago, decidimos que Kyu sentaria, para ficar menos exposto.
— Só mais algumas paradas e a gente desce — diz Naomi.
— Certo — assinto, olhando para Kyu, sentadinho no canto com o meu celular em mãos, conferindo o horário. Estamos superadiantados, por isso sorrio, aliviada. — Vai tudo ficar bem, não se preocupe.
Ele concorda com a cabeça, relaxando sobre o banco. Enquanto isso, Naomi passa a calcular o quanto gastamos e quanto ainda iremos gastar na volta para casa. Eu, por outro lado, estou ocupada olhando em volta, com medo da possibilidade remota de Kyu ser reconhecido.
Conforme as estações passam, pessoas entram e saem do vagão, o que me deixa inconscientemente apreensiva.

Me sentindo nervosa, dou um passo para a direita, ficando mais perto de Naomi. Ela segue contando nos dedos com o máximo de concentração. Com um impulso oriundo de Deus sabe onde, eu pego a mão dela segurando firmemente a fim de me sentir mais segura. Não vejo sua reação, porque estou ocupada observando as pessoas à nossa volta com cautela e preocupação exageradas. Contudo, quando sinto sua mão apertar a minha, volto meus olhos em sua direção, finalmente prestando atenção em seu estado. Naomi já não conta mais e tem um tom suave de rosa pintando as bochechas. Ela ajeita a mão na minha, entrelaçando nossos dedos, não me olhando diretamente durante o processo. Por fim, um sorriso pequeno se forma no canto dos lábios dela e tenho a certeza de que ela gosta da forma que estamos agora.

Meu coração galopa, respondendo ao calor que afeta minhas bochechas. Tento esconder meu sorriso, mas ele é teimoso e se mantém pelo resto do percurso, assim como nossas palmas unidas. No canto do banco, Kyu sorri também. É quando sei que, assim como eu disse no motel, ele também está torcendo por mim.

Finalmente! Finalmente, estamos de volta ao local do festival, com tempo de sobra até para Kyu – sem todo o aparato que cobria seu rosto – terminar de forma digna e pacífica a coxinha de frango que compramos ao descermos na estação.

– Hum, isso – diz ele, apontando para o salgado – é delicioso!

Solto uma risada baixa e peço pra que ele coma devagar. Naomi, ao meu lado, ri também.

– É aqui que a gente se separa, bobão – diz ela, dando tapinhas suaves no ombro dele com a mão livre. – Pelo amor de Deus, confere a placa antes de sair entrando em qualquer van por aí. Não, melhor, só fique no seu camarim do ladinho dos seus colegas, tá?

Kyu coça a nuca de forma desconcertada, embora sorrindo, enquanto concorda com a cabeça. Em seguida, ele se vira para mim e abre um sorriso maior, antes de inesperadamente me puxar para um abraço. Ele puxa Naomi também, formando um abraço triplo.

Suspiro em alívio e ao mesmo tempo felicidade. Alívio por tudo ter corrido bem, na medida do possível, e felicidade em sentir que, mais do que alguém que admiro, eu via nele um amigo. E, apesar da confusão, me conformo de ter tirado ao menos uma experiência boa disso tudo.

Ele se afasta, pegando minha mão e a de Naomi, unindo-as e dizendo:

– Juntas, ok?

Espontaneamente, entrelaçamos os dedos mais uma vez.

– OK – dizemos a ele em uníssono.

– Certo, agora vai – diz Naomi, fazendo sinal para ele se apressar.

Com um último aceno, Kyu começa a se afastar em direção à entrada dos fundos do evento, acenando para nós duas enquanto pode.

Naomi se encosta contra a parede de uma construção, deslizando em direção ao chão. Ela solta um longo e profundo suspiro devido ao cansaço. Eu me sento ao lado dela e suspiro da mesma forma.

– Caraca, que loucura – diz, jogando a franja lisa para trás. – Me senti num filme de ação.

– Nem acredito que terminou bem.

– E você? – pergunta, depois de um certo tempo de silêncio. – Ainda mal com o lance de não poder mais curtir o show?

Dou de ombros, afinal, não há muito o que fazer sobre isso.

– Pra tudo tem uma segunda alternativa – digo, com um sorriso resignado. – Muita gente no show vai postar fotos e vídeos. Tem até quem faça live para as pessoas que não puderam ir pessoalmente.

Enfio a mão na bolsa, percebendo a falta do meu celular.

– Hum, meu celular está com você? – pergunto.

Naomi arqueia a sobrancelha, fazendo que não com a cabeça.

– Até onde eu me lembro você tinha deixado ele... Ah, merda!

Com um sobressalto, eu a olho, transtornada com a constatação de que esqueci meu celular com Kyu. Estapeio minha testa com força, me recusando a acreditar que possa ser verdade, antes de revirar tudo na bolsa, em todos os meus bolsos, nos de Naomi e também na mochila dela.

– Não, sério, isso só pode ser piada – digo, com uma risada amarga. – Toda essa confusão começou porque eu tentei recuperar meu celular e no final...

Naomi, que já está de pé novamente, parece pensativa sobre o que fazer. Até que, com um suspiro, tira a mochila das costas e me entrega para que eu a segure.

– Eu vou lá buscar, você fica aqui – diz.

– O quê?! Não! – digo e a seguro pelo pulso. – Como você vai recuperar? Deve estar um caos lá dentro, e assim vão saber que o Kyu esteve com você e achar que você o sequestrou... – Aperto meus lábios em uma linha, antes de respirar fundo e sorrir. – Quer saber? – digo. – Deixe pra lá. Não importa.

– Mas...

Balanço a cabeça calmamente. Não vale a pena a gente se arriscar pela porcaria de um celular. Essa lição a gente já devia ter aprendido.

Naomi ergue o canto dos lábios em um sorriso compreensivo. Ela se solta de mim, apenas para me trazer até si em um suave abraço. Fico paralisada, demorando para retribuir.

– Por quê... – sibilo, um pouco atordoada.

– Acho que, depois de tudo, você precisa disso.

Solto o ar pelas narinas, balançando a cabeça em incredulidade. Finalmente, retribuo o abraço. Ficamos assim por muito tempo, confortavelmente aquecendo uma à outra. Quando nos afastamos, ergo meus olhos até os seus e é como Kyu disse, supernova e o tilintar de carrilhões. Contudo, não parte apenas dela, mas de mim também.

Motivada por esse sentimento, seguro seu rosto entre minhas mãos e a trago para perto. Nossos lábios se tocam em um selar suave e, ao mesmo tempo, intenso. Porém, não passa disso, e eu logo me afasto a tempo de ver seus olhos ainda fechados e a feição de êxtase que ela carrega. Devagar, ela abre os olhos e me observa.

– Por que você...?

– Achei que você precisava disso – repito o que ela me disse antes, sorrindo pequeno. – E eu também.

Naomi sorri grandemente, seus olhos e nariz ganhando algumas ruguinhas fofas. É uma alegria genuína e que me contagia a sorrir junto. Ela quem segura meu rosto agora, me puxando para si, unindo nossos lábios novamente. Desta vez, no entanto, não se trata apenas de um selar, mas, sim, de um beijo. Um lento, carinhoso e apaixonado, do tipo que aquece o coração e agita as borboletas no estômago.

– Se for um sonho não me acorde – diz, tornando a me beijar.

Sorrio, me esticando para abraçá-la, enquanto ainda a beijo, para mostrar que não, não é um sonho, é real. E eu também estou feliz.

Vrrr, vrrr, vrr... O som de um celular vibrando chama minha atenção. Tentamos ignorar a princípio, mas quem quer que seja ligando é insistente. Naomi se afasta, pegando seu celular do bolso com irritação por ter que parar o que fazíamos. Ela franze o cenho para o aparelho e, quando vira a tela de *display* na minha direção, o nome de contato a brilhar ali é o meu, com o danado do coração que eu havia visto muito antes. No entanto, não é exatamente o coração que me deixa confusa desta vez, até porque agora sei o que ele significa. Antes que eu pense no que pode ter acontecido para o meu celular, que nem sequer está comigo, estar ligando para ela, Naomi atende a ligação:

– Alô?

Sem ouvir o que se passa do outro lado da linha, me atento à mudança de expressão de Naomi.

Séria e cautelosa.

Surpresa.

E, então, contente.

Como se tivesse recebido *uma ótima notícia*.

Ao fundo, em uma parte elevada, com menos pessoas do que na dianteira, estou sentada no chão ao lado de Naomi. Dividimos salgados e um refrigerante, enquanto assistimos à apresentação do grupo KUZ.

Quem nos ligou foi a equipe do grupo, a pedido de Kyu. Aparentemente, ele insistiu muito para que deixassem a gente entrar, alegando ter sido ajudado por nós duas após se perder – escondendo toda a confusão sobre a van. O cara não brinca em serviço, além de ser bem persuasivo – o que eu mesma pude testemunhar. Tanto fez que conseguiu nos deixar entrar no evento.

Não parando por aí, ele ainda fez questão de me apresentar a cada um dos outros integrantes pessoalmente. Parecia enredo de *fanfic*, mas estava mesmo acontecendo! Os meninos foram gentis conosco e assinaram um pôster para mim. Fora a foto, que desta vez carregaria uma lembrança pra lá de feliz.

Embora Kyu tivesse oferecido à gente ver o show ao lado do palco, eu insisti em ver entre os outros fãs. Daqui, a emoção é triplicada. Cada canção sendo cantada em voz alta, letra por letra, sem que a barreira linguística atrapalhe, cada passo de dança, uma vibração.

– E agora? – pergunta Naomi, com um sorriso brando. – Tá feliz?

– Muito!

Meu sorriso é tão grande que chega a doer.

Naomi se aproxima e, ao pé do meu ouvido, diz:

– Sabe o que mais falta nesse final feliz?

Sem que seja uma novidade, meu rosto cora, e eu nego devagar, controlando o sorriso. Ela se afasta, pegando o meu celular.

– Mais uma foto.

Hein?!

Eu a olho um pouco decepcionada, mas concordo com a cabeça. Porém, em vez de abrir a câmera, Naomi encara meu celular, com um sorriso grande demais.

– Quando foi que ele... – começa.

Confusa, olho também. Na tela de bloqueio – que eu não tinha reparado até então, na confusão do momento –, há uma foto. Eu e Naomi, poucas horas atrás, no trem, nossas mãos unidas, com sorrisos bobos.

Então é assim que somos juntas? Realmente combina.

Olhando para ela, é um pouco surpreendente relembrar tudo o que aconteceu, não apenas nos últimos dois dias. Chega a ser engraçado pensar em como agimos uma com a outra durante tanto tempo, mesmo que nitidamente a gente se gostasse.

A gente precisou de um festival de K-pop, um quase se-questro e uma noite num motel. Precisei de uma calamidade e da maldição da lei de Murphy funcionando a todo vapor pra ver o que estava diante dos meus olhos o tempo todo. E agora, com KUZ cantando ao fundo, eu admito para mim mesma que gosto muito, muito da Naomi.

Tendo isso claro como águas cristalinas em minha mente, não hesito em me aproximar mais. Ela nota minha movimentação e levanta o olhar da tela do celular, sendo pega de surpresa por um selinho meu. Eu me afasto rapidamente, conferindo a reação dela. A coitada fica catatônica, mal piscando e completamente vermelha, mesmo que tenhamos feito isso horas atrás.

– Nunca vou me acostumar com isso – diz com a voz baixa, ainda desacreditada.

No entanto, essa reação estática muda num instante, quando um sorriso cresce gradualmente nos lábios dela, e ela dá um impulso em minha direção, acabando por me derrubar para trás.

– Agora quem está muito feliz sou eu! – declara, selando meus lábios com os dela logo em seguida.

O toque desta vez é longo e, quando nos separamos, faz um som estalado. Então mais um selinho longo, que se converte lentamente em um beijo suave. Sinto um frio nascer na barriga, explodindo em borboletas que tomam conta de todo o meu corpo e coração. Por fim, entre meus lábios, sinto o sorriso que Naomi não consegue controlar, me fazendo sorrir também.

Eu poderia declarar este dia como o pior da minha vida, mas, por mais inusitado que seja, se me perguntassem o melhor... Ah, com certeza seria este!

PARA SEMPRE
Babi Dewet

– **ISABELA?**

– Alô? Planeta Terra para Isa?

– Alguém consegue acordar ela? Recebemos o aviso que o avião chegou.

– Isa? Ela tá dormindo em pé?

No fundo da minha mente, eu podia ouvir alguém me chamando, mas havia algo estranho. Eram várias vozes com gritos misturados no meio, eu não entendi nada. Estava dormindo, certo? Na minha cama quentinha e...

– SAI DA FRENTE, SURURU!

– ELES TÃO CHEGANDO! AAAAAH!

– NÃO EMPURRA, DESGRAÇA!

Abri os olhos, me mantendo de pé apesar do susto de levar uma cotovelada na costela. Não foi divertido, mas me fez cair na real de que estava bem longe do meu quarto e da minha cama confortável. Bem longe mesmo. Eu não veria a minha cama por pelo menos mais dez dias. Pisquei, meio confusa. Gritos, pessoas empurrando, alguém atrás de mim tentando manter um cordão de proteção humano, chão reluzente, um frio danado... Droga, eu tinha dormido no aeroporto esperando o artista chegar. De novo. Não era a primeira vez e, vamos ser sinceros, não seria a última.

Dormir em pé é que era a novidade.

Juro que não sou uma péssima produtora, mesmo que minha carreira esteja no começo. Tenho só 20 anos, mas fiz cursos, faço faculdade, produzo e participo de equipes de eventos e shows há muitos anos. Já corri um evento inteiro calçando bota de salto à procura de uma escova de dente pra artista (jamais usem botas de salto quando forem parte da produção!), passei dias carregando mesas de autógrafo, horas debaixo de sol verificando pulseira de fãs e mais tempo acordada em saguão de hotel do que eu gostaria. Mas não tem nada mais entediante e que mais ative meu sono do que esperar um artista por horas no portão de desembarque de um aeroporto. Porque, sim, pode demorar um bom tempo.

Como eu disse, não era a primeira vez e não seria a última.

Levei outro empurrão e um tapa na orelha dado com tanta força, por alguém com um *lightstick*, que achei que poderia ter arrancado meus piercings. A segurança atrás de mim pediu desculpas, mas ela também estava sendo empurrada por uma multidão que berrava os nomes dos garotos que começavam a aparecer no fim do corredor com carrinhos cheios de malas, óculos escuros e roupas confortáveis e estilosas. Alguns tinham sorrisos cansados no rosto, mas outros estavam de máscara, tentando sem sucesso se esconder no meio do próprio grupo, da equipe de produção sul-coreana e dos *managers*, os agentes que cuidavam deles e que os acompanhavam. Eram claramente uma *boyband* famosa, a quem queriam enganar?

– Que bonitinho aquele mais alto ali da frente, qual o nome dele? – perguntou a segurança logo atrás de mim, no meio do empurra-empurra.

Encarei a mulher, passei a mão pela minha orelha vermelha e pisquei meio confusa antes de voltar o olhar para o cara mais alto, que vinha carregando duas malas sem o carrinho, com roupas folgadas, um sorriso enorme no rosto, fones de ouvido e uma touca escondendo o cabelo bagunçado pela viagem. Suspirei um pouco mais alto, porque, de repente, me toquei de que estava vivendo o momento que eu mais temia este tempo todo trabalhando com shows de K-pop no Brasil: o dia em que meu ídolo favorito viria pra cá, e eu teria que trabalhar com ele. O dia em que eu teria que engolir a fã dentro de mim para ser profissional por muitos dias seguidos.

– É o Chan – falei. Ri por ter completado "segura o *tchan*" na minha cabeça e percebi que tinha falado o nome dele meio para segurança que perguntara e meio para o meu coração, que já estava bem próximo da garganta. Chan estava cada vez mais perto, como se desfilasse em uma passarela, e eu conseguia ver meus colegas da produtora se aproximando dos artistas e da equipe para ajudar com as bagagens, enquanto olhavam pra mim, preocupados.

– *Old* – disse um garoto bem do meu lado, me tirando do transe momentâneo porque eu definitivamente não sabia se ele estava me chamando de velha ou se era alguma gíria cujo significado eu desconhecia.

– Isabela! – berrou Dryele, minha amiga e também *staff* da produção, para me chamar.

Olhei pra ela, meio confusa e brava, vendo que mexia a boca sem som dizendo "o *manager* principal" enquanto balançava as tranças coloridas e apontava para um rapaz que parecia ser um pouco mais velho do que a gente, mas que usava roupas caras da Gucci e segurava o celular.

Como se fechasse um livro, eu respirei fundo e entrei no mundo real, balançando a cabeça e me aproximando dele, vendo parte da minha equipe parecer aliviada. Eu era uma das *staffs* de produção artística responsável pelo grupo naqueles quatro dias de estadia deles no Brasil, e o nosso atual chefe e *head* de produção, Ivan, tinha me deixado no comando da busca dos artistas no aeroporto. Eu nunca tinha realmente liderado uma equipe daquele porte e não podia entrar em nenhum devaneio só porque, oras, o meu ídolo favorito de todo o universo estava ali.

De todo o universo mesmo. *Ultimate,* como a gente chama.

Eu estava ferrada.

Dormir em pé no aeroporto não era nada perto disso.

– Boa noite, eu sou a Isabela Silva, parte da produção artística do Kpopalooza, que vai ficar responsável pelo grupo ONE – gaguejei um pouco. – Nosso *head* de operações enviou o e-mail e cronograma pra vocês esta semana, certo? Como foi a viagem? – desenrolei numa mistura de inglês e coreano, que eu sabia que seria compreendido (ou pelo menos era o que esperava).

O *manager* foi simpático, todo sorridente e agradecido, e eu não tive nenhum problema em conduzir o grupo enorme de pessoas pelo corredor humano de seguranças até a saída do desembarque internacional, onde nossas vans estavam esperando. Admito que me senti um bocado importante. Andei ao lado dele, o ouvindo falar sobre as horas de viagem da Coreia do Sul para o Brasil, sobre como estava animado e como os membros queriam muito fazer aquele show e que não paravam de falar do assunto. Como fã, saber daquelas coisas me deixou superfeliz. Como produtora, eu só queria chegar logo ao hotel sem levar nenhuma chamada do meu chefe e poder tirar as botas sem esquecer nenhuma mala ou ser humano no aeroporto.

Já acontecera antes, e eu não recomendo. Tanto mala quanto ser humano.

Na saída, perto das várias vans pretas com vidros escurecidos, notei que Chan tinha ficado para trás e que minha equipe estava ajudando a direcionar os outros membros e a equipe sul-coreana aos seus lugares. Eles pareciam estar loucos pra chegar logo ao hotel, e em alguns segundos já não tinha quase ninguém naquela saída do estacionamento, o que era ótimo, porque os fãs se aglomeravam cada vez mais perto. Um cara da produção terminava um cigarro na frente de uma van, e era isso, faltava só a gente. Pedi licença ao *manager*, empurrei Kel, *staff* que trabalhava comigo, para ajudá-lo com algumas dúvidas e segui entre os seguranças até alcançar Chan, que estava sendo segurado pela camiseta por uma mão no meio da multidão. Muitas câmeras apontavam para outros membros do grupo, que já davam tchauzinho de dentro das vans, e para Chan, visivelmente bravo por estar sendo segurado para trás.

Não era novidade e era um dos motivos pelo qual eu era tão fã daquele cara magricela e com orelhas pontudas: ele não tinha medo de demonstrar insatisfação quando alguém passava dos limites. Não importava quantas câmeras estivessem apontadas na sua direção. Ele era tipo um livro aberto. Quase o oposto de mim.

Ele fazia o estilo skatista largado, apesar de não andar de skate, enquanto eu era a típica garota revoltadinha, cheia de piercings, tatuagens e roupas de couro. Ele era de Sagitário e eu, de Touro, se isso faz algum sentido.

Antes de terminar de narrar o que aconteceu, preciso dizer que, acima de tudo, ele era absurdamente lindo de perto. O rosto era lindo, com o nariz pontudinho e a boca grossinha, com uma covinha na bochecha direita. Mais alto que eu, desengonçado e vestido igual um rapper adolescente, mas, mesmo assim, incrivelmente bonito.

– CHAN, OLHA PRA CÁ!

– EU TE AMO, OPPA!

– *SARANGHAE!*

– DIZ PARA O JUN QUE EU AMO ELE, TÁ BOM? AMAR ELE FOI O QUE SALVOU A MINHA VIDA!

Chan parecia um pouco bravo ao tentar se desvencilhar da mão que o segurava sem sucesso, mas esboçou um sorriso, encarando o garoto baixinho que tinha falado sobre Jun, o líder amado e adorado do grupo.

– Pode deixar, mas tenho certeza de que ele também te ama. Você faz bem o tipo dele.

Chan sorriu engraçadinho, de forma sincera e meio cafajeste, e eu mal consegui ver o garoto no meio da multidão porque a mão que segurava a camiseta do ídolo deu um puxão, de repente, fazendo os seguranças o empurrarem para a frente. OK, eu precisava agir.

Peguei uma das malas que Chan carregava, vendo que ele de repente olhou pra mim, tentando se equilibrar. Entreguei a mala para um dos produtores da minha equipe, que tinha acabado de chegar perto de mim ao ver toda aquela bagunça. Jack, o único descendente de coreano da equipe, que sabia falar a língua materna dos artistas, me encarou como se perguntasse se eu queria que ele tomasse a frente para ajudar o ídolo, mas eu neguei. Era quase pessoal. Entendia o amor daquelas pessoas, mas aquele tipo de atitude não era bacana e poderia atrasar todo o nosso cronograma.

Eu me enfiei pela lateral junto dos seguranças, passei o braço pela cintura de Chan (tentei ignorar que estava ABRAÇANDO o cara) até chegar com a minha mão na que estava presa em sua camiseta. Fiz uma pequena força, tentando não machucar a pessoa, obrigando que ela soltasse mesmo sem conseguir ver quem era. Estava no meio da multidão, atrás de dois seguranças que não sabiam bem o que fazer ou o que estava acontecendo.

– Tá tudo bem? – perguntei quando consegui liberar o garoto da confusão, empurrando o corpo dele e caminhando em direção às vans, que estavam só nos esperando.

Ele concordou, sem dizer nada, claramente assustado e meio bravo, enquanto entregava sua outra mala para Dryele, que tinha vindo em minha direção.

– Coloca ele na van da frente, um dos *managers* é chato pra caceta e entrou no lugar que a gente tinha separado pra ele na de trás. Tem outro membro do grupo lá também, eu só não sei o nome dele. Karen? Kratos? Kosplint?

— Eu tinha esperanças de que trabalhando comigo, e sendo minha melhor amiga, você já saberia de cor pelo menos os nomes dos caras do ONE, né? – falei, baixinho, rindo por ela ter que me aguentar como amiga, não sendo nem um pouco fã de K-pop.

Dryele era fã de Ivete Sangalo. Ela não queria nem saber se o nome do Kyo era Kai, Harry Styles ou Tae-Hyung. Sorri ao vê-la voltar ao trabalho.

Depois de alocar Chan na van e garantir que as portas das outras estavam fechadas com toda a minha equipe local e a equipe sul-coreana dentro, sentei ao lado do motorista que guiaria todo o comboio para o hotel onde vários artistas do festival estavam hospedados. Fechei os olhos de leve, satisfeita.

Finalmente, eu tinha conseguido sentar um pouco, mas sabia que o trabalho mal tinha começado. Já era o sexto dia sem dormir direito na pré-produção e a gente estava prestes a colocar tudo em prática. Aquele era o maior evento de que participava como *staff* de produção, e a verdade é que eu estava animada demais para cada momento: os de felicidade e os perrengues também. O festival Kpopalooza era mais um sonho realizado. Puxei o rádio que estava conectado aos meus fones de ouvido e apertei o botão, sinalizando para que a equipe de seis produtores me ouvisse.

— Primeira etapa concluída, seus lindos. Mantenham as luzes internas das vans apagadas, sem música ligada, e, se acontecer algum problema, me avisem.

— E se você dormir sentada, Isa? – ouvi no meu fone a pergunta vinda do único produtor homem da equipe, seguida de uma risada.

Ele estava apenas brincando, eu sabia disso, mas sempre me incomodava ouvir como se alguém duvidasse do meu trabalho, principalmente quando me sentia cansada. Acontecia sempre, e não era nada divertido. Não quando eu precisava o tempo todo provar para mim mesma que era boa no que fazia.

Apertei o botão do rádio de novo.

– Acabei de avisar ao chefe que Jack se ofereceu pra ficar responsável pelo saguão do hotel hoje, boa sorte.

Sorri sozinha, me encostando no banco e acenando para que o motorista seguisse viagem.

O dia em que eu for *head* de produção de verdade, vou aprender a impor mais respeito. Quem sabe um dia. Coitado do Jack.

A madrugada no saguão do hotel era puro terror.

Assim que chegamos, outras vans estavam saindo para buscar artistas no aeroporto. Verifiquei no meu cronograma que o grupo KUZ chegaria logo depois da meia-noite e desejei sorte mentalmente para a equipe que estava responsável por eles. Eram 21 horas e eu não tinha boas lembranças das madrugadas frias em aeroportos.

Desci da van assim que estacionamos para verificar se estava tudo certo no saguão e no *check-in* dos artistas. O hotel em que estávamos era enorme, superchique, um luxo só. Estava um frio danado ali dentro. A gente nunca tinha ficado nele, era a primeira vez que o patrocínio era grande o suficiente para colocar até as equipes hospedadas lá, o que, para mim, era perfeito: a gente tinha 24 horas para ficar de olho nos artistas, e dava para revezar melhor o trabalho.

– Tudo certo, garota? Todo mundo vivo? – perguntou Ivan, que estava encostado na bancada da recepção conversando com um funcionário.

Ele deu aquela risadinha irônica que eu já conhecia, cheia de deboche. Concordei, revirando os olhos, porque ninguém nunca deixou de trazer os artistas vivos para o hotel. Pelo menos, não literalmente.

– Tudo certo, como sempre. Vivos, porém famintos.

– Esses artistas são todos desse jeito mesmo... – disse ele.

Até a moça da recepção olhou pra mim com cara de quem estava de saco cheio de ouvi-lo falar. Pois é, moça da recepção, eu te entendo. O cara tá nesse posto de líder aí porque é homem e tem muitos anos de mercado, não exatamente por respeitar outras pessoas.

– Já preenchi todos os documentos, Ivan – disse uma das produtoras da minha equipe, mostrando uma pasta repleta de papéis, interrompendo o momento em que eu provavelmente não diria nada, só ficaria calada pensando em todos os xingamentos possíveis; eu só era rebelde do lado de fora. – As cópias dos passaportes de todos eles também já estão com o hotel, conforme mandamos no e-mail. Eles só precisam assinar.

– Obrigada, Barbs – agradeci, já que Ivan nem reagiu, e conferi meu celular, vendo os outros produtores entrarem no saguão do hotel com os artistas e *managers* atrás.

– Como tá separado o artístico desse grupo? – perguntou o *head*, pegando os documentos da mão dela.

– Você e a Kel ficam juntas, né? – perguntei para Barbs, que concordou.

– Isso. A gente cuida do B, do Jun e do *manager* deles. Tá tudo tranquilo, organizadinho, pode respirar aliviado, Ivan!

Barbs riu da minha cara de cansada e preocupada, já que Ivan ignorou, de novo, o que ela tinha dito, e foi caminhando até o *manager* coreano, provavelmente querendo se exibir.

– Só vou respirar aliviada quando a gente colocar o grupo no avião de volta para a Coreia do Sul, com todos os membros e *managers* vivos daqui a alguns dias.

– Tenta curtir um pouco! É seu grupo favorito de K-pop, amiga! – disse Barbs, com uma piscadela. – Eu estaria pulando de felicidade se tivesse sido escalada para o artístico do Hyukoh, você sabe.

– Você tá fazendo esse discurso para a pessoa errada! – disse Dryele, aparecendo do nosso lado e rindo.

Mostrei a língua porque ela estava certa, mas não queria soar como uma pessoa dura demais.

Sim, era meu grupo favorito. Eu tinha pôsteres do ONE na parede do quarto, e meus amigos da mesma idade não paravam de me sacanear, como se fosse coisa de adolescente. Eu realmente não estava nem aí. Não tem idade certa para ser fã e amar alguém que faz tão bem pra gente. Para mim, o ONE era esse tipo de grupo. Que cantava sobre minhas dores, sobre meus momentos bons e ruins. Que fazia clipes lindos e aqueles de Natal que eu chorava toda vez a que assistia. Que os membros eram piadistas, humildes e curtiam estar no palco, independentemente de serem estrelas supermegafamosas ou não.

Eles eram perfeitos. Cada um do seu jeito.

O líder, Jun, um dos mais velhos e mais amados por todos, sempre humilde e cuidadoso. Marshmallow, o mais velho e carinhoso do grupo, que tinha carinha de ser o mais novo. June, o cantor principal com um vozeirão, um sorriso maravilhoso e que dividia com B, o cara espertinho e cheio de energia, o posto de brincalhão do grupo. Tinha o Kyo, dançarino principal, capa de revistas e claramente o mais tímido deles, ao lado de Vivi, o mais novo e mais alto, sempre convidado para passarelas do mundo todo. Soo era o outro cantor principal, que também tinha uma carreira incrível como ator, assim como Yang, o único membro chinês do grupo, que era um dos produtores principais de todas as músicas da ONE. E... tinha o Chan.

O Chan era perfeito. Bonito, engraçado, alto, produzia algumas músicas e tocava um monte de instrumentos.

Juntos eles eram nove e formavam o grupo de K-pop do meu coração.

Já falei que eram perfeitos? Eu sou realmente muito brega por eles.

– Fecha a boca ou vão perceber que você tá começando a babar – disse Dryele, baixinho.

Respirei fundo, me recompondo, dando um leve pontapé na minha amiga e indicando a bancada da recepção do hotel para os rapazes, que deixavam suas malas nas mãos de funcionários uniformizados. Ivan ainda estava papeando com o *manager* coreano, falando um inglês meia-boca com pose de quem tinha tudo sob controle.

Eu precisava parar de me perder em devaneios como se minha vida fosse uma *fanfic*. Alguém iria perceber e eu não podia colocar meu trabalho em jogo. Ou dar qualquer motivo para Ivan reclamar de mim.

O resto da equipe ajudava os artistas a assinar os documentos e verificava o transporte das malas para os quartos. Outro grupo de K-pop do festival estava caminhando pelo saguão, conversando entre si, e alguns acabaram cumprimentando os membros do ONE. Se a vida fosse realmente uma *fanfic*, tinha um monte de *ship* ali esperando pra acontecer, mas, na verdade, o momento só provava que quase todo mundo na indústria se conhecia de alguma forma.

Como cada pessoa da nossa equipe já estava direcionada para cuidar de cada um dos membros e da produção sul-coreana, todo mundo se adiantou e acompanhou o pessoal aos seus quartos, sob os olhares atentos de Ivan. Dryele e eu estávamos responsáveis por Chan e June, que esperavam a gente em frente ao elevador, se despedindo dos outros membros sonolentos. Apesar de ser líder da equipe, eu não mandava em tanto assim e juro de pés juntos que a escolha de cuidar pessoalmente do meu ídolo favorito de todos os tempos não tinha sido minha. Eu nem sabia exatamente o que pensar sobre aquilo, pois me apavorava tanto quanto me deixava animada.

– Todos vocês estão no mesmo andar – avisei aos dois ídolos assim que entramos no elevador, minha voz ligeiramente trêmula. – Os quartos são sequenciais, e todos estão em quartos duplos.

– Isso significa que tem só uma porta entre o meu quarto e o desse imbecil aqui? – perguntou June, rindo.

Eu respirei fundo para me conter, porque a voz dele era alta e sensacional ao vivo, exatamente como tinha imaginado.

– Sim, e foi ele quem pediu – respondi, tentando manter a compostura.

Chan, que até então estava encostado no espelho do elevador olhando o celular, levantou o olhar da tela e me encarou por algum tempo, depois passou a Dryele e, finalmente, a seu companheiro de grupo.

– Já estou arrependido – falou.

– Não tá nada, a gente pode conversar a noite toda! – disse June, bastante animado, falando alto e cheio de energia.

– Eu trouxe o videogame na mala – respondeu Chan, sorrindo, aparentemente rendido.

– Aposto que tem bebida no frigobar...

– Será que a internet daqui é boa?

– Tem um banheiro pra cada um, né?

– Você nunca ficou em hotel não, seu idiota? – perguntou Chan, ainda sorrindo de leve.

– Alô, a gente tá bem aqui e seria bacana se vocês não enchessem a cara antes da passagem de som que vai acontecer amanhã. Ninguém quer cair do palco alto do festival, né? Quebrar uma perna e tal. A gente tem o SUS aqui que dá para atender todo mundo e tals. Não sei se vocês têm seguro-saúde na Coreia do Sul, mas bora colocar uns limites! – disse Dryele, assim que a porta do elevador abriu e nós duas saímos na frente dos garotos.

Sorri ao vê-los concordar com ela, meio assustados com tanta informação.

– Os contatos de nós duas estão na pasta em cima da mesa no quarto de vocês. Tem nosso celular, quarto e todas as informações necessárias caso tenham qualquer dúvida ou precisem de alguma ajuda. Se tiverem fome, disponibilizamos comida pelo serviço do hotel – falei, entregando os cartões que eram as chaves dos quartos de cada um.

Eu não conseguia encarar nenhum dos dois nos olhos; normalmente já não era tão direta, e não ia começar com meus artistas favoritos. Não tinha nenhuma possibilidade. Chan pegou o cartão da minha mão e abaixou um pouco pra encontrar o meu olhar. Se era para parecer uma cena de romance de livro juvenil, foi apenas... esquisito.

– Esse piercing é de verdade? – perguntou, de repente, encarando meu brinco no septo, e eu só concordei, nervosa demais para falar.

Ele sorriu, agradecendo e saindo do meu campo de visão.

Dryele deu uma risada alta assim que eles bateram as portas dos quartos. Eu apenas fechei os olhos e respirei fundo. Podia sentir meu coração batendo forte e não sabia se era pelo meu espaço pessoal ter sido minimamente invadido pela minha pessoa favorita do mundo ou porque, enfim, ele existia e estava realmente ali. De carne e osso. Com um tênis feio da Balenciaga e os cabelos, que estavam descoloridos para o *comeback* do grupo, enfiados em uma touca cinza, igual eu sempre via nas fotos. Só que, naquele momento, estava na minha frente. Reparando na minha cara! A gente conseguiu ouvir lá de dentro os berros deles, as risadas e as portas sendo batidas a toda altura.

– Sem querer escolhi os dois mais bagunceiros para gente cuidar, não foi? Diz para mim que tive essa imensa sorte? – perguntou minha amiga assim que começamos a caminhar de volta para o elevador.

Parei, atônita, quando entendi o que ela dissera.

– Como assim, você escolheu?

– Eu tive acesso à planilha da Barbs na organização, e ela me deixou dar uma mexida.

Dryele continuava andando, como se não fosse nada demais. De repente, meu rosto ficou quente e compreendi que não tinha sido o destino que tinha me colocado naquela situação complicada de precisar ser extremamente profissional quando eu só queria dar alguns berros como fã. Foi minha amiga mesmo. Uma baita traição, eu diria.

— Eu não acredito... — falei, caminhando até o elevador. Dryele deu de ombros, sorrindo.

— Pode me agradecer depois.

— Se eu ainda tiver emprego depois do mico que provavelmente vou pagar!

— Para de drama, Isa, seu trabalho sempre foi e sempre será incrível. E olha que eu já trabalhei com muitas equipes diferentes! Dá mais valor para o seu talento, mulher! — disse minha amiga, revirando os olhos e apertando o botão para o saguão do hotel. — Eu só realmente espero que eles sejam bacanas e tranquilos, tô cansadona de artistas que quebram metade do quarto, e a gente precisa se virar com o chefe depois.

— Especialmente quando o chefe é o Ivan.

— Nem me fala desse embuste.

Respirei fundo tentando pensar no lado bom de tudo aquilo, mesmo que, no momento, fosse difícil enxergar qualquer coisa. Quando o elevador parou no saguão, meu pensamento imediatamente saiu do meu drama pessoal e foi para resolver qualquer pendência logo para poder descansar e dormir um pouco, se estivéssemos com sorte.

— Acho que não preciso dizer nada, você mesma vai ter o que merece por me colocar nessa roubada de ter que ficar encarando a cara perfeita do Chan o dia todo!

— Eu tô falando que você ainda vai agradecer, sua ingrata — riu Dryele.

— Nos seus sonhos.

— Ele até que é bonitinho na vida real! Naquele pôster atrás da sua porta eu fiquei meio confusa por conta da vibe meio clones do mal... Não gostei. Mas, na vida real, gatinho. Eu pegava.

Encarei minha amiga com uma expressão incrédula, mas nem tive tempo de reagir, porque esbarramos com Danuzinha e Bruna, parte da nossa produção, que reclamavam sobre um dos membros da equipe sul-coreana que viera com os artistas. O fim de semana seria longo.

♪♫

Eu mal dormi. Nem estava esperando nada, porque época de produção de show é sempre a mesma coisa. Se a gente consegue deitar no travesseiro por algumas poucas horas, a cabeça não para de funcionar. O corpo fica exausto, acabado, como se a gente tivesse sido recém-atropelado por umas cem rodas do trem de pouso de um avião gigantesco.

Mas a minha mente não desligou. Como poderia? Eu tinha conhecido de perto o Chan, poxa. A foto de *wallpaper* do meu celular era a cara dele no último álbum lançado do ONE, com um conceito meio *dark*, que aparentemente minha melhor amiga odiava. A minha música mais ouvida no aplicativo de *streaming* era um dos seus solos, e eu tinha algumas pastas no computador cheias de fotos dele. Separadas por ano, conceito e *comebacks*. Sabe? Sem falar nas tatuagens.

E ele estava ali, alguns andares acima, perto demais de mim. Tínhamos respirado o mesmo ar no elevador!

Dificilmente o meu sonho de ser melhor amiga dele se realizaria, mas eu já estava feliz demais com o que tinha no momento.

Acabei levantando depois de pouco mais de meia hora de sono e fui tomar um banho, vestir minha roupa preta discreta, pegar meu rádio, minha pochete e minhas pastas e descer para organizar o café da manhã dos artistas junto do resto da equipe. A gente precisava ficar de olho em tudo, porque o medo de algum fã *stalker* entrar no hotel era real e tudo que o grupo fazia enquanto estava por ali era de nossa responsabilidade. Da minha responsabilidade.

Respirei fundo. Era apenas o primeiro dia.

♪♫

Momentos como o do café da manhã de artistas famosos no hotel eram tensos, o tipo de situação em que a gente faz mantra no dia anterior pra que nada de esquisito aconteça. Muita coisa pode dar errado, já que todos os hóspedes do hotel têm acesso ao refeitório e a gente não pode fazer nada para impedir que fãs fiquem próximos dos artistas. Nos resta sempre torcer para que entendam que aquele momento é pessoal e que não é bacana filmar, tirar fotos ou importunar o artista na hora sagrada da comida. Especialmente no caso dos ídolos de K-pop, que raramente aparecem em público sem maquiagem ou fora da *persona* famosa.

Fiquei andando por um tempo entre os cantos do refeitório, já que ficamos sabendo que, aparentemente, os fãs estavam se comportando. Muitos estavam aproveitando aquele momento para observar os artistas de longe, mas a gente só queria garantir que os celulares não estavam sendo apontados.

Encontrei minha equipe e, enquanto Barbs contava sobre ter dado uma olhada mais severa para uma garota na mesa perto de onde B, Kyo, Chan e Yang estavam, ouvimos a voz de Ivan soar grosseira pelo nosso rádio, de repente deixando todas nós apreensivas.

– Fiquem de olho nesses caras porque acabamos de tomar multa por fumante em quarto que não pode fumar – grunhiu e explicou que Jack estava lá fora com parte da equipe sul-coreana que tinha saído para fumar. – Esses caras são folgados, acham que são superiores porque são famosinhos lá na Coreia do Sul... Folgados... – repetiu.

Ficamos em silêncio, e encarei Barbs e Bruna, que estavam do meu lado.

– Só pra vocês saberem – veio a voz de Danuzinha no nosso canal particular do rádio, logo depois que Ivan desligou – o quarto multado foi o 664, de equipe. Ivan só tá sendo babaca xingando os artistas. Fiquem tranquilas por aí, aqui na recepção tá tudo relativamente sob controle.

Barbs soltou o ar, visivelmente brava. Eu podia ver a veia da testa dela saltando. Fiquei quieta, mordendo os lábios e pensando no quão injusto era precisar ouvir aquelas coisas de alguém que a gente não podia corrigir. Eu não estava no mercado havia anos, como Ivan, mas sabia bem como separar meu profissionalismo de opinião pessoal ou deboche.

No fundo, eu só queria ser mais corajosa e sei lá... mandar ele à merda.

Quem sabe um dia.

Decidi voltar a caminhar pelo refeitório com as pernas meio trêmulas pelo pequeno ataque de ansiedade que acabei tendo. Era um saco, vinha do nada e, normalmente, em momentos em que eu queria muito saber como me expressar melhor. Um problema pra quem era introvertida como eu e que cresceu tendo dificuldade de se comunicar. Respirei fundo algumas vezes e me encostei perto da porta de vidro que dava para o corredor de elevadores.

Será que o Chan fumava também? O pensamento passou pela minha cabeça quando duas garotas passaram por mim com maços de cigarro nas mãos em direção ao saguão do hotel. Era muito comum que artistas fossem para a parte externa para fumar, já que era proibido ali dentro. Inclusive muitos artistas de K-pop, embora normalmente a gente não pudesse falar nada publicamente sobre o assunto.

Eles são pessoas, por mais que muita gente se esqueça.

Torci pra que nenhum dos meninos do ONE fosse fumante, já que lá fora estava abarrotado de fãs de outros grupos que já tinham descoberto em qual hotel estavam hospedados. Não seria bacana se alguém filmasse ou fotografasse eles fumando. A gente nunca sabe o problema que poderia dar na mídia sul-coreana, por exemplo.

Fiquei pensativa, encarando um ponto fixo na porta do refeitório, quando percebi que alguém estava se aproximando. Era Chan, que vinha sorrindo, usando um boné pra trás, mordendo um pedaço de pão com mortadela. Como ele era alto, me obrigou a olhar para cima quando apontou a mão com a comida na minha direção.

– Precisa de alguma coisa? – perguntei, mantendo a pose profissional da melhor forma possível.

O desgraçado ainda era cheiroso, que droga.

Ele negou.

– Eu tô entediado.

– Você não estava agora na mesa conversando com os membros do seu grupo? Ouvi falar que o B é bem engraçado... – resolvi dizer, e ele concordou, sorrindo ainda mais.

Que Deus tivesse piedade de mim e da minha alma, se é que ela ou Deus existem, sei lá. Qualquer ajuda divina era bem-vinda.

– Ele é.

– Legal.

Eu não sabia o que dizer. Socorro. Eu deveria perguntar algo? Falar mais sobre B e Jun? Sugerir jogo de celular? "E aí, Chan, você joga Fortnite?"

– Você é fã do ONE, né? Quem é seu membro favorito? – ele falou, de repente, com a voz mais grossa, curioso, próximo a mim.

Eu engasguei com minha própria saliva e tossi um pouco mais alto do que deveria. Algumas pessoas que passaram por nós me olharam, e eu encarei Chan, perdida.

– Eu... Eu... Humm... Não sou fã, mas conheço algumas músicas.

Que todos os meus álbuns na estante me perdoassem pela mentira descarada.

– Não é fã?

– Não.

Achei que ele me deixaria em paz para eu ser fã pra caraca somente no meu íntimo, com os vários pôsteres no meu quarto e o *card* com a cara dele dentro da carteira. Ainda bem que eu tinha tirado o que ficava na capinha do celular. Mas não. Ele sorriu, trocou o peso do corpo para a outra perna, cruzou os braços e apontou o dedo pra mim, em julgamento.

– Você tá mentindo na minha cara, eu não criei meus fãs desse jeito.

Era o quê?

Abri a boca, encarando Chan, que ainda tinha um sorriso enorme como se fosse Sherlock Holmes desvendando um mistério. Ele, de repente, apontou para o meu braço e eu senti um arrepio no corpo todo. Eu era idiota de esquecer que, usando a camiseta preta de manga curta, minhas tatuagens estavam expostas.

As tatuagens que eu tinha do ONE. Letras, logos, detalhes. A letra de "Forever", uma das minhas músicas favoritas. Mas nem foram pra essas que Chan apontou. Ele mostrou as tatuagens que eu tinha que imitavam as dele. Uma no dedo e uma no pulso. Iguais.

Eu senti minha pressão caindo porque encarei os desenhos e o braço dele perto do meu, comparando os dois. Gente, o braço dele era enorme.

– Então é uma coincidência? Que você tenha tatuado a data em que nosso fã-clube oficial foi criado?

Eu abri a boca algumas vezes, e nenhum som saiu. Olhei para os lados, encurralada. Era isso. Adeus, universo, adeus, cachorro-quente que eu estava doida para comer na Paulista, adeus, profissão que eu tanto amava. Era o fim.

Mas o universo gostava de mim de alguma forma, e eu fui salva por Dryele, que se aproximou, parecendo estar se divertindo.

– Olha só quem apareceu! – falei. – Acho que o trabalho me chama, né? Dryele?

Ela me olhou de cima a baixo e encarou Chan, que estava sorrindo de forma irritante, vencedor da porra toda, dono do mundo. Lindo, o canalha.

– Eu vou falar em português mesmo, ele não vai entender de qualquer forma. Na verdade, nem é muito sério o que eu tinha para falar, mas pode fazer cara aí de quem tem algo megaimportante pra resolver...

– Obrigada.

Encarei Chan com cara de quem estava preocupada com algo e apontei para a saída do refeitório. Uma atriz e tanto. Escola Fernanda Montenegro de atuação! Ele mordeu os lábios e levantou os braços como se estivesse desistindo.

– Já entendi, pelo tom parece bem sério. Bom dia, chefa. Até mais tarde, então.

O garoto se virou e voltou para a mesa dos membros do grupo, que ainda estavam comendo. Olhei para Dryele, exausta. Acho que alma realmente existe, porque eu me sentia sem a minha. Despida, nua. Um drama só.

Droga, eu tinha sido *des-co-ber-ta*.

– Não é nada realmente sério? – perguntei, só para garantir.

– Quero falar mal do Ivan, mas eu poderia ter esperado mais algum tempo. A cena estava cômica de longe.

– Você me salvou, socorro.

Saí andando do refeitório com minha amiga, sentindo as pernas tremerem e o coração disparado, que já não tinha nada a ver com a ansiedade de antes. Não era aquela sensação que rolava quando a gente se apaixonava, nem nada, longe disso. Eu sou *ace*, sou difícil para gostar mesmo de alguém.

Precisa rolar toda uma conexão, uma química, um conhecimento extenso da pessoa, porque, senão, nem a vontade de um beijo rola. Eu não sou de beijar. Sempre fui assim, na real. Nos meus 20 anos, se tive dois relacionamentos foi muita coisa, e o primeiro deles eu devia estar na pré-escola e dizia que namorava a minha melhor amiga. O segundo foi um horror, nem vamos entrar nesse assunto. Então, sim, eu sabia como era estar apaixonada e aquele sentimento quando Chan chegava perto não era a mesma coisa. Era a sensação da realidade. De gostar tanto do que a pessoa representa, que o corpo sabe, reconhece e pula de felicidade. É um sentimento mais próximo de realização de sonhos do que de romance.

Até porque: quem quer romance nesses tempos? Eu já tinha muita coisa com que lidar.

Colocar todos os artistas e produtores nas vans era sempre um desafio. A gente não podia esquecer ninguém no hotel. Pelo menos parte da produção sul-coreana do ONE já tinha ido para o local do festival algumas horas antes com parte dos *staffs* e faltavam apenas os artistas e poucas pessoas da equipe.

Eu entrei na van, me sentando na primeira fileira, onde tinha espaço, vendo Chan entrar logo depois, seguido de um dos *managers* do grupo. Sem que eu percebesse, o ídolo estava do meu lado assim que o carro deu a partida. Chan se virou para mim, sorrindo, parecendo um bocado animado. Ele tinha a aparência de um cachorrinho feliz, apesar de todo o tamanho.

– Eu tenho um monte de perguntas pra fazer – falou, de repente.

Concordei sem me mexer. Era a segunda interação e nem metade do dia, e meu psicológico estava bem abalado porque o braço dele, como não tinha separação de assento, estava tocando o meu. Só conseguia pensar em como a situação estava estranha até ouvir ele fazer um som, como se me acordasse de um devaneio. Eu é quem estava estranha; ele estava normal ali, como se viver em uma van apertada fosse comum no dia a dia.

Precisava enxergar Chan como um ser humano real, porque ele ainda era uma visão corrompida pelas *fanfics* sobre meu artista favorito. Eu não o conhecia, nem precisava, era parte do meu trabalho estar ali na proximidade dos artistas. Não de forma pessoal, só perto mesmo, fisicamente. Precisava me concentrar. Era só mais um dia. Só mais um trabalho.

– Chefa, você tá bem?

Tá, não era só mais um trabalho, a quem eu estava enganando? Chan era perfeito, eu estava ferrada!!!

– Tô, sim – menti de novo (estava melhorando naquilo). – Tudo certo. Desculpa, é o cansaço.

O *manager* sentado do meu outro lado já tinha me olhado de forma curiosa. Respirei fundo e dei o meu melhor sorriso, tentando não mostrar o quanto estava nervosa, embora acreditasse que Chan fosse o tipo de pessoa que consegue cheirar nosso medo. Ele fez uma expressão meio engraçadinha.

– Posso te ajudar em algo? – perguntei.

– Ah, sim...

– Produção, tem alguma água aqui na van? – ouvimos, de repente, alguém gritar estridente lá do fundo.

Levei um susto enorme, hipnotizada com a cara concentrada do Chan. Eu me levantei de leve no banco e olhei para trás, vendo Dryele surgir do fundo e puxar uma bolsa que ficava em um compartimento perto do teto do veículo. Voltei a me sentar e encarei Chan, que estava sorrindo de orelha a orelha, como se tivesse descoberto algo muito incrível.

– O June grita muito – falou, constatando o mesmo que eu. – Chefa, as minhas perguntas...

– Manda ver, Chan.

Fiquei um pouco trêmula de falar o nome dele em voz alta. Achei que era um exagero dos livros que eu gostava de ler, mas, não, era verdade. Aquela coisa clichê de falar o nome da pessoa que a gente acha incrível e daí tornar o momento ainda mais real. Merda.

– Tá quase na hora de ir para o lugar do show, né?

– Estamos literalmente indo pra lá agora.

– A gente vai ter mais atividades depois da passagem de som?

– Tem o almoço, restaurante... Tá tudo no seu cronograma, o *manager* não passou para vocês? – perguntei, confusa, olhando meu próprio documento.

– Não...

– PASSOU, SIM! – ouvimos um berro lá do fundo e algumas risadinhas.

Era June, novamente, mas nem foi isso que me deu um choque de realidade. Era o fato de que todo mundo na van estava em silêncio e, provavelmente, ouvindo a nossa conversa. Minha cara ficou vermelha. Eu tinha bochechas grandes e devia parecer uma plantação inteira de tomates. Naquele momento, eu senti saudade dos meus cabelos compridos, que me deixavam esconder a cara toda. Com eles supercurtos, e finalmente no castanho natural depois de anos pintando, eu me sentia exposta demais.

Encarei Chan, que estava rindo baixo, com uma das mãos estendidas para o alto, mostrando o dedo do meio para o resto do grupo.

Eu oficialmente estava me sentindo de volta à escola, num daqueles passeios da quinta série para algum museu. Só que eu passara a ser a garota descolada que conversava com o *crush* da sala e todo mundo ficava atento para as fofocas. Era surreal.

Por alguns segundos, ficamos todos em silêncio e um tanto desconfortáveis, então, B, lá do fundo, começou a cantar uma música em coreano. Sua voz era linda e melodiosa, o cara era bom demais. Ouvi mais alguns dos garotos batendo nas pernas e brincando de fazer percussão, acompanhando o colega de grupo. De repente, Chan se levantou um pouco no banco, se virando de lado e começando a fazer um rap em cima da música, enquanto todo mundo desatava a rir. Eu conseguia ouvir a gargalhada de June destoando do resto, o que me deu vontade de rir também.

O *manager* do meu lado me deu uma leve cotovelada e me encarou de forma simpática.

– Eles são sempre assim, não liga, não. Ando com fones de ouvido o tempo todo para ocultar a barulheira. Eu merecia um salário maior por insalubridade.

– Ah, tá tudo bem... – respondi rapidamente, mexendo as mãos.

Não estava acostumada com tanta bagunça assim, não tinha tantos amigos. Era algo novo e meio fascinante, até. Chan ainda fazia algum tipo de rap ao meu lado, arrancando gargalhadas dos outros membros, quando um tênis voou até onde a gente estava, batendo no banco do motorista logo à nossa frente e me fazendo levar o maior susto.

Chan voltou a se sentar, pegou o tênis do chão e devolveu para algum lugar no fundo da van, fazendo alguns dos garotos berrarem. Então, assisti de camarote ao que estava acostumada a ver pelas telas da internet: a gargalhada estridente, divertida e escandalosa do meu ídolo favorito. Ele fechava os olhos como se estivesse chorando e mexia os braços, batendo na própria perna e quase me acertando no caminho. Ele não tinha controle, era como se fosse uma máquina de rir!

Era incrível. Eu estava ferrada *mesmo*.

Foram quarenta minutos com mais gritarias e gargalhadas do que eu já tinha ouvido na vida. A chegada ao local do festival pareceu repentina, tirando todo mundo de um transe.

– Estamos na portaria três, já liberaram o acesso – disse Jack no nosso rádio, e eu rapidamente me recompus, juntando a papelada que estava nos meus braços.

– OK, todo mundo para fora, sem se dispersar, porque a gente não pode perder tempo! Tem um monte de grupo pra passar som depois de vocês! – gritou Dryele batendo palmas.

Os garotos concordaram com ela como se falassem com um general. Era um talento e tanto. Saí da van sorrindo para minha amiga, que me entregou uma pulseira vermelha.

– Barbs disse para todo mundo usar, tá meio bagunçado lá dentro – explicou. – Vou distribuir por aqui, vai na frente para ver se o camarim já tá liberado.

Concordei, colocando a pulseira, que mostrei para o segurança assim que saí em passos largos pelos fundos do festival. Ali era onde a magia toda acontecia. O *backstage*, onde artistas descansavam, cabos de energia passavam por todo o chão, pessoas carregavam caixas de som, equipamentos e diversos crachás diferentes.

Peguei na pochete o meu crachá de *all access*, que me garantia passagem direta em qualquer lugar, e pendurei no pescoço a tempo de ver alguns seguranças olharem para mim. Eles ainda estavam sorrindo, o que era bom sinal, embora ainda fosse só a preparação para o festival acontecer. No dia seguinte, todo mundo estaria fuzilando um ao outro só com os olhos.

Cumprimentei algumas pessoas enquanto caminhava, tomando cuidado para não tropeçar em tapumes e fios que estavam sendo instalados, até chegar a uma área um pouco maior e descampada, com algumas salas montadas.

O festival Kpopalooza aconteceria num campo aberto, normalmente usado para muitos eventos de cultura *geek*. A estrutura era bem parecida àqueles eventos, mas os palcos do festival eram maiores. Eram dois, um maior para os acontecimentos e apresentações principais do dia e outro um pouco menor, para bate-papos e shows de grupos pequenos. Uma tenda estava sendo montada no meio do espaço vazio de terra batida, onde o público ficaria de pé durante as muitas horas de shows, para artistas fazerem *meetings* com alguns fãs. Ao mesmo tempo que parecia um caos, a gente sabia que era organizado. Eu me sentia bem demais estando ali. Era quase como parte de mim, andar entre *cases* de instrumentos, lonas, engenheiros de som e luz, *staffs* carregando cadeiras de plástico e uma correria que parecia deixar todo mundo vivo. Era inexplicável. Senti até um arrepio subir pelo meu corpo.

Parei em frente a uma série de portas que estavam adesivadas como camarim. Ao contrário do que muita gente imaginava, aquele espaço para artistas não era nada luxuoso. Era só uma grande sala com mesas de plástico, cadeiras e espelhos, que a produção local iria preencher em breve com minigeladeiras, baldes de gelo e comida. Não eram muitos camarins, já que a rotatividade de artistas por ali seria grande. Agradeci por não ter ficado na equipe que iria organizar aquilo, porque alguns grupos poderiam ter pedidos específicos que precisavam ser levados em conta. Pelo meu planejamento, o ONE não tinha pedido nada diferente do normal, que eram toalhas, cabideiros para roupas de palco, espelhos de corpo todo e bastante café com gelo, o famoso *americano gelado*, que fazia muito sucesso entre os ídolos sul-coreanos.

Depois de falar com uma *staff*, encontrei o camarim certo e soube que a passagem de som estava com pelo menos quarenta minutos de atraso e que o grupo anterior ao ONE tinha acabado de subir para o ensaio. Também soube que, apesar do atraso consequente do almoço, não tinha nada que eles pudessem comer ali dentro, onde só tinham colocado uma minigeladeira com bebidas.

Puxei meu rádio, avisando para Dryele que o camarim estava liberado, quando vi Ivan caminhar na minha direção com o *manager* principal do grupo ao lado.

– Já me avisaram do atraso, eu vou precisar que você vá comprar lanches para deixar disponíveis aí dentro para eles, Isabela – disse Ivan, e eu pisquei algumas vezes, entendendo de repente a mudança no meu próprio cronograma. – Algumas bolachas, uns salgados, sei lá. Tem que ser rápido.

Como a gente não tinha nenhum *staff* sobrando, concordei, puxando meu celular e os papéis que continham todas as informações do dia. Avistei Dryele e Jack chegando com parte do grupo, enquanto o resto vinha atrás, conversando. Andei até os dois membros da minha equipe, confirmando o que via na listagem das vans. Não tinha nenhuma disponível naquele momento, e uma delas só estaria à nossa disposição dali a pelo menos vinte minutos.

– Eu preciso comprar lanche para o camarim, tá sem nada.

– A produção do *backstage* não colocou nem água? – perguntou Dryele, franzindo a testa.

– Ivan pediu por lanche mesmo, vamos atrasar o almoço. Melhor até ligar para o restaurante.

– Pode deixar – disse minha amiga, já puxando o celular.

– Pede num aplicativo aí... – falou Jack, enquanto mostrava a porta do camarim para um dos meninos do grupo que se aproximou da gente.

– Vai demorar muito, a gente tá bem longe do centro. E não dá tempo de esperar a van chegar pra sair e ir a algum lugar... Tudo parece distante demais.

Parei alguns segundos para ajustar os pensamentos. Não era a primeira vez que aquilo acontecia, a gente era treinado para imprevistos do tipo. Minha mente rodava com contas de tempo, distância e horários.

– Eu vou dar um jeito nisso, já volto – avisei.

Sem esperar por resposta, caminhei para longe dos camarins enquanto abria o mapa da região no celular. Eu sentia meu coração bater forte, com a urgência do que precisava fazer e com a rapidez de que eu precisava decidir as coisas. Confirmei na internet que a única coisa aberta nas redondezas era um mercadinho ainda um bocado distante, porque a avenida era mais próxima da entrada do festival, literalmente na ponta oposta à que eu estava. Andando até lá, segundo o Google, levaria uns quinze minutos. Mas ninguém dizia nada sobre correr.

Apertei o passo para sair do *backstage*, em direção à portaria principal do evento. Tudo ainda estava em construção, uma enorme bagunça de pessoas, barricadas e chão batido de terra. Puxei meu rádio, chamando na frequência que só a minha equipe ouviria.

– Se o Ivan perguntar, avisa que eu tô atrás dos lanches. Me dá uns trinta minutos e eu tô de volta.

– Arrumou um carro pra te levar em algum lugar? – soou a voz de Dryele, baixinha, como se ela estivesse dentro do camarim.

– Eu falei que a Barbs tinha que andar com aquela motoca dela! – berrou Bruna de repente, me fazendo rir.

– Que lanche, gente, tão doidos? Que motoca? Vai à merda, Bruna! – respondeu Barbs, confusa.

– Nada de carro – falei. – Tô correndo, me desejem sorte.

– O quê? Você pirou? – perguntou Danuzinha, e eu preferi desligar logo o rádio e partir para o que interessava.

Eu tinha um recorde de corrida para bater e agradecia, naquele momento, pelo meu cabelo estar bem curtinho e os meus peitos serem bem pequenos, quase inexistentes, vocês sabem como é o esquema. Não era a minha primeira vez fazendo aquele tipo de coisa, quem já foi produção sabe bem o que é isso.

Quase cronometrado, em trinta minutos eu estava de volta. Suada, acabada, morta de sede e com terra cobrindo meu coturno, minha calça preta e minha dignidade. Eu quase tropecei no caminho, precisando me segurar numa pilastra.

A maior vergonha. O mercadinho era um pouco mais longe do que eu tinha imaginado, atravessando a portaria principal e as duas pistas da avenida. Mesmo assim, foi mais rápido do que ir de carro e passar pelo trânsito. Fiquei abismada vendo a fila de fãs que já estava lá fora, aparentemente se revezando para que ninguém precisasse dormir por ali. A produção tinha até organizado barricadas e seguranças em toda a calçada que margeava o local do show pra que nada desse errado. Dava pra ver gente já com as camisetas dos grupos de K-pop que se apresentariam, dentre eles alguns dos mais famosos: BTS, MAMAMOO, BLACKPINK, EXO, mais um monte. Parte de mim entendia aquele prazer todo, de ficar na fila, aguardar o momento chegar com outros fãs e com tanta expectativa. Parte de mim não entendia ficar debaixo daquele sol, naquele calor, por algo que só aconteceria no dia seguinte.

Eu estava exausta, não vou mentir. Minhas pernas tremiam e sentia a sola do pé ralada de tanto que corri dentro daquela bota preta quente. Mas estava de volta com algumas sacolas cheias de macarrão instantâneo de pote, biscoitos e doces, as opções que encontrara no mercadinho de bairro. Apareci na porta do camarim do ONE, respirando pesado e esticando as sacolas para Jack, que estava lá dentro e me olhava assustado. O grupo estava se organizando para subir no palco e fazer a primeira passagem de som, colocando os pontos de microfone, e todos me encararam quando apareci naquele estado, ofegante e suada.

– Você foi realmente correndo? – perguntou Jack, depois de gritar algo em coreano, tirando as sacolas da minha mão e organizando as coisas na mesinha do canto.

Alguns dos meninos do ONE e uns *staffs* o seguiram, mexendo em tudo que tiravam da sacola, curiosos. Chan, sentado em uma cadeira branca, não tinha se levantado, e, assim que fechei a porta atrás de mim para aproveitar um pouco do ar-condicionado, ele me encarou.

– Eu fui correndo, uma merda que tá calor demais hoje. – respondi a Jack, que voltava para perto de mim.

Chan continuava me encarando. Eu não conseguia olhar de volta diretamente, mas via, pelo canto do olho, que ele estava voltado para mim. Era aquela sensação esquisita de ser observada.

– Tu é doida, eu tinha mandado o Ivan ir comprar.

Rimos de leve porque sabíamos que não era possível, já que a hierarquia que Ivan gostava de exercer era bem clara. Não era à toa que, normalmente, os trabalhos mais pesados e complexos ficavam na minha mão ou na mão de uma das meninas, nunca na de Jack.

Ouvimos um chamado no rádio, e Barbs abriu a porta do camarim, sinalizando para que os ídolos do ONE seguissem para o palco. Ela me encarou e fez uma careta.

– Em que buraco você se enfiou? Estava no porão da YG?

Eu ri e, de repente, fiquei com vergonha, porque a minha cara devia estar suada e vermelha, grudenta e esquisita. Não era exatamente como eu queria que o meu grupo favorito me visse, por menor importância que pudesse ter. Passei as mãos no rosto, tentando me livrar daquela sensação de estar feia, quando todos os garotos do ONE passaram por mim, me cumprimentando, para sair do camarim, cheios de comida na mão. Chan parou um pouco na minha frente, quase abaixado para que o olhar dele encontrasse o meu. Reparei que ele fazia aquilo com certa frequência.

– Você tá bem? Se machucou? Precisa de alguma coisa? – perguntou, me entregando uma garrafa de água.

Pisquei algumas vezes para assimilar o que ele estava perguntando e não consegui conter um sorriso pela preo-cupação e gentileza daquelas perguntas. Meus olhos se encheram de água, como se aquele gesto destravasse todo o cansaço e a frustração que estavam em mim. Concordei, peguei a garrafa que ele me ofereceu e me abanei para dizer que era só o calor. Ele pareceu entender, embora continuasse com a sobrancelha erguida quando mexeu a cabeça e saiu da sala junto dos outros, me deixando sozinha. Respirei fundo e coloquei a mão no peito, percebendo que meu coração batia muito forte, porque aquele tipo de coisa não acontecia todo dia na minha vida. Pela primeira vez, eu era a personagem da *fanfic* que vive uma parada inimaginável ao lado do ídolo da sua vida. Dei uma gargalhada sozinha quando Ivan entrou na sala repentinamente, querendo que eu o seguisse até perto do palco para resolver alguma coisa que eu ainda não tinha compreendido. Eu só concordei e fui. Estava ali para isso, não dava tempo de descansar ou fantasiar.

Mas por causa disso eu não consegui assistir à passagem de som, porque passei quarenta minutos ao lado do Ivan, na organização de vans para o dia seguinte, que seria o dia do show em si, convencendo-o de que era melhor adiantar um pouco o horário de saída do hotel porque, como já tinha avisado, teria trânsito nas redondezas. Ele não me escutava e fazia o que queria, mas eu tentei. Nada poderia sair do nosso controle. Como produção artística, nós ficávamos responsáveis por qualquer movimento que o grupo desse em solo brasileiro, e nunca, em toda minha curta carreira, organizar cronograma de vans tinha sido tão chato. Eu queria estar no palco, olhando tudo de pertinho! Tinha conseguido ouvir, de longe, as vozes do ONE conversando e testando microfones com algumas músicas de fundo, e era uma sensação familiar, como se fosse muito normal que eu estivesse vendo de perto o meu grupo favorito de K-pop. Eles davam ordens ao engenheiro de som, pediam para aumentar volume, diminuir luzes, entre outras coisas, e, embora eu estivesse focada no cronograma que estava organizando, às vezes minha cabeça viajava imaginando como estavam em cima do palco. Tão perto, mas tão distante de mim.

O resto do dia não foi tão cheio de novidades. Depois da passagem de som, levamos o grupo e a equipe estrangeira para passar a tarde em um restaurante sul-coreano famoso em São Paulo, porque o nosso orçamento para comida era bacana e tinha sido uma das exigências de quase todos os grupos de K-pop do festival: o contato com a comida nativa deles. Muitas vezes, um prato superdiferente e com outro tipo de paladar pode prejudicar a apresentação, inclusive se der alguma dor de barriga ou infecção alimentar. Já vi acontecer, e ajudar um artista passando mal enquanto ele precisa estar no palco não é nem um pouco legal, para nenhum dos envolvidos.

Balde de vômito e manta térmica, é só o que vou dizer sobre isso.

Os garotos do ONE acabaram comendo tanto que alguns deles dormiram na van em direção ao hotel, no fim do dia. Não deve ser fácil se divertir com os horários trocados, já que na Coreia do Sul é literalmente o oposto do horário daqui. Seis horas da tarde era como se fosse a hora de acordar, o que significava que eles já deveriam ter dormido em um dia normal.

Embora alguns tentassem, o sono na van não durou o bastante. Uma das coisas mais assustadoras que eu já vi aconteceu na porta do hotel. E até eu, que estava conversando com um dos *managers* sobre o *setlist* do show, esperando *spoilers* como quem não quer nada, acabei levando um susto.

A rua do hotel estava lotada de fãs dos grupos do festival e, embora os seguranças tenham tentado organizar todo mundo com certa distância da entrada, não conseguiram impedir que a van fosse chacoalhada e socada de todas as formas, como se fãs tentassem derrubar quem passasse por eles. Depois de um tempo ouvindo os gritos lá fora, percebi que eram fãs de vários grupos diferentes, querendo saber qual artista estava dentro das vans que chegavam por ali.

– Bando de crianças, elas não têm mais nada pra fazer da vida? – chegou a voz de Ivan, irritada, do banco da frente da van. – Bando de garota adolescente sem pai nem mãe, um absurdo. Eu mandaria passar por cima, isso, sim.

Olhei de relance para Dryele, que estava sentada perto de mim, e vi os lábios dela tremerem de raiva. Pela primeira vez, eu mesma quase dei um berro para dizer que ele, apesar dos fãs estarem errados naquele momento, só estava perpetuando um preconceito absurdo, como normalmente acontecia com tudo relacionado a entretenimento direcionado para jovens e mulheres. Eram sempre crianças, histéricas, escandalosas e imaturas. Um estereótipo que dificilmente era aplicado a homens adultos fãs de futebol, por exemplo, que às vezes se comportam de forma muito mais agressiva. E que também empurravam vans e ônibus. Vale a observação.

Eu só fechei os olhos e respirei fundo. Os meninos do ONE falavam entre eles, meio recuados no escuro da van, encarando o lado de fora lotado. Até que chegamos, com certa dificuldade, à entrada do hotel, e o veículo parou, cercado de seguranças, para que a gente pudesse sair.

– Já vi que podemos ter problemas esta noite, acho que todo mundo descobriu o hotel – disse Jack, assim que liberamos espaço e entramos com os artistas no hall, sob gritarias e flashes.

– Isso porque eles não sabem onde os maiores grupos estão, né? Porque BTS, EXO e MAMAMOO não estão aqui – falou Barbs logo depois, enquanto caminhávamos pelo saguão.

– Mas no hotel em que eles estão não tem nem como os fãs se hospedarem, parece que reservaram tudo para o festival. Para garantir – pontuou Dryele.

– Eu ouvi isso também – concordei.

– Bom, boa sorte pra gente – disse Danuzinha, com um sorriso cansado.

– É só ficar de olho se alguém tá com câmeras ou seguindo muito de perto – falei e estiquei os braços, bocejando, exausta do dia corrido.

Era o dia da Bruna ficar no saguão do hotel, e o resto de nós poderia tentar ter uma noite de sono, então não demorou muito para cada um ir em direção ao seu quarto. Admito que caminhei mais depressa do que o normal, torcendo mentalmente para que o rádio não apitasse e ninguém precisasse de mim pra nada. Eu só queria enfiar os pés, que ainda doíam dentro da bota, na água gelada e descansar.

Meu quarto não era grande, mas a cama de casal era macia e confortável, parte da beleza de estar num hotel chique. Eu me joguei sobre ela, pensando em tudo que estava programado para o dia seguinte, e sorri sozinha porque seria muito agitado, mas também o dia com que eu, como fã, sempre sonhei. Veria meus ídolos no palco, mesmo que não tivesse a experiência do público. Eu mal podia esperar para ouvir as minhas músicas favoritas ao vivo! Nem sei quanto tempo fiquei ali sonhando acordada. Eu nem conseguia mais fingir que estava brava com a Dryele por nos ter colocado responsáveis por Chan e June. Eu só tentaria aproveitar o máximo que podia. Eles dois mal tinham dado problema durante o dia, e eu cheguei até a estranhar que Chan nem tenha se aproximado de novo depois daquela vez no camarim.

Preciso admitir que meu orgulho estava um pouco ferido, na verdade. Bobo, né? Acho que tinha ficado mal-acostumada com as aproximações aleatórias dele, e, quando parei para olhar o teto e respirar com tranquilidade depois de um dia cheio, minha cabeça só conseguia pensar em todos os motivos que pudessem ter levado Chan a não querer mais falar comigo. E todos eram ruins demais para minha saúde mental.

A ansiedade tomou meu corpo novamente, e precisei respirar fundo algumas vezes pra não começar a chorar. Devia ser o cansaço junto, uma combinação nada bacana. Chan tinha zero motivo para conversar comigo desde o começo, e eu estava com muita autoestima para me colocar no papel principal da *fanfic* na minha cabeça. Eu literalmente não conseguia fazer um coque nos meus cabelos curtos e nem gostava tanto assim de café para me encaixar no clichê.

Entrei no banho cantando em voz alta meu sucesso favorito do ONE, sobre Peter Pan na Terra do Nunca, tentando me distrair, quando o rádio que estava em cima da minha cama apitou algumas vezes. Levei um susto e saí correndo do chuveiro, molhando parte do quarto.

– Isa, tá aí? Me chama aqui rapidão! – ouvi a voz da Bruna um pouco distante enquanto eu colocava os fones no ouvido, respondendo o chamado.

Olhei para o celular e percebi que já passava das 21 horas. Nem sei quanto tempo eu fiquei viajando sozinha, pensando mal de mim mesma e cantando até entrar no banho. Estava realmente exausta.

– Acabamos de tirar pelo menos duas garotas do hotel, que estavam seguindo alguns dos membros do ONE no bar, depois do jantar. O segurança levou um outro rapaz para a recepção porque ele estava com uma câmera grande demais na mochila, tô esperando resposta – disse Bruna, afobada, como se estivesse caminhando depressa. – Só para avisar mesmo, eu tô indo ajudar uma outra equipe porque teve algum problema com fã tentando entrar no quarto de algum artista, se alguém perguntar.

– Eu não sou sua chefe! – falei, soltando uma gargalhada ao perceber que estava sem roupa no meio do quarto.

– Eu me recuso a avisar qualquer coisa para o Ivan. Ele vai dizer que a culpa é minha.

– Você tá fazendo um ótimo trabalho, ele é um babaca ingrato!

– Eu sabia que podia contar com você, obrigada – riu ela. – Tem membro do ONE no bar ainda, então aguarde notícias.

– Vou é desligar o rádio, boa sorte!

– Vaaaacaaaaa...

Sorri sozinha ao largar o aparelho de volta na cama e corri para o chuveiro, que ainda estava aberto. Era uma experiência diferente estar hospedada no mesmo hotel que os artistas, porque a gente ficava mais alerta, como se precisasse mesmo trabalhar por 24 horas. Eu duvidava que conseguiria dormir mais do que na noite anterior, pra ser sincera. Estava cansada, mas a cabeça não parava de pensar em tudo que eu precisava fazer. Encarei a tatuagem do braço, igual à do Chan, quando vesti minha camiseta comprida de dormir e me sentei na cama, ainda com o cabelo molhado.

– Você podia ser um pouco menos bonito na vida real, cara – falei sozinha, me sentindo um pouco envergonhada logo depois, como se ele pudesse escutar. – Diabo de homem com um sorriso perfeito.

Sacudi a cabeça, como se fosse espantar a ideia idiota de falar sozinha, quando ouvi uma batida na porta. Eu não estava esperando por ninguém, e Dryele não viria ao quarto àquela hora sem avisar. Estranho. Dei um pulo da cama, correndo e abrindo bem pouco a porta pra espiar do lado de fora, porque eu estava literalmente usando só uma camiseta até o joelho, por cima da roupa íntima. A visão de Chan ali parado no corredor, olhando em volta e parecendo uma criança assustada, me fez franzir a testa e enfiar a cabeça para fora. Ele estava sozinho, mas a expressão corporal dele era preocupada.

– Oi, chefa, posso entrar? Por favor, rapidinho. Com urgência mesmo.

Eu pisquei algumas vezes e escancarei a porta para que ele passasse, achando estranho como Chan falou mais baixo, quase sussurrando. Ele podia estar perdido, com dor de barriga, bêbado, eu não saberia dizer.

O garoto passou por mim e mexeu os braços para que eu fechasse logo a porta, e eu fechei, ainda sem entender o que estava acontecendo. Tinha dormido enquanto falava sozinha, certo? Era bem a minha cara. Porque aquele momento ali não era possível nem que eu mesma estivesse escrevendo a história da minha vida.

– Desculpa interromper e aparecer assim de repente, eu...

Ele estava parado no pequeno corredor entre a porta e o resto do quarto, respirando fundo, usando um moletom muito largo e comprido, enquanto eu parecia paralisada, ainda com a mão na maçaneta.

– Eu tinha decorado o número do seu quarto e não consegui pensar em mais nada quando eu vi aquela... – continuou. – A garota e...

Ele começou a falar de forma apavorada sobre alguma *stalker* famosa que seguia ele por onde fosse havia anos, mas minha cabeça continuava repetindo a parte sobre ele ter decorado o número do meu quarto.

– ...e eu sei que você devia estar descansando, desculpa mesmo. Tentei ligar para o meu *manager*, mas ele deve estar dormindo, sei lá. Ele não atende. Eu não sabia para onde ir e se fosse para o meu quarto ela saberia onde é e...

– Tá tudo bem – consegui dizer, soltando a maçaneta, sem saber o que fazer exatamente.

Ficamos em silêncio por alguns segundos, e percebi que Chan, de repente, ficou vermelho.

– O que houve? – perguntei. – Você está machucado? Essa garota conseguiu chegar perto de você?

Ele negou, fechando os olhos. Eu me aproximei um pouco, preocupada, vendo ele dar alguns passos para trás e virar de costas, encarando um quadro genérico que tinha na parede.

– Você... tá sem calça – falou.

Senti um calafrio quando encarei meus próprios pés descalços com as unhas pintadas de preto e a camiseta branca comprida que eu estava usando como pijama. Apertei os olhos, sem saber onde enfiar a cara de tanta vergonha, e, segurando a barra da roupa, segui até a cama o mais rápido que consegui.

Chan deu uma gargalhada.

– Que bom que você não tá nada nervoso com o seu momento de perseguição – falei, cobrindo as pernas com o cobertor macio, sentada no meio do colchão.

– Eu juro que não vi nada.

Avisei que ele poderia virar, já que eu estava coberta, mas o garoto continuou parado longe de mim, encarando todo o quarto, curioso.

– É menor do que o meu, mas um pouco menos bagunçado.

– Eu não acredito que você tá reparando na bagunça do meu quarto de hotel...

Escondi o rosto entre as mãos, pensando que eu logo acordaria e nada daquilo seria real. Ouvi o barulho de Chan andando e mexendo nas coisas e só levantei o rosto quando o celular dele começou a tocar, de repente. O som era estridente, e ele me mostrou o visor, se aproximando um pouco da cama para que eu pudesse enxergar.

– É ela. Eu já bloqueei, já denunciei, já fiz de tudo.

O garoto respirou pesado, parecendo muito cansado e muito mais velho. Ele tinha 24 anos, e eu nem sabia o que já tinha passado na vida pra chegar àquele ponto. A gente nunca sabe, de verdade. Ao contrário dos momentos divertidos, ele ficou em uma posição recolhida e madura.

– Ela deve estar pelo corredor, tentando ouvir o toque pra saber onde eu estou – falou. – Não seria a primeira vez.

– Isso é assustador – comentei, vendo Chan desligar a chamada, mas o celular voltou a tocar logo depois. – A gente pode descobrir o quarto dela e pedir para o hotel...

– Não adianta, sério. Ela sempre dá um jeito.

Chan sorriu de leve, e eu mordi os lábios, preocupada de verdade. Eu nunca tinha visto algo assim em todos os meus anos como fã ou como produtora, mas a gente sabe que *stalkers* existem em todas as indústrias artísticas pelo mundo. Não temos ideia do que os artistas vivem no dia a dia.

– Se quiser, posso voltar para o meu quarto, eu não queria mesmo incomodar.

– Não – respondi, de repente, me assustando com o meu próprio tom de voz.

Ele também pareceu impressionado.

– Não – insisti. – Você não vai voltar lá pra fora sabendo que ela pode descobrir em qual quarto você tá ficando. Sem chances. Fecha os olhos só para que eu vista uma calça.

Em alguns minutos Chan estava sentado confortável na beirada da minha cama de hotel e eu, de pé, com uma calça de moletom, abrindo o frigobar para pegar água.

– Então... Eu sou seu membro favorito do ONE? Você pode admitir, sabe? Eu sou um dos mais populares do meu grupo!

– Tô morta de vontade de tatuar o nome do Marshmallow em cima das tatuagens que eu já tenho, só por esse comentário aí – brinquei, rindo soprado, ouvindo ele dar uma gargalhada.

Balancei a cabeça, pegando duas garrafinhas geladas.

– Por favor, a minha é com...

– Com gás, eu sei – completei, sem deixar ele falar. – E eu sei porque é meu trabalho, não porque eu sou sua fã.

– Claro.

– Claro.

Entreguei a garrafa para ele, vendo que Chan me observava de forma engraçada. Eu me encostei na parede logo na frente dele e bebi um gole da minha água. Não fazia ideia do que fazer ou falar naquela situação, minha boca estava seca. Não era nada perto do que eu já tinha imaginado. Minha parte introspectiva só queria entrar em um buraco, mas meu lado de fã tentava entender o que meu ídolo estava fazendo sentado na minha cama. Literalmente.

Que doideira.

– O que você quer saber? – perguntou.

Encarei o garoto, que tinha tirado o boné e mexia nos cabelos loiros desbotados.

– Eu?

– É, você não tem nenhuma curiosidade? Eu posso não ser seu membro favorito, se não quiser admitir, mas você tá me ajudando aqui e a gente precisa matar tempo. Tô te devendo uma. Pode me perguntar qualquer coisa sobre o Super Junior, Ateez, sei lá, sobre como são as meninas do Twice no *backstage* – falou, sorrindo. – *Spoiler*: elas são muito legais. Pode perguntar, sério. Sobre mim também.

– Não quero saber nada – menti.

Eu queria saber um monte de coisa, mas ainda lutava com a realidade da situação na minha própria cabeça. Já tinha mentido mais pra ele do que pra qualquer outra pessoa na minha vida, e a gente só tinha se falado umas quatro vezes. Não era uma relação muito saudável.

– Hummm... eu queria ter um rancho. Umas vacas, galinhas, nadar em cachoeiras – começou Chan, enquanto bebia a água. – Acampar e ficar em volta da fogueira, sabe? Eu gosto disso. Dessa sensação de liberdade de poder só... ficar sozinho.

– Eu odeio mosquitos – falei, de repente, porque imaginei a cena que ele estava descrevendo.

Mordi os lábios logo depois, envergonhada, vendo o rosto dele se acender num sorriso enorme.

– E quem gosta deles?

– Sapos? – retruquei, sem conseguir segurar a língua.

Chan arregalou os olhos e desatou a rir de forma escandalosa, quase derramando a água enquanto balançava os braços.

– Você é legal – falou.

Pensei em agradecer, mas minha boca tinha travado junto de todo o meu sistema nervoso. Chan ainda gargalhava, como se eu realmente fosse muito engraçada e... legal. O que estava acontecendo?

– Eu estava tentando falar com você o dia todo, mas juro que só vim até aqui porque me assustei mesmo. Não sou do tipo que invade a privacidade de ninguém, sei como isso é ruim – disse ele.

– Por quê?

– Por que invadir privacidade é ruim?

Ele franziu a testa, confuso. Eu neguei com a cabeça. Respirei fundo, cansada. Talvez a exaustão tivesse tirado momentaneamente a minha vergonha na cara, mas resolvi perguntar.

– Por que você tentou falar comigo o dia todo? Não faz sentido.

Eu me sentei no chão, com as costas ainda na parede, encarando Chan de frente.

– Ah...

Ele bebeu um gole, pensativo. Na mesma hora, me arrependi de ter aberto a boca e senti que poderia vomitar de nervoso.

– Você me ajudou no aeroporto, e eu só conseguia pensar em como não destratou os fãs naquela hora – falou. – Daí fiquei de olho. Em você – explicou, parecendo envergonhado. – Percebi que era meio calada e que estava tímida quando entrou no elevador com a gente. Daí eu vi as tatuagens e comentei com o June no quarto, ontem. E eu sei que não deveria incomodar quem tá trabalhando, sabe? Mas hoje cedo eu realmente estava curioso...

– Vocês falaram sobre mim – falei em voz alta, antes de perceber.

Não era uma pergunta, era uma constatação de que estava, oficialmente, ferrada. Nada daquilo fazia sentido. Eu nunca era notada daquela forma.

Chan balançou a cabeça, concordando.

– Falamos. Eu comentei sobre como você era bonita e tinha uns piercings maneiros, e o June não calou a boca a noite toda, foi insuportável. Nunca mais vou dividir o quarto com esse desgraçado, tô falando sério...

Encarei Chan, que continuava falando mal de June, sentindo um buraco aberto debaixo de mim onde eu poderia me enfiar e nunca mais aparecer. Ele realmente tinha dito que eu era bonita? Sem mais nem menos?

– ...e assim, eu acho que nunca conversei tanto com alguém que é minha fã sem que, bom... sem que a garota queira algo mais, sabe? Tipo beijar, essas coisas. Eu já beijei algumas fãs e foi isso, mas aí falei para o June que era diferente porque você tá trabalhando, e eu não tô aqui de férias, né? É diferente. Já beijei fã em festa, outras circunstâncias. E foi tipo duas vezes, acho. Eu não faço muito isso – Chan continuou, como se fosse a coisa mais normal do mundo abrir o coração e a vida daquela forma pra alguém que ele tinha acabado de conhecer.

Eu só conseguia encarar seu rosto, tentando entender o que ele queria dizer com aquilo tudo. Ele me achava bonita, certo? E estava falando sobre beijar? Na boca?

– E aí eu pensei que você tá só fazendo seu trabalho em acompanhar a gente e que não ia passar desses limites, né? – continuou. – Porque você não quer me beijar, né?

– Eu?

– É. Beijar, tipo, se a gente estivesse numa festa.

– A gente não tá numa festa.

Devo ter gaguejado um bocado enquanto respondia, porque, de repente, comecei a tremer e me sentir na quinta série de novo.

– Não estamos – concordou ele, sorrindo.

Era impressionante, diabo de homem bonito. Puta merda. Encarei a boca vermelha dele por alguns segundos, e ele provavelmente percebeu.

– Você quer me beijar? – perguntou de novo.

– Não – respondi no automático.

Chan sorriu, concordando.

– Não sei, eu não beijo assim – expliquei. – Ninguém pergunta sobre beijar desse jeito!

– Desculpa. Eu falo demais quando fico confortável.

Eu queria beijar o meu ídolo favorito? Nunca tinha pensado naquilo. A minha maior fantasia era ser melhor amiga dele, madrinha do casamento dele com alguma alma gêmea, sei lá. Nada de beijos. Eu não beijava sem motivo, sem relacionamento, sem ter alguma conexão com a outra pessoa. Eu nem tinha vontade de beijar!

Tudo estava muito confuso de repente. E quente.

Encarei o rosto dele, que parecia concentrado em mim por alguns instantes, e ele sorriu abertamente. Sorri de volta e, sem perceber, a gente tinha começado a rir. Uma risada meio boba que se transformou em gargalhadas tão altas que me preocupei da *stalker* ouvir do corredor. Doía minha barriga, mas eu nem sabia exatamente o que era engraçado naquela situação. Só ficamos rindo, com o absurdo que era a minha vida.

O celular dele tocou, e ficamos sérios, de repente, como se a realidade tivesse batido na nossa cara. Ele me mostrou o visor e, antes que eu percebesse quem era, atendeu. Levei um susto, achando que era a perseguidora, mas Chan berrou algo em coreano, limpando os cantos dos olhos que estavam lacrimejando de tanto que ele riu.

Tentei me recompor, bebendo toda a garrafinha de água na minha mão de uma vez. Ainda bem que aquela ligação tinha me salvado. Eu não fazia ideia do que faria depois que a gente parasse de rir. Assim era melhor, era mais fácil.

Mas, como sempre, eu estava errada.

Chan conversou por alguns segundos, tentando segurar o riso em resposta ao que estavam falando para ele do outro lado. Fez cara pensativa, respirou fundo, mordeu os lábios, e eu só percebi que estava observando demais a cara dele quando ele afastou o celular do ouvido e apontou para mim.

– É o seguinte, se eu te contar uma coisa você promete que não fala para aquele cara assustador que é o produtor chefe daqui?

– Eu nem quero falar nada para o Ivan. O que houve?

– June e Marshmallow querem fugir do hotel para ir ao McDonald's que tem aqui na esquina. Eles viram no mapa.

– COMO É?

Minha voz tinha saído um pouco mais alta do que normalmente, mas ele deu de ombros. Como os caras iriam fugir pela porta da frente se a rua estava lotada de gente? Seria um problema enorme! Meu papel principal como produtora era ter certeza de que voltariam vivos para a Coreia do Sul, sem partes do corpo faltando. Daquele jeito não ia dar certo.

– Mas e os fãs lá na porta? – perguntei, com a voz fraca.

– Sei lá, a gente é mestre do disfarce! Você tem alguma ideia melhor?

– Pedir delivery?

– Os caras querem sair de qualquer jeito.

Mordi os lábios, pensativa. Levantei do chão, indo até a pasta em que eu guardava todos os documentos referentes ao festival. Que loucura eu ia fazer?

Parei por alguns segundos, encarando Chan, que estava animado, cheio de expectativas, e avaliei minhas opções. Ou eu arrumava um jeito de ajudar os três naquela fuga, ou iriam fugir de qualquer jeito, mas sozinhos. Das duas formas, eu poderia perder o meu emprego e ser conhecida como a produtora mais irresponsável da cena. Pelo visto, convencer os caras de que não era uma boa ideia não iria rolar. Que eu, então, usasse minhas habilidades de produção para que nada de ruim acontecesse, e a gente não fosse descoberto.

Puxei o meu celular, pensando, de repente, na lista de vans que eu tinha organizado mais cedo. O telefone de um dos motoristas que já tinha trabalhado comigo estava salvo ali e liguei para ele sem pensar duas vezes. Estava tremendo, mas daquela vez era com a sensação divertida de estar fazendo algo errado.

Eu nunca fazia coisas erradas, aquilo era esquisito demais.

– Boa noite, Seu Pedro? Você tinha disponibilizado um carro reserva de passeio para amanhã cedo, certo? Ele já tá no estacionamento interno do hotel?

Eu só conseguia pensar que Dryele nunca iria acreditar em mim. Não acreditaria no papo de beijo no meu quarto de hotel, nem no fato de que eu tinha levado três ídolos de K-pop famintos ao McDonald's no meio da noite, às escondidas de todo mundo. Que tinha feito eles deitarem nos bancos do carro para não serem vistos na rua, que eu tinha dirigido para eles e até cantado pneu depois de deixar o carro morrer por mais de uma vez. Eu estava nervosa, quem não estaria? E que, por mais que tentassem me incluir nas conversas aleatórias (rolou uma discussão acalorada se teria hambúrguer de coxinha e pão de queijo no McDonald's, e a decisão pelo lanche certo não foi difícil, já que eles queriam o especial do BTS), Chan, June e Marshmallow pareciam só três garotos muito felizes por fazerem algo simples, como comer um hambúrguer.

– A gente nem pode fazer muita coisa normalmente sem sermos descobertos ou sem ter pessoas seguindo nossos passos – me disse Marshmallow, o mais velho do ONE, em certo momento.

Ele era muito fofo e atencioso, ajudando os outros dois como uma figura quase paternal.

– Eu tô bem animado com a possibilidade de ninguém saber que estamos aqui – completou. – É libertador.

– A gente começou nessa vida bem cedo – concordou June.

– Não conta nada disso para o Jun, chefa, ele iria matar a gente – Chan falou, vendo os outros dois rirem.

A verdade é que a noite inteira pareceu um grande sonho que eu não tinha sido preparada para realizar. Um sonho que nem sabia que tinha! Que eu aguentei quietinha, com olhos de águia para qualquer pessoa que se aproximava. Só consegui relaxar quando deixei os três nos seus quartos do hotel e voltei para minha cama, exausta, caindo no sono logo em seguida.

Só no dia seguinte, com Dryele do meu lado no saguão, a ficha caiu que tudo tinha realmente acontecido.

– Meu Deus, meu Deus, meu Deeeeeeus... eu quebrei um tanto de regra! Puta merdaaaa...

– Amiga, eu tô cagando para a informação do McDonald's. O garoto perguntou se você queria beijar? Na cara dura? – questionou minha amiga, chocada, enquanto eu balançava a cabeça, depois de ter contado tudo de que me lembrava para ela.

– E até cogitei! Eu nem gosto de beijar, você sabe, mas daí fiquei pensando se beijava só para ser rebelde mesmo – disse, e ela arregalou os olhos – Mas óbvio que não fiz nada. No fim das contas, ainda continuo sendo eu, né?

– Isabela, eu não estou crendo nessa quantidade de informação. Você tem certeza de que não sonhou com nada disso, né? Que não ficou a noite toda lendo *fanfic*? Não seria a primeira vez.

Revirei os olhos e mostrei o dedo do meio para Dryele, que ignorou o fato de que Danuzinha e Barbs estavam nos chamando pelo rádio.

– E quando estavam no McDonald's ele não falou mais nada? O assunto morreu?

– Sobre o beijo, morreu, mas ele ficou muito perto de mim. Do tipo, quando eu estava escolhendo o que comer, ele parecia uma árvore do meu lado, sabe?

– Achei romântico.

Ela sorriu me vendo negar fervorosamente.

– Foi só confortável – corrigi. – Acho que ele ficou confortável comigo, sei lá por quê.

– Porque ele queria te beijar!

Encarei minha amiga, pronta para falar alguns palavrões, quando Danuzinha chamou a gente de novo.

– Uma das vans já foi para o festival, tá faltando alguns dos meninos do ONE aqui fora. Sabem onde eles estão? O Ivan tá furioso porque o mapa diz que a gente vai chegar mais tarde do que deveria, tá falando que a gente tinha que ter saído mais cedo!

Por dentro eu só pensava que, sim, eu tinha avisado a ele.

Puxei meu celular para verificar as horas, e percebi Chan se aproximando de nós duas, acenando. Dryele piscou para mim, e eu só queria chutar a canela da minha amiga, quando o garoto passou o braço pelo meu ombro. Como eu tinha dito, confortável. Ele usava uma máscara preta que cobria seu nariz e sua boca, e os cabelos estavam presos num boné de marca. Era o dia do show, o mais esperado por todo mundo, e eles iriam se arrumar assim que chegassem ao camarim do festival. Provavelmente, não queriam que os fãs que fossem encontrar no caminho tirassem fotos deles sem maquiagem.

– Não vi vocês duas no almoço, achei que tinham abandonado a gente – disse Chan, calmo, como se ele não estivesse atrasado.

Ou me abraçando. Literalmente encostando em mim.

– Estávamos ocupadas – disse Dryele.

Ela me encarou, enquanto eu ficava paralisada, sem conseguir mexer um músculo, com os braços de Chan ao redor dos meus ombros. O cara era cheiroso demais, por que fazia aquilo comigo?

– Tu não acha que demorou muito para descer, não? – perguntou ela. – O June já tá na van há alguns minutos!

– O idiota nem me chamou! Eu perdi a hora porque estava fazendo uma música nova, o que é justificável. A inspiração não espera, chefa.

Chan me encarou, e eu puxei o braço dele para que parasse de me abraçar. O garoto riu.

– Se querem saber – explicou –, Yang e Soo ainda não desceram porque estavam fazendo música também. Só a motivação que foi diferente.

– Eu espero que a sua não seja fugir do hotel em outro país, a gente tem um combinado aqui de levar a noite passada para o túmulo – falei, apontando o dedo para ele, que deu uma gargalhada.

Vimos Yang e Soo aparecerem correndo no saguão se inclinando de longe, já pedindo desculpas pela demora.

– A inspiração definitivamente tem a ver com a noite anterior, mas não com a fuga em si – disse ele, mais baixo, com uma piscadela.

– Chan, você nem brinca, puta merda...

Esse papo seria a desgraça da minha saúde mental, certamente.

– Não fica vermelha, vão achar que você tá flertando comigo! – disse o garoto em um tom irônico, tirando o boné e mexendo no cabelo, abraçando Soo do mesmo jeito que tinha feito comigo antes.

Encarei Chan, apavorada com a cara de pau dele e tentando me lembrar se era assim que os fãs descreviam a personalidade do ídolo nas redes sociais e nas *fanfics*. Ele era mais falante do que eu nem tinha sequer imaginado! Bonito e divertido, mas muito cara de pau!

– Nossa, Yang, você agora é meu membro favorito no ONE – falei alto, apontando para o garoto, que levantou os braços como se comemorasse uma vitória.

Seguimos andando até a saída principal do hotel, onde o resto da equipe estava nos esperando.

– Você vai tatuar meu nome no lugar dessas tatuagens iguais às do Chan aí?

Chan caiu na gargalhada, acenando para os fãs que estavam do lado de fora, sem saberem de nada do que acontecia, separados por fitas e seguranças. Olhei para Yang, derrotada, vendo ele rir também e pedir desculpas pela brincadeira.

Eu não iria sobreviver até o dia seguinte para colocar os caras dentro do avião para a Coreia do Sul. Eles voltariam inteiros para casa, mas eu já não podia garantir o mesmo sobre mim.

O *backstage* estava uma correria, com grupos se arrumando, colocando microfones, subindo no palco, produtores correndo para todos os lados, blogueiros e famosos fazendo entrevistas, e os seguranças tentando entender o que estava acontecendo. Apesar de tudo, sentia que era exatamente toda aquela zona que fazia eu me sentir viva, feliz. Respirei fundo, sorrindo, vendo de longe os meninos do ONE terminarem suas maquiagens no camarim, enquanto Jack se aproximava.

– Eu acabei de esbarrar com a Hwasa, e eu acho que estou tendo um infarto.

– Se eu não morri até agora, você vai sobreviver.

Sorri para o garoto, que respirava fundo, de forma dramática.

Bruna chegou perto da gente com duas pessoas bem-arrumadas. Um deles eu reconheci como Kevin, blogueiro famoso de um site chamado Ko Ko Blog, que iria entrevistar os meninos do ONE dali a pouco. A outra era uma garota linda, que descobri se chamar Aniké, também jornalista, que falaria com o grupo logo depois. Pedi para que aguardassem do lado de fora e entrei no camarim, fechando a porta atrás de mim e de Jack. Chan, que estava de maquiagem feita e arrumado para a apresentação, me chamou.

Eu não vou dizer que não fiquei abalada com a perfeição que era aquele cara vestido para o palco. A roupa daquele conceito como grupo era de couro, em tons escuros, com vermelho, azul e amarelo, e Chan usava uma blusa de gola alta, listrada, com os cabelos bagunçados e uma maquiagem perfeita. Era lindo. Pisquei os olhos algumas vezes enquanto chegava perto dele e cheguei a ficar sem ar porque era surreal demais.

– Chefa...

– Hum? – foi a única coisa que consegui dizer, ouvindo ele falar comigo em um tom mais baixo para que ninguém mais ouvisse.

Os outros membros estavam ocupados se arrumando, fazendo aquecimento de voz e se alongando. Um deles treinava palavrões em português, e eu não ia me meter naquilo.

– Eu queria um daquele McDonald's de ontem.

– Vai ficar querendo.

Chan fez uma cara horrorizada pra mim, e eu mesma arregalei os olhos com o que tinha falado. Que intimidade era aquela? Ele apontou o dedo, abrindo a boca.

– Eu deveria ter os meus pedidos realizados aqui!

– Eu não sou o gênio da lâmpada! E você vai ter dor de barriga no palco!

O garoto me encarou por alguns segundos e deu um sorriso enorme, fechando os olhos com força e jogando a cabeça para trás numa gargalhada silenciosa. Eu sorri também, fingindo ver a hora no meu celular para me distrair e não cair em nenhuma armadilha ali. Bruna bateu na porta e perguntou se estavam prontos para as entrevistas.

– Para de namorar aí e me ajuda a limpar a mesa – disse Jack, piscando, fazendo com que eu ficasse muito vermelha e perdida.

Ele ia se ver comigo depois!

Chan se levantou e puxou a cadeira dele para perto das dos outros membros do grupo.

– Se você não parar de ficar vermelha, todo mundo vai achar que tá dando em cima de mim – concluiu Chan, ainda sorrindo, bem cafajeste.

– Esqueceu que eu sou a maior fã do Yang que já existiu? – retruquei.

Coloquei a língua para fora de forma imatura, vendo Chan apontar para a própria tatuagem, devolvendo o gesto infantil. Dei uma gargalhada, enquanto os membros do ONE se organizavam para serem entrevistados, e saí do camarim, ouvindo Ivan me chamar pelo rádio.

Caminhei em direção aos fundos do palco, onde tudo estava mais barulhento e agitado, vez ou outra abrindo caminho para *roadies* empurrando caixas ou fios. Eu me sentia de bom humor por já ter começado o dia olhando para a cara bonita do meu ídolo favorito, mas Ivan estava disposto a estragar tudo.

– Eu avisei para minha *staff* que era para a gente ter saído mais cedo do hotel por conta do trânsito! Ela nunca me ouve, é uma pirralha – ouvi, de repente, enquanto me aproximava, sem ser vista, de onde meu chefe estava com outros produtores, alguns da equipe sul-coreana, e chefes do evento. – Não é a primeira vez que ela faz merda, a minha equipe foi muito mal escolhida. Vocês deram sorte com a de vocês.

Senti meu corpo começar a tremer, sem conseguir acreditar naquilo. Fechei os olhos com força e respirei, contando até três, porque já tinham me dito que fazia a ansiedade dar uma leve melhorada. Não funcionou. Senti vontade de vomitar, sem conseguir me mexer. Ivan continuou contando mentiras, tentando livrar a cara dele e tirar onda com outros produtores, até que dei alguns passos e caminhei para o lado oposto ao do palco. Eu não ia aguentar ficar ali e me fazer de sonsa. Algum grupo estava terminando a apresentação, o público começou a gritar muito alto, e eu só conseguia pensar que nada daquilo estava certo. Que não era para ser assim. Eu fazia meu trabalho com muito respeito para ouvir aquele tipo de coisa. Era para ser um dia especial.

Continuei caminhando, sem conseguir prestar atenção aonde estava indo, quando me percebi no meio da multidão de fãs, do outro lado da barricada. Encarei pessoas de todas as idades usando camisetas de grupos de K-pop, segurando *lightsticks*, balançando faixas e cartazes que tinham preparado para o grupo que ainda estava no palco. Pessoas diferentes e únicas, que, assim como eu, encontraram no K-pop um lar, um espaço para não ter medo de existir. Alguns deles choravam de felicidade, cantando sem acompanhamento o refrão da última música enquanto as luzes todas se apagavam, e os gritos tomavam conta do festival.

Era um dos meus momentos favoritos da vida. Aquele em que os fãs agradecem os artistas, no escuro, pela troca de amor e companheirismo. Em que os fãs gritam, choram, se abraçam e recapitulam cada segundo na mente, para garantir que foi tudo real. Um dos momentos mais bonitos e honestos entre o artista e o público. Aquela conclusão de que algo incrível acabou de acontecer e de que a vida nunca mais vai ser a mesma.

Duas adolescentes se abraçaram logo na minha frente, enquanto choravam copiosamente vendo as luzes do palco se acenderem de leve, indicando que o show realmente tinha acabado. No telão, propagandas do festival, de marcas parceiras e do próximo artista que subiria no palco, o ONE, sendo recebido com gritos da plateia. As duas garotas continuavam abraçadas. Senti que minha respiração estava mais curta e notei que estava chorando junto delas, com muitas lágrimas que já tinham molhado toda a gola da camiseta. Eu sentia uma mistura de um amor tão grande com muita felicidade, como se meu peito explodisse sem aguentar tanta magia. Foda-se o Ivan. Aquilo ali era importante. A felicidade de quem estava ali, do outro lado da barricada. Era para isso que eu estava trabalhando tanto, no fim das contas.

– Você tá bem? Quer uma água? – falou uma senhora perto de mim.

Olhei para a mulher, agradecida, secando as lágrimas do meu rosto e negando educadamente. Aquele momento tinha me trazido de volta à realidade, lembrando o mesmo gesto feito pelo Chan no dia anterior. Mas também me lembrava que eu provavelmente estava atrasada para organizar a subida ao palco do grupo junto da minha equipe. Agradeci e saí correndo o mais rápido que eu podia, passando pelos seguranças e indo em direção aos fundos do palco.

Ainda segurando o resto de choro, encontrei Dryele alarmada com o rádio na mão.

– ...não encontrou? Onde ele pode ter se metido? Cadê a...

Ela me olhou e arregalou os olhos, se aproximando. Minha amiga tinha amarrado as tranças em um grande coque em cima da cabeça, que parecia uma coroa. A pele negra dela reluzia com as luzes fracas do *backstage*. Era uma das mulheres mais bonitas que eu já tinha conhecido.

– Isa? – perguntou. – Onde você estava? A gente tá atrás do Chan faz algum tempo e nada de ele aparecer, o grupo tá pronto para subir no palco e... *Você estava chorando?*

– O quê?

Arregalei os olhos com o que ela tinha dito. O Chan tinha sumido?

– Quem te fez chorar? Foi o bosta do Ivan, né? Ele estava falando merda quando cheguei perto e...

– O Chan sumiu?

– Você por acaso não sabe onde ele tá, né? Ele saiu do camarim depois da última entrevista dizendo que ia atrás de você.

– De mim? Ele tá doido? Todos os outros estão prontos?

Mordi os lábios, puxando meu celular para ver as horas. Faltavam menos de cinco minutos para que eles se posicionassem.

– Sim, só falta ele.

Avisei que faria uma busca, já que era basicamente nossa responsabilidade estar com ele e June. Até me esqueci de que estava chorando segundos antes. O que o Chan tinha na cabeça para desaparecer assim? Para ir atrás de mim? Passei por onde o resto da equipe estava e ouvi Ivan gritando que era nossa culpa, que eu tinha distraído o garoto.

– Estava mais preocupada em se mostrar para o coreano lá do que em trabalhar!

Eu não parei para terminar de ouvir, mas senti a bile na minha garganta enquanto apressava o passo para perto dos camarins. Minha cabeça estava em uma mistura de raiva e tristeza, e eu só não voltei a chorar porque o medo de ter acontecido algo com o Chan era maior. Onde o garoto tinha se metido? Por que diabos ele tinha ido atrás de mim? Era minha culpa mesmo, né?

Só conseguia pensar que eu tinha causado tudo aquilo. Que tinha dado ouvidos às brincadeiras dele e que tinha deixado minha falta de juízo falar mais alto ao me envolver numa amizade repentina com alguém que deveria ser só parte do meu trabalho. Minha responsabilidade. Merda. Por que eu precisava ser idiota àquele ponto? Me iludindo que estava tudo bem, que tinha maturidade para fazer tudo direito.

Bati em alguns camarins que estavam fechados, perguntando aos produtores se tinham visto o ídolo do ONE por ali. Não tive sorte nas primeiras tentativas, e o *backstage* estava a maior bagunça com o fim do último show, cheio de fotógrafos e produtores andando de um lado para o outro. Esbarrava em algumas pessoas e pedia desculpas, mas seguia em frente, na multidão. O ONE não seria o último grupo do dia, e vários outros artistas caminhavam livremente pelo espaço, rindo, comendo e aquecendo a voz.

No meio disso, ouvi uma gargalhada.

A *gargalhada*.

Palmas e risadas, tudo misturado.

Parei onde estava e dei uma volta inteira, olhando para todos os grupos de pessoas que estavam por ali.

– Chefa! Oi, chefa! Eu estava atrás de você!

De repente, Chan apareceu na minha frente, saindo do meio de uma roda de outros ídolos de K-pop. Alguns que eu estava vendo ao vivo pela primeira vez, embora não fizesse diferença naquela hora. Chan vinha sorrindo abertamente, animado, como se nada estivesse acontecendo.

Nem falei nada. Se abrisse a boca, provavelmente começaria a chorar, e era a última coisa que eu poderia fazer, pela minha integridade física.

Agarrei o pulso dele e o puxei no meio das pessoas, apressando o passo para ver se ele me acompanhava. Chan tentava falar comigo, chamar minha atenção, mas seguiu o ritmo que eu tinha dado para nossa quase corrida até os fundos do palco. Quase corrida porque as pernas dele eram duas vezes maiores do que as minhas e aquela conta não iria bater.

– Eu fiz alguma coisa errada? Que horas são?

Não respondi, só continuei puxando seu braço até próximo da lateral do palco, quando ele, de repente, trocou a ordem e me empurrou para trás de uma pilha de *cases* fechadas.

– Você tá atrasado! Eu tô atrasada! Chan, pelo amor de...

– Você tá chorando?

Eu estava chorando? Tinha ouvido aquilo com muita frequência para um só dia. Com a mão que não estava sendo segurada por Chan, encostei na bochecha e limpei as lágrimas que estavam caindo. Droga.

– É tudo culpa minha! Você vai levar esporro da sua produção e é tudo culpa minha!

– Como um erro meu é culpa sua?

Ele enrugou a testa, abaixando um pouco para ficar na altura dos meus olhos. Estava um pouco escuro, mas algumas luzes iluminavam diretamente o rosto bonito dele, e eu não entendi o que estava vendo. Ou sentindo.

– Eu não fui profissional, e você acabou indo atrás de mim e...

– Como assim não foi profissional? – perguntou ele e virou o rosto levemente de lado, sem entender. – Eu estava ali agora falando com os garotos do outro grupo de como a minha produção tinha me deixado confortável em todo momento e de como isso é raro no meu trabalho. E foi graças a você.

– Chan...

– Eu saí do camarim para te procurar porque não queria subir no palco sem antes... agradecer. Eu não... não estava bem antes de vir para o Brasil. Nada bem. Nadinha mesmo. Eu pensei várias vezes em desistir do meu sonho, sair da empresa e entrar logo no exército, para ficar bem longe de tudo.

Ele falou alto o suficiente para que eu ouvisse por cima dos gritos dos fãs do outro lado, com alguma coisa que apareceu no telão. Meu rádio apitava sem parar, e eu não segurava mais o choro. O que estava acontecendo? Como tinha chegado àquele ponto?

– Eu cheguei a falar para o June sobre esse ser o meu último show com o ONE – contou.

– Você nem brinca com uma merda dessa! Tá maluco? – foi a única coisa que consegui dizer.

Num momento como aquele, começar a berrar com meu ídolo favorito era a pior coisa que poderia acontecer. Mas Chan sorriu de forma carinhosa, mostrando os dentes.

– Eu não vou desistir de nada, chefa. Acho que fiquei tão feliz vendo as suas tatuagens iguais às minhas e como você abriu mão do seu trabalho por algumas horas para levar a gente para comer... Parece simples, mas não vou me esquecer disso. Era exatamente do que eu precisava.

Ele abaixou um pouco mais e soltou meu pulso.

– Obrigado – falou.

Pisquei algumas vezes, absorvendo o que ele tinha dito e acabei chorando um pouco mais do que deveria, igual uma pateta. Ele sorriu, passando a mão na minha cabeça de forma educada e carinhosa.

— Você aí com essa raiva toda de mim, imagina se tivesse me beijado? Já teria me dado um murro uma hora dessas.

Cobri a boca com a mão, contendo a gargalhada repentina, e foi um dos sentimentos mais esquisitos da vida. Felicidade, incerteza, medo, ansiedade, raiva, culpa, mas um monte de gratidão. Um monte mesmo. Ele sorriu junto comigo e piscou, se ajeitando e encarando o palco.

— Vamos, porque eu consigo ouvir seu rádio apitando daqui.

Mexi a cabeça, secando as lágrimas, vendo ele apressar o passo para onde o resto da equipe estava. Fui atrás, ainda tremendo, me sentindo mais viva do que nunca. Eu não fazia ideia do que tinha acontecido.

— Você não atende a porra do seu rádio? Incompetente, tinha que ser uma garota fã desse lixo de música, o que você sabe sobre trabalho? — berrou Ivan, se aproximando, enquanto um produtor da equipe sul-coreana colocava o microfone no Chan, ao meu lado.

Os outros meninos do grupo estavam posicionados mais à frente, perto da lateral iluminada do palco. Vi Dryele e Jack em um canto, me encarando com os olhos arregalados, e a voz de Bruna no meu ouvido falando que nada disso era minha culpa.

Respirei fundo, vendo Chan se aproximar, deixando a caixa do microfone que estava no bolso da calça cair, apontando o dedo na direção de Ivan. A expressão do rosto dele não era nada feliz. Estiquei o braço, fazendo ele parar onde estava, e me virei para o meu chefe.

Era isso. Se meu ídolo podia fazer aquilo, eu também poderia. Eu não aguentava mais. Não estava trabalhando havia anos, ganhando uma miséria, enquanto produtores como ele levavam todo o crédito, para passar por esse tipo de humilhação.

Eu me virei de frente para Ivan, assim que ele acabou de berrar alguma coisa sobre supostos erros que eu estava cometendo, e respirei fundo novamente.

– Ele não é "o coreano", ele tem um nome – falei alto.

Ivan fez uma careta, confuso.

– Do que você tá falando?

– Você disse que eu "estava preocupada em me mostrar para o coreano". Ele tem um nome.

– E eu com isso?

– Pessoas como você são o motivo pelo qual pessoas como eu acabam não acreditando no próprio trabalho. Você não é o único, acredite, o mundo é feito de homem escroto, igualzinho! Eu sou uma garota, sim. Sou nova, sim. Sou fã de K-pop? Sim, também. Mas nada disso é o suficiente para o meu profissionalismo entrar em pauta e nem te dá motivos para ser grosso e ignorante comigo o tempo todo.

Apontei o dedo para Ivan, que arregalou os olhos. Minha voz estava trêmula, e eu sabia exatamente de onde estava saindo toda aquela coragem.

– Quem não é profissional aqui é você – falei. – Xenofóbico de merda.

– Como é?

Ele pareceu chocado demais para falar qualquer coisa.

– O "lixo" do K-pop, como você disse, salva a vida de um monte de gente, todos os dias. Desserviço do caralho ter você numa produção como essa. Enfia sua arrogância no cu. Agora, sim, eu não tô sendo profissional, anotou?

Eu me virei de costas, com as mãos tremendo e ajudei Chan a pegar a caixa do microfone, que estava no chão. Ele sorriu para mim, vendo que meus lábios estavam trêmulos, e passou a mão novamente pelo meu cabelo, me entregando a garrafinha de água que a produtora tinha dado a ele.

– Não faço ideia do que estavam falando, mas estou orgulhoso de você. Foi assim que eu criei meus fãs! Eu não tinha dúvidas de que o nosso *fandom* era o melhor, mesmo do outro lado do mundo!

Chan piscou na minha direção, olhando feio para onde Ivan ainda devia estar, logo atrás de mim, e seguiu, finalmente, a *staff* da equipe sul-coreana até onde os outros membros de grupo esperavam, já no escuro do palco, com uma contagem regressiva rolando.

Sem me virar para trás, apressei o passo até a lateral, de onde dava para ver toda a imensidão do público, que gritava e acendia as luzes de milhares de *lightsticks* e celulares, na primeira nota da música do ONE que começou a tocar.

Sorri sozinha. Estava tremendo, sabia que podia ter perdido meu emprego e qualquer chance de trabalhar na indústria no futuro, mas eu não faria nada diferente. Chan estava certo. Nosso *fandom* foi forjado em uma luta constante para ser respeitado, e eu nunca mais iria me esquecer daquilo. Eu não estava ali só por mim. Era por todo mundo que estava gritando, lá do outro lado.

Ouvi um berro atrás de mim, e a mão de Dryele no meu ombro, me fazendo rir e esconder meu rosto entre os dedos.

– GAROTA, VOCÊ É A INSPIRAÇÃO DA MINHA VIDA!

A voz de Danuzinha soou nos meus ouvidos, pelo nosso canal do rádio:

– Obrigada por representar toda a nossa equipe naquele momento!

– ARRASOU, PORRA! – berrou Barbs também, fazendo Kel gritar qualquer coisa que eu não consegui ouvir.

– Cuidem deles amanhã no aeroporto porque eu devo perder o meu emprego ainda esta noite! – falei no microfone do rádio, ouvindo Danuzinha negar fervorosamente.

– A Érica, chefe geral de produção do Kpopalooza, estava do meu lado enquanto você gritava e ouviu tudo – disse, animada. – Confia em mim, o Ivan tá quietinho fingindo que nada aconteceu. Teu emprego tá seguro, Isa. O dele, eu já não posso garantir...

— A gente pode beber *soju* enquanto trabalha? Essa música é boa demais, tô na *vibe* de comemorar! – perguntou Bruna no rádio, fazendo todo mundo rir ao mesmo tempo.

— Comemora depois que a gente entregar os caras vivos no aeroporto amanhã cedo – respondeu Dryele no rádio, ao meu lado. – Tô confiante que desta vez a gente não esquece ninguém no hotel.

— Isso foi um *shade* para mim, né? Naquele evento estava tudo dando errado, não foi minha culpa e... – começou Jack, mas eu tirei o fone do ouvido, encarando o palco e a multidão de fãs do outro lado, sorrindo.

Os meninos do ONE dançavam e cantavam, ao vivo, me fazendo cair na realidade de que estava assistindo de perto ao meu grupo favorito de todos os tempos. Fiquei arrepiada. Eu ainda não conseguia acreditar e senti meus olhos se encherem de lágrimas quando a primeira música terminou e o público, em resposta, gritou o *fanchant*, um grito de guerra entre os fãs, todo em coreano. O choro ficou preso na minha garganta, me sentindo mais agradecida do que nunca por estar exatamente onde eu deveria estar. Fazendo o que realmente amava.

— *Vamos nos amar! Eu amo vocês!* – disse o líder, Jun, ao microfone, em português.

Foi o suficiente para que eu deixasse as lágrimas caírem, sorrindo, sabendo que o público estava chorando junto. Como se fôssemos um só.

Ser fã era muito maior do que eu. Nunca me senti tão em casa.

Era exatamente o trabalho que eu queria fazer pelo resto da vida.

Agradecimentos

Se você está lendo isso, significa que realizei o grande sonho de publicar meu primeiro livro! E, como todos os sonhos, este não seria possível sem uma mãozinha amiga. Meu eterno agradecimento à Babi por me chamar para este projeto e à Érica e à Lyu, autoras maravilhosas que admiro muito. À Flavia Lago, nossa querida editora, que mergulhou de cabeça no mundo do K-pop com a gente. E, é claro, a toda equipe que trabalhou nos bastidores para dar vida a este festival! Thainá, obrigada por me ajudar com as referências emo. Sem você, a Becca não seria a Becca! À minha mãe, que aturou meus surtos e foi a primeira pessoa a viver o Kpopalooza através da leitura. E, finalmente, aos meus amigos e leitores queridos que me acompanham e sempre me incentivam a viver através das histórias. É clichê, mas é verdade: sem vocês, nada disso seria possível!

Pamo

Já que esse é um livro escrito por mulheres, com protagonistas femininas e enaltecendo o girl power, nada mais justo do que eu focar esse agradecimento às mulheres que passaram pela minha vida - próximas ou aspiracionais – e que me ajudaram a moldar quem sou hoje. Às minhas mães e madrinhas (Doralice, Darci, Kelly e Adriana,) pelo amor, educação e orientação em todos os momentos; às mulheres pretas que são parte da minha rede de apoio (Patty Durães, Mafoane Odara, Carol Gomes, Keké Pellegrini e Stella Chidozie) pelo acolhimento, a partilha, e pelo axé que vocês me dão, mesmo que indiretamente; à CL – mesmo que ela nunca vá ler isso – por me puxar para o mundo do K-Pop com seu talento e autenticidade, e continuar a me inspirar 10 anos depois; às artistas que fizeram parte da concepção desse livro (Ing Lee, Stephanie Kim e Paty Baik) pelas trocas sinceras, a identidade visual incrível, a leitura sensível e a certificação de que as vozes e o trabalho de pessoas asiático-amarelas tivesse espaço, e que a cultura sul-coreana fosse respeitada.

Tem muito de mim na Aniké e eu não poderia escolher narrativa melhor pra estrear na ficção, então vou ser obrigada a me agradecer também por não ter desistido desse projeto maravilhoso quando a vida estava difícil. Persisti na esperança que outras "Anikés" pudessem ler, se identificar e saber da força que vocês têm.

Babi, Pamo e Lyu: obrigada pela paciência (e pela impaciência também).

É isso. Ouçam Monsta X.

Éri

Nossa que emoção poder escrever isto! Significa que deu tudo certo, né? Ain, tomara!

Eu sou grata à Babi por ter me convidado para este projeto e por ter acreditado em mim. Agradeço também à Érica, à Paloma, à Flavia e à Stephanie Kim por serem tão incríveis! A esta editora que me tratou tão bem desde sempre! Eu dei tanta sorte de logo de cara me deparar com pessoas tão boas pra mim, de verdade, só sei agradecer. Obrigada também a cada um que leu meu conto antes de ser publicado e me ajudou dando dicas, opiniões!

Um obrigada especial às minhas amigas: Natalie, Bianca, Ana Carla e Isabely, por me apoiarem em todos os momentos difíceis e também nos de felicidade.

E um obrigada duplamente especial a todos os meus leitores, que me acompanham no mundo das *fanfics* e sempre me mandam mensagens de carinho e boas energias. Meu sonho não faria sentido nenhum sem vocês!

Por fim, obrigada por lerem minhas palavras aqui também! Espero ver cada um de vocês em mais páginas por aí. Beijos da Senhorita Love You.

Lyu

Quando pensei neste projeto, a ideia sempre foi poder compartilhar com pessoas incríveis e de quem eu mesma sou fã – e, por isso, meu grande obrigada vai para Éri, Lyu e Pamo, que toparam entrar nessa comigo e que são minhas *idol* favoritas da vida real! Trabalhar com vocês tem sido um enorme prazer! Obrigada à editora Gutenberg, que entrou de cabeça no projeto, e à Flavia Lago por todo o carinho e apoio. Obrigada à Stephanie Kim, que fez uma capa linda e abraçou a ideia com a gente! Somos fãs, e poder dividir nosso livro com a Steh foi incrível pra todas nós. Um enorme obrigada, também, aos meus leitores beta, que corrigiram até a pontuação da minha história antes de enviar pra editora – sim, isso foi pra você, Clarissa, haha. Obrigada! Meu amor é todo de vocês, e vocês sabem disso! Isa, Dryuelley, Bruna, Danuzinha, Kel, Barbs e Jack, vocês formaram uma ótima equipe de produção neste livro, obrigada por emprestarem seus nomes! Beijo pro Gab também, mesmo eu sabendo que ele não vai ler o livro e não vai ver este pedaço, haha. Sou grata aos escritores e leitores de *fanfics*, que sempre me apoiam tanto e que fizeram pessoas como a Lyu e a Pamo chegar aonde estão! Deem amor ao seu *ficwriter* local, ok? E, aos leitores que chegaram agora aqui no Kpopalooza e que entendem todo o nosso amor e defesa aos fãs, obrigada pela oportunidade! Parte da experiência da Isa, como *ace*, fã e produtora, foi inspirada na minha vida, e compartilhar isso com vocês está sendo incrível! Obrigada.

E beijo no Chanyeol, sem você, nada seria possível. EXO, *Saranghaja!*

Babi

Este livro foi composto com tipografia Electra Std e impresso
em papel Off-White 80 g/m² na Formato Artes Gráficas.